rororo

J. R. Rain war selbst Privatdetektiv, bevor er sich ganz dem Schreiben widmete. Er lebt mit seinem Hund auf einer kleinen Insel vor der Nordwestküste der USA. Mit seiner Serie um die Vampirdetektivin Samantha Moon hat er in seiner Heimat die Kindle-Bestsellerlisten im Sturm erobert.

J. R. RAIN

Vampire Detective

Die zauberhafte Mrs. Moon

ROMAN

Aus dem Englischen
von Veronika Dünninger

Rowohlt Taschenbuch Verlag

Die Originalausgabe erschien 2009
unter dem Titel «Vampire For Hire. Moon Dance»
als US E-Book-Edition.

Deutsche Erstausgabe
Veröffentlicht im Rowohlt Taschenbuch Verlag,
Reinbek bei Hamburg, August 2012

Redaktion Kathrin Jurgenowski
Umschlaggestaltung yellowfarm gmbh, Stefanie Freischem
(Foto: mauritius images)
Satz Kepler PostScript, InDesign,
bei Pinkuin Satz und Datentechnik, Berlin
Druck und Bindung CPI – Clausen & Bosse, Leck
Printed in Germany
ISBN 978 3 499 25897 8

Dieses Buch ist Müttern überall gewidmet:
unseren erstaunlichen, selbstlosen,
unbesungenen Heldinnen.
Ich liebe dich, Ma.

1

Ich legte im Dunkeln Wäsche zusammen und sah zu, wie Richterin Judy diesem Typen den Arsch aufriss, als es an der Haustür klingelte.

Ich schob meine Oakley-Sonnenbrille mit Rundumschutz von der Stirn herunter und öffnete, einen von Anthonys kleinen Baumwollschlüpfern in der Hand, die Haustür.

Das Licht, noch immer schmerzlich grell, flutete von draußen herein. Ich blinzelte hinter meiner Sonnenbrille und nahm undeutlich den Anblick eines UPS-Lieferanten wahr.

Oh, und was für ein Anblick das war.

Während sich meine Augen an das Licht gewöhnten, nahm ein scharfer Typ mit sonnengebräunten Beinen und muskulösen Armen hinter der Fliegentür vor mir Gestalt an. Er grinste mich lässig an, wobei er eine Reihe makelloser weißer Zähne entblößte. Flachsblonde Stachelhaare schauten unter seiner braunen Mütze hervor. Der Typ hätte ein Model sein sollen, oder zumindest mein neuer bester Freund.

«Mrs. Moon?», fragte er. Er hatte einen richtig suchenden, liebeshungrigen Blick, und ich fragte mich, ob ich vielleicht am Set eines Pornofilms gelandet war. Interessanterweise ging in meinem Kopf eine Art Alarmglocke an. Alarmglocken sind nicht unbedingt leicht zu deuten, und ich ging automatisch davon aus, dass diese hier mich ermahnte, mir den Muskelprotz vom Leib zu halten, um meine ohnehin schon wackelige Ehe nicht aufs Spiel zu setzen.

«Sie steht vor Ihnen», sagte ich lässig, die Alarmglocken ignorierend.

«Ich habe hier ein Päckchen für Sie.»

«Was Sie nicht sagen.»

«Sie müssen noch unterschreiben.» Er hielt so ein elektronisches Dingsda hoch.

«Für Sie doch immer», sagte ich, öffnete die Fliegentür und streckte eine Hand aus. Er sah auf meine sehr blasse Hand, zögerte kurz und legte das elektronische Dingsbums dann hinein. Während ich mit der Plastikspitze des Stifts unterzeichnete, erschien meine Unterschrift wie ein arthritisches Gekrakel auf dem Display. Der Lieferant musterte mich eindringlich durch die Fliegentür. Ich mag es nicht, eindringlich gemustert zu werden. Ehrlich gesagt, ziehe ich es vor, ignoriert und vergessen zu werden.

«Tragen Sie im Haus immer eine Sonnenbrille?», fragte er beiläufig, aber ich spürte seine unterschwellige Frage: *Und was für ein Freak sind Sie?*

«Nur tagsüber. Nachts finde ich sie überflüssig.» Ich öffnete die Fliegentür wieder und tauschte das Zustellteil gegen ein kleines quadratisches Päckchen. «Danke», sagte ich. «Schönen Tag noch.»

Er nickte und ging, und ich sah seinem niedlichen kleinen Hintern noch einen Augenblick nach, bevor ich die schwere Eichentür fest schloss. Willkommene Dunkelheit kehrte wieder in meinem Zuhause ein. Ich schob die Sonnenbrille hoch und setzte mich auf einen besonders abgewetzten Esszimmerstuhl. Irgendwann würde ich diese Dinger neu beziehen lassen.

Das Päckchen war dick mit Klebeband umwickelt, aber ein paar geschickte Kratzer mit einem sehr kräftigen Fingernagel lösten das Problem. Ich nahm den Deckel ab und warf einen Blick hinein. Darin glänzte ein uraltes goldenes Medaillon. Ein kunstvolles keltisches Kreuz war auf der Oberseite eingraviert, und in das Kreuz eingebettet, von exakt geschliffenen Rubinen geformt, lagen drei rote Rosen.

Im Wohnzimmer erklärte Richterin Judy dem Angeklagten in aller Ruhe, was für ein Idiot er war. Obwohl ich ihr recht gab, schaltete ich den Fernseher aus, da ich zu dem Schluss kam, dass dieses Medaillon meine ungeteilte Aufmerksamkeit erforderte.

Schließlich war es genau das Medaillon, das sechs Jahre zuvor mein Angreifer getragen hatte.

2

Es gab keinen Absender und keine Begleitnotiz. Bis auf das Medaillon war die Schachtel leer. Ich ließ das schimmernde Kunstwerk in der Schachtel liegen und setzte den Deckel wieder darauf. Sein Anblick hatte ein paar entsetzliche Erinnerungen in mir wachgerufen. Erinnerungen, die ich mit aller Macht zu vergessen suchte.

Ich verstaute die Schachtel in einem Fach unter dem Geschirrschrank, dann widmete ich mich wieder der Wäsche. Um fünfzehn Uhr dreißig klatschte ich mir literweise Sonnenschutz auf die Haut, setzte einen breiten Gärtnerhut auf und trat vorsichtig ins Freie.

Der Schmerz war, wie immer, heftig und sengend. Gott, es war, als würde ich über einem offenen Feuer gegrillt. Ich hatte in der Sonne wirklich nichts verloren, aber verdammt, ich musste meine Kinder abholen.

Daher stürmte ich die Stufen vor dem Haus hinunter, über die Auffahrt und in die offene Garage. Ich träumte von einem Haus mit angeschlossener Garage. Aber bis dahin musste ich diesen täglichen Sprint auf mich nehmen.

Sobald ich in der Garage und dem grellen Licht der Frühlingssonne entkommen war, konnte ich wieder durchatmen. Und ich konnte mein versengtes Fleisch riechen.

Igitt!

Zum Glück hatte der Ford-Windstar-Minivan stark getönte Scheiben, und als ich zurücksetzte und die Drive-Stellung einlegte, ging es mir wieder ganz gut. Zugegeben, nicht großartig, aber ganz gut.

Ich holte meinen Sohn und meine Tochter von der Schule ab, nahm bei Burger King ein paar Cheeseburger mit und fuhr nach Hause. Ja, ich weiß, schlechte Mom, aber nach einem ganzen Tag Hausarbeit würde ich jetzt mit Sicherheit *nicht* auch noch kochen.

Sobald wir zu Hause waren, liefen die Kinder in ihr Zimmer, und ich ging sofort ins Bad, wo ich meinen Hut und die Sonnenbrille abnahm und die restliche Sonnencreme mit einem Waschlappen entfernte. Verdammt, ich sollte mir wirklich einen Vorrat an Sunblocker zulegen. Bald waren die Kinder schwer damit beschäftigt, die Welt vor den Haloes zu retten, und in ein seltenes und beunruhigendes Schweigen verfallen. Vielleicht war es die Ruhe vor dem Sturm.

Mein einziger Klient dieses Tages kam pünktlich, und ich führte ihn nach hinten in mein Büro. Sein Name war Kingsley Fulcrum, und er nahm mir gegenüber auf einem Klientenstuhl Platz, den er vollständig ausfüllte. Er war groß und breitschultrig, und sein maßgeschneiderter Anzug stand ihm gut. Sein dichtes schwarzes Haar, mit ein paar grauen Strähnen hier und da, war lässig zerzaust und reichte ihm bis weit über den Kragen. Kingsley war ein auffälliger Mann, der Inbegriff des flotten Filous, hätte er nicht zwei Narben im Gesicht gehabt. Obwohl, vielleicht hatten flotte Filous ja Narben im Gesicht. Jedenfalls, eine zog sich über seine linke Wange und die andere über seine Stirn, genau über dem linken Auge. Beide waren rund und geschwollen. Und beide waren frisch.

Er ertappte mich dabei, wie ich die Narben anstarrte. Ich wandte verlegen den Blick ab. «Was kann ich für Sie tun, Mr. Fulcrum?»

«Wie lange arbeiten Sie schon als Privatermittlerin, Mrs. Moon?», fragte er.

«Sechs Jahre», sagte ich.

«Was haben Sie davor gemacht?»

«Ich war FBI-Agentin.»

Er sagte nichts, und ich konnte seinen Blick auf mir spüren. Gott, ich hasse es, wenn ich Blicke auf mir spüren kann. Das Schweigen zog sich länger hin, als mir angenehm war, und ich beantwortete seine unausgesprochene Frage. «Ich hatte einen Unfall und bin seitdem gezwungen, von zu Hause zu arbeiten.»

«Darf ich fragen, was für einen Unfall?»

«Nein.»

Er zog die Augenbrauen hoch und nickte. Vielleicht war ihm eine Spur Röte ins Gesicht gestiegen. «Haben Sie eine Liste mit Referenzen?»

«Natürlich.»

Ich wandte mich zu meinem Computer um, öffnete den Referenzen-Ordner und druckte ihm die Liste aus. Er nahm sie entgegen und überflog rasch die Namen. «Bürgermeister Hartley?», fragte er.

«Ja», sagte ich.

«Er hat Sie engagiert?»

«Das hat er. Ich glaube, das hier ist die Durchwahl zu seiner persönlichen Assistentin.»

«Darf ich fragen, in welcher Angelegenheit Sie dem Bürgermeister behilflich waren?»

«Nein.»

«Verstehe. Natürlich können Sie Informationen dieser Art nicht preisgeben.»

«Was genau kann ich für Sie tun, Mr. Fulcrum?», fragte ich noch einmal.

«Sie müssen jemanden für mich finden.»

«Wen denn?»

«Den Mann, der auf mich geschossen hat», sagte er. «Fünfmal.»

3

Die wilden Geräusche meiner Kinder, zwischen denen gerade ein Streit ausbrach, drangen auf einmal durch meine geschlossene Bürotür. Insbesondere Anthonys schrilles Kreischen. Seufz. Der Sturm brach los.

Ich schenkte Kingsley ein verlegenes Lächeln. «Könnten Sie bitte kurz warten?»

«Die Pflicht ruft», sagte er lächelnd. Nettes Lächeln.

Ich marschierte in das kleine Schlafzimmer, das sich meine Kinder teilten. Anthony hatte sich auf Tammy gestürzt. Tammy hielt die Fernbedienung an einem ausgestreckten Arm und wehrte mit dem anderen ihren kleinen Bruder ab. Ich kam eben noch rechtzeitig, um zu sehen, wie er seine Zähne in ihre Hand schlug. Sie schrie auf und gab ihm mit der Fernbedienung einen Klaps aufs Ohr. Er hatte sich eben so weit gesammelt, um mit voller Wucht auf ihren Rücken zu springen, als ich hinzukam, die beiden am Kragen packte und trennte. Es kam mir vor, als hätte ich zwei ausgehungerte Vielfraße getrennt. Anthonys Finger schlugen nach der Kehle seiner Schwester. Ich fragte mich, ob den beiden bewusst war, dass sie ein paar Zentimeter über dem Boden schwebten. Als sich beide beruhigt hatten, setzte ich sie auf die Füße. Ihre Kragen waren ruiniert.

«Anthony, in diesem Haushalt wird nicht gebissen. Tammy, gib mir die Fernbedienung.»

«Aber Mom», sagte Anthony in diesem schrill kreischenden Ton, den er immer anschlug, um mich zu ärgern. «Ich habe mir ‹Pokemon› angesehen, und sie hat einfach umgeschaltet.»

«Wir bekommen jeder nach der Schule eine halbe Stunde», sagte Tammy selbstgefällig. «Und du warst längst in *meiner* halben Stunde.»

«Aber du hast mit *Richaaard* telefoniert.»

«Tammy, gib deinem Bruder die Fernbedienung. Er darf seine Sendung zu Ende sehen. Du hast deine Chance vertan, indem du mit *Richaaard* telefoniert hast.» Sie lachten beide. «Ich habe einen Kunden im Büro. Wenn ich noch mehr Geschrei höre, werde ich euch beide bei eBay versteigern. Ich könnte das Geld gebrauchen.»

Ich ließ sie allein und ging zurück in mein Büro. Kingsley studierte meine Bücherregale. Er sah mich an, bevor ich die Chance hatte, etwas zu sagen, und zog die Augenbrauen hoch.

«Sie interessieren sich für das Okkulte», bemerkte er und tippte auf ein Hardcover. «Insbesondere Vampirismus.»

«Ja, na ja, wir brauchen alle ein Hobby», sagte ich.

«Ein interessantes Hobby», sagte er.

Ich nahm hinter meinem Schreibtisch Platz. Es war Zeit, das Thema zu wechseln. «Sie wollen also, dass ich den Mann finde, der fünfmal auf Sie geschossen hat. Sonst noch etwas?»

Er trat von den Bücherregalen zurück und nahm wieder mir gegenüber Platz. Er zog eine ziemlich buschige Augenbraue hoch. Bei ihm klappte das mit der buschigen Augenbraue irgendwie.

«Sonst noch etwas?», grinste er. «Nein, ich denke, das dürfte reichen.»

Und dann ging mir ein Licht auf. «Sie waren vor ein paar Monaten in den Nachrichten», sagte ich auf einmal.

Er nickte. «Sehr wohl, das war ich. Fünfmal in den Kopf geschossen, vor den Augen der Welt. Nicht mein stolzester Moment.»

Hatte er eben *sehr wohl* gesagt? Ich hatte das seltsame Gefühl, auf einmal einen Zeitsprung zurück gemacht zu haben. Wie weit zurück, das wusste ich nicht, aber weit genug, dass Männer *sehr wohl* sagten.

«Man hat Ihnen aufgelauert und auf Sie geschossen. Ich kann mir nicht vorstellen, dass das irgendjemands stolzester Moment wäre. Aber Sie haben überlebt, und das ist doch die Hauptsache, oder?»

«Fürs Erste», sagte er. «Als Nächstes geht es darum, den Täter zu finden.» Er beugte sich vor. «Alles, was Sie brauchen, wird Ihnen zur Verfügung gestellt. Ich habe nichts zu verbergen. Sprechen Sie mit jedem, mit dem Sie sprechen müssen, aber ich möchte Sie bitten, diskret zu sein.»

«Diskretion ist nicht immer möglich.»

«Dann vertraue ich darauf, dass Sie nach Ihrem besten Wissen und Gewissen vorgehen.»

Gute Antwort. Er zückte eine Visitenkarte und schrieb etwas auf die Rückseite. «Das ist meine Handynummer. Bitte rufen Sie mich an, falls Sie irgendetwas brauchen.» Er schrieb noch etwas unter seine Nummer. «Und hier haben Sie den Namen und die Nummer des zuständigen Mordermittlers, der meinen Fall bearbeitet. Sein Name ist Sherbet, und auch wenn ich ihn entgegenkommend und professionell fand, mochte ich seine Schlussfolgerungen nicht.»

«Die da wären?»

«Er neigt zu der Ansicht, dass ich nur ein Zufallsopfer war.»

«Und Sie sind da anderer Meinung?»

«Absolut.»

Wir erörterten meinen Vorschuss, und er stellte mir einen Scheck aus. Der Betrag war höher, als wir erörtert hatten.

«Ich will ja nicht unhöflich sein», bemerkte Kingsley, während er sich erhob und seinen teuren Füllfederhalter in sein teures Jackett steckte, «aber sind Sie krank?»

Die Frage habe ich schon tausendmal gehört.

«Nein, warum?», fragte ich unbekümmert.

«Sie sehen blass aus.»

«Ach, das ist nur mein irischer Teint, Freundchen», sagte ich augenzwinkernd.

Er starrte mich noch einen Moment an, dann zwinkerte er zurück und ging.

4

Als Kingsley gegangen war, gab ich seinen Namen in meinen Web-Browser ein.

Dutzende von Online-Zeitungsartikeln erschienen auf meinem Bildschirm, denen ich entnahm, dass Kingsley ein durchaus erfolgreicher Strafverteidiger war, dafür bekannt, alles Erforderliche zu tun, um seinen Mandanten aus der Patsche zu helfen, oft aufgrund scheinbar belangloser Formsachen. Offenbar war er sein Gewicht in Gold wert.

Ich dachte an seine kräftigen Schultern.

Viel Gewicht. Muskelgewicht.

Bleib entspannt, Mädchen.

Ich überflog weiter die Schlagzeilen, bis ich genau die fand, die ich wollte. Sie stand auf der Webseite eines lokalen L. A.-Fernsehsenders. Ich klickte einen Video-Link an und dankte Gott fürs Highspeed-Internet. Der Clip war landesweit verbreitet worden, aufgrund seines schockierend brutalen Bildmaterials.

Als Erstes erschien eine Reporterin auf dem Bildschirm, eine junge Latino-Frau, die sehr ernst blickte. Über ihrer Schulter war das städtische Gerichtsgebäude von Fullerton zu sehen. Die nächste Einstellung war ein körniges Bild, das von der Überwachungskamera des Gerichtsgebäudes selbst stammte. Es zeigte zwei Männer und zwei Frauen, alle tadellos gekleidet, alle wichtig aussehend. Sie überquerten die Straße vor dem Gerichtsgebäude. Mit Football-Begriffen würde man vermutlich sagen, sie bildeten eine Art *bewegliches Gedränge,* auch wenn ich mir die Dinge selten mit Football-Begriffen vorstelle und nicht viel von diesem dämlichen Sport verstehe.

Den Großen mit dem gewellten schwarzen Haar erkannte

ich auf Anhieb als Kingsley Fulcrum, der flott und markant aussah.

Bleib entspannt, Mädchen.

Während sich die Gruppe den Stufen des Gerichtsgebäudes nähert, tritt ein eher kleiner Mann hinter dem Stamm einer weißen Birke hervor. Drei der vier Personen achten kaum auf den Mann. Die eine, der es doch tut, ist eine blonde Frau mit Brille und breiten Hüften, die aufsieht und die Stirn runzelt. Vermutlich runzelt sie die Stirn, da der kleine Mann in diesem Augenblick mit einer bedrohlich wirkenden Geste in seine Manteltasche greift. Seine dichte schwarze Haarmähne ist zerzaust, und irgendwie sieht sogar sein dichter Schnurrbart zerzaust aus. Die Frau, die noch immer die Stirn runzelt, wendet sich wieder der Gruppe zu.

Und bei dem, was dann passiert, läuft es mir *noch immer* eiskalt über den Rücken.

Aus der Innentasche seines Tweedjacketts zieht der kleine Mann eine kurze Pistole. Heute wissen wir, dass es eine .22er ist. Aber in dem Augenblick sieht ihn niemand die Pistole zücken. Der kleine Mann, vielleicht drei Meter von der Gruppe entfernt, zielt genau und feuert.

Kingsleys Kopf schnellt nach hinten. Die Kugel dringt über seinem linken Auge ein.

Ich beuge mich vor, starre hingerissen auf meinen Computerbildschirm und wünschte auf einmal, ich hätte eine Schale Popcorn oder wenigstens eine Tüte Erdnuss-M&M's. Das heißt, bis mir wieder einfällt, dass ich beides gar nicht mehr essen kann.

Jedenfalls, Kingsleys Kohorten stieben augenblicklich auseinander wie Hühner vor einem Habicht. Der kleinere Mann duckt und rollt sich theatralisch zur Seite, als wäre er kürzlich von einem Einsatz im Nahen Osten zurückgekehrt und hätte eben seine militärischen Instinkte eingeschaltet.

Kingsley wird wieder angeschossen. Diesmal in den Hals, wo ein kleiner roter Punkt über seinem Kragen erscheint. Blut strömt rasch über sein Hemd. Aber anstatt zusammenzubrechen, anstatt zu *sterben*, nachdem ihm aus nächster Nähe in Kopf und Hals geschossen wurde, dreht sich Kingsley sogar um und sieht den Mann an.

Als hätte der Mann ihn nur beim Namen gerufen.

Als hätte der Mann *nicht* zweimal auf ihn geschossen.

Was als Nächstes passiert, wäre komisch, wenn es nicht so abscheulich wäre. Kingsley will sich eben hinter einen Baum in der Nähe ducken. Der Schütze, entschlossen, Kingsley zu töten, vermeidet den Umweg um eine Parkbank und springt stattdessen einfach darüber. Geschickt. Er landet genau auf den Füßen, während er noch ein paar Salven abfeuert, die Kingsley in Hals und Gesicht zu treffen scheinen. In der Zwischenzeit duckt und schlängelt sich der große Anwalt hinter den Baum. Das scheint eine Ewigkeit so zu gehen, aber tatsächlich sind es nur ein paar Sekunden. Ein perverses Fangspiel, nur dass Kingsley mit echten Kugeln gefangen wird.

Und der Anwalt geht noch immer nicht zu Boden.

Bricht nicht einmal zusammen.

Der Schütze scheint zu begreifen, dass er seine Zeit verschwendet, und stürzt von dem Baum weg, verschwindet vom Bildschirm. Niemand ist Kingsley zu Hilfe gekommen. Die anderen Anwälte sind längst verschwunden. Kingsley bleibt sich selbst überlassen, nur mit dem Baum als Schutz, der von den Einschlägen der verirrten Kugeln ganz zersplittert und zerschreddert ist.

Zeugen würden später aussagen, dass der Schütze in einem Ford-Pick-up wegfuhr. Niemand versuchte ihn aufzuhalten, und das konnte ich ihnen nicht wirklich verdenken.

Bei einem Bild von Kingsley drückte ich auf die Pausetaste. Blut klebt auf seinen Wangen und seiner Stirn, selbst auf seinen offenen, ausgestreckten Handflächen. Seine Miene ist ein Bild der Verwirrung und des Entsetzens und Schocks. In nur dreiundzwanzig Sekunden ist sein Leben völlig auf den Kopf gestellt worden. Andererseits – in diesen dreiundzwanzig Sekunden wären die meisten Leute gestorben.

Aber nicht Kingsley. Ich fragte mich, warum.

5

Ich war auf dem Polizeirevier von Fullerton und saß einem Mordermittler namens Sherbet gegenüber. Es war spätabends, und die meisten Polizisten waren schon nach Hause gegangen.

«Sie halten mich von meinem Kind ab», sagte er. Sherbet trug ein langärmeliges Hemd, das bis zum Ellbogen hochgekrempelt war, sodass es stark muskulöse, dunkel behaarte Unterarme entblößte. Die dunklen Härchen waren leicht grau gesprenkelt. Ich fand, das sah verdammt sexy aus. Seine Krawatte war gelockert, und er wirkte, gelinde gesagt, gereizt.

«Es tut mir leid», sagte ich. «Das ist die einzige Zeit, zu der ich heute kommen konnte.»

«Schön, dass ich noch Platz in Ihrem straffen Terminkalender gefunden habe, Mrs. Moon. Ich würde Ihnen auf keinen Fall irgendwelche Umstände machen wollen.»

Sein Büro war schlicht und schmucklos. Keine Bilder an den Wänden. Nur ein Schreibtisch, ein Computer, ein Aktenschrank und ein paar Besucherstühle. Auf seinem Schreibtisch standen ein paar Bilderrahmen, aber sie zeigten in seine Richtung. Aus meinem Blickwinkel konnte ich nur die Preisschilder sehen.

Ich schenkte ihm mein einnehmendstes Lächeln. «Ich bin Ihnen auf jeden Fall sehr dankbar für Ihre Zeit, Detective.» Ich hatte reichlich Rouge aufgetragen, um meine Wangen menschlich aussehen zu lassen.

Das mit dem Lächeln klappte. Er errötete selbst. «Ja, na ja, sehen wir zu, dass wir's schnell hinter uns bringen. Mein Junge hat heute Abend ein Basketballspiel, und ich möchte unbedingt sehen, wie er auf dem Platz hin- und herläuft, ohne die leiseste Ahnung, was zum Teufel um ihn herum los ist.»

«Klingt nach einem Naturtalent.»

«Einem Naturtölpel. Meine Frau sagt, ich soll ihn einfach in Ruhe lassen. Das Problem ist, wenn ich ihn in Ruhe lasse, dann will er meistens mit den Nachbarsmädchen Barbie spielen.»

«Und das macht Ihnen Sorgen?», fragte ich.

«O ja.»

«Sie denken, er könnte schwul werden?»

Er zuckte unbehaglich die Schultern und schwieg. Es war ganz offensichtlich ein heikles Thema für ihn.

«Wie alt ist Ihr Sohn denn?», fragte ich.

«Acht.»

«Vielleicht ist er ein kleiner Casanova. Vielleicht erkennt er die Vorzüge davon, mit Mädchen anstatt Jungen zu spielen.»

«Vielleicht», sagte Sherbet. «Aber im Augenblick spielt er Basketball.»

«Auch wenn er keine Ahnung hat.»

«Wo ein Wille ist, ist auch ein Weg.»

«Selbst wenn es Ihr Wille und Ihr Weg sind?», fragte ich.

«Im Augenblick ist es der einzige Weg.» Er schwieg kurz, dann blickte er ein wenig verwirrt. Er schüttelte den Kopf wie ein Mann, dem eben bewusst geworden ist, dass er laut gedacht hat. «Wie zum Teufel kamen wir auf die sexuelle Orientierung meines Jungen zu sprechen?»

«Habe ich vergessen.» Ich zuckte die Schultern.

Er streckte eine Hand aus und rückte den Aktendeckel vor sich zurecht. Der Aktendeckel hatte nicht schief dagelegen, jetzt lag er weniger unschief da. «Na schön, kommen wir zur Sache. Hier ist die Akte. Ich habe Ihnen eine Kopie davon gemacht. Es verstößt gegen die Vorschriften, Ihnen eine Kopie zu geben, aber Sie sind ja sauber. Herrgott, Sie haben schließlich für die Regierung gearbeitet. Und warum zum Teufel Sie in die Privatwirtschaft gegangen sind, ist Ihre eigene verdammte Angelegenheit.»

Ich griff nach der Akte, aber er legte eine große Hand darauf. «Das ist nur zwischen uns beiden. Normalerweise gebe ich keine Polizeiakten an Privatschnüffler heraus.»

«Zum Glück bin ich kein durchschnittlicher Privatschnüffler.»

«Ein Schnüffler ohne Schwanz», sagte er.

«Sehr clever, Detective», sagte ich.

«Eigentlich nicht.»

«Nein, eigentlich nicht», gab ich zu. «Eigentlich will ich nur die Akte.»

Er nickte und hob die Hand, und ich stopfte die Akte prompt in meine Handtasche. «Können Sie mir sonst noch irgendetwas sagen, was vielleicht nicht in der Akte steht?»

Er schüttelte den Kopf, aber das war nur ein Reflex. Während er damit beschäftigt war, den Kopf zu schütteln, war er tatsächlich in Gedanken vertieft. «Es müsste alles dort drinstehen.» Er rieb sich die dunklen Stoppeln am Kinn. Die dunklen Stoppeln waren ebenfalls leicht grau gesprenkelt. «Wissen Sie, ich hatte immer den Verdacht, der Typ, der auf ihn geschossen hat, wäre ein Mandant von ihm. Ich weiß auch nicht, warum, nennen Sie's ein Bauchgefühl. Aber dieser Anwalt treibt sich hier schon eine ganze Weile herum, und er hat 'ne Menge Leute vor den Kopf gestoßen. Das Problem ist: Wer hat schon die Zeit, all seine alten Akten durchzugehen?»

«Ein vielbeschäftigter Mordermittler sicher nicht», ging ich zum Schein auf ihn ein.

«Da haben Sie verdammt recht», sagte er.

«Besteht vielleicht die Möglichkeit, dass es nur eine zufällige Schießerei war?», fragte ich.

«Natürlich. Klar. Kommt ständig vor.»

«Aber Sie nehmen es nicht an.»

«Nein», sagte er.

«Warum nicht?», fragte ich.

Der Detective war diese Art Wortwechsel gewohnt. Er arbeitete in einer Branche, in der man, wenn man keine Fragen stellte, keine Antworten bekam. Falls meine Fragen ihm lästig waren, ließ er es sich jedenfalls nicht anmerken, nur dass er es eilig zu haben schien, die Sache hinter sich zu bringen.

«Sah geplant aus. Und kein versuchter Raubüberfall. Und er schien ein Statement abgeben zu wollen.»

«Indem er ihn ins Gesicht geschossen hat?»

«Und indem er vor dem Gericht auf ihn geschossen hat. Seinem Arbeitsplatz. Damit man denkt, es wäre berufsbezogen.»

Ich nickte. Guter Ansatz. Ich entschied, dem Detective nicht zu sagen, dass es ein guter Ansatz war. Männer denken gern, dass jeder ihrer Ansätze gut ist, und sie brauchen mich mit Sicherheit nicht, um ihr ohnehin schon aufgeblähtes Ego noch mehr zu steigern.

In dem Punkt bin ich zynisch.

Er erhob sich von seinem Schreibtisch und nahm eine Sportjacke vom Garderobenständer. Er war ein durchtrainierter Mann mit dem Körperbau eines Cops. Außerdem hatte er den Schnurrbart eines Cops. Ohne den Schnurrbart hätte er besser ausgesehen, aber es stand mir nicht zu, ihm das zu sagen. Außerdem, wer kann einen Cop-Schnurrbart besser tragen als ein Cop?

«Zeit, loszufahren und zu sehen, wie mein Sohn das Basketballspiel vermasselt», sagte er.

«Vielleicht ist Basketball einfach nicht sein Spiel.»

«Und mit Mädchen spielen schon?»

«Das ist keine schlechte Alternative», bemerkte ich, bevor ich hinzufügte: «Könnte es sein, dass Sie in diese ganze Geschichte mit Ihrem Sohn ein bisschen zu viel hineininterpretieren?»

«Ich bin Cop. Ich interpretiere in alles zu viel hinein.» Er schwieg kurz, während er seine Bürotür absperrte, was ich seltsam amüsant und ironisch fand, da sein Büro sich mitten in einem Polizeirevier befand. «Nehmen Sie zum Beispiel sich selbst.»

Ich wollte nicht zum Beispiel mich selbst nehmen. Ich wechselte das Thema. «Sie sind bestimmt ein sehr guter Polizist. Wie lange sind Sie schon dabei?»

Er ignorierte meine Frage. «Ich habe mich gefragt, warum Sie darauf bestanden haben, mich am Abend zu treffen.» Während er sprach, legte er mir sanft eine Hand ins Kreuz und lotste mich zwischen den Reihen unordentlicher Schreibtische hindurch. Seine Hand war entschlossen und fest. «Als ich Sie am Telefon nach dem Grund für den späten Termin fragte, sagten Sie etwas von anderen Klienten, mit denen Sie beschäftigt seien. Aber als ich später in Ihrem Büro anrief, um Ihnen zu sagen, ich würde noch aufgehalten, nahmen Sie sofort ab.» Er schwieg einen Augenblick und öffnete eine durchsichtige Glastür. Auf der Tür stand «FPD» eingraviert. «Vielleicht haben Sie Ihre Klienten ja in Ihrem Büro empfangen. Oder Sie waren gerade zwischen zwei Klienten. Aber als ich Sie fragte, ob Sie ein paar Minuten Zeit hätten, klangen Sie freundlich und alles andere als gestresst. *Sicher*, sagten Sie, *was kann ich für Sie tun?*»

«Na ja, ich bin stolz auf meine Kundenfreundlichkeit», sagte ich.

Er war hinter mir, und ich sah ihn nicht lächeln. Aber ich

konnte es spüren. Ich *wusste* sogar, dass er gelächelt hatte. Nennen Sie es Nebenwirkung.

Er sagte: «Jetzt, wo ich Sie sehe, sehe ich, dass Sie irgendeine Art von Hautkrankheit haben.»

«Also wirklich, Lieutenant, Sie verstehen es auf jeden Fall, einem Mädchen ein warmes und samtiges Gefühl zu geben.»

«Und das ist die andere Sache. Als ich Ihnen die Hand schüttelte, fühlte sie sich alles andere als warm und samtig an.»

«Worauf wollen Sie eigentlich hinaus?», fragte ich. Wir hatten die vorderen Büros erreicht und standen hinter dem Tresen des Hauptempfangs. Im Augenblick war hier alles still. Hinter der Rauchglastür konnte ich die Commonwealth Avenue sehen, und dahinter den Amerige City Park, der über einen hübschen kleinen Sportplatz verfügte.

Er zuckte die Schultern und grinste mich an. «Wenn ich zweimal raten dürfte, würde ich sagen, Sie sind entweder ein Vampir, oder, wie ich bereits sagte, Sie haben eine Hauterkrankung.»

«Was sagt Ihnen Ihr Herz?», fragte ich.

Er musterte mich eingehend. Draußen schoben sich die Pendler durch die Innenstadt von Fullerton. Rote Rücklichter brannten sich durch das Rauchglas. Irgendetwas zog über seinen Blick. Eine Art Verständnis. Oder vielleicht Staunen. Irgendetwas. Aber dann grinste er, und sein Cop-Schnurrbart ging hoch wie ein Schiedsrichter, der einen Touchdown signalisiert.

«Eine Hautkrankheit natürlich», sagte er. «Sie müssen die Sonne meiden.»

«Bingo», sagte ich. «Sie sind ein verdammt guter Detective.»

Und mit diesen Worten ging ich. Draußen sah ich, dass meine Hände zitterten. Dieser Scheißkerl hatte mich völlig aus dem Konzept gebracht. Er war ein verdammt intuitiver Cop.

Ich hasse das.

6

Ich boxte in einem Sparring-Club in Fullerton namens Jacky's. Der Club war hauptsächlich auf Frauen ausgerichtet, aber es hingen auch immer ein paar Männer herum. Diese Männer waren häufig besser angezogen als die Frauen. Ich tippte auf Homosexualität. In dem Club gab es Kurse in Kickboxen und traditionellem Boxen. Das traditionelle Boxen war mir lieber, und ich dachte immer, falls es in einem Kampf so weit kommen sollte, dass ich kicken müsste, dann gab es nur eine Richtung, die mein Fuß nehmen würde.

Genau zwischen die Beine.

Ich komme dreimal die Woche hierher, wenn ich die Kinder von der Schule abgeholt und zu ihrer Großmutter nach Brea gebracht habe. Boxen ist vielleicht eine der anstrengendsten Sportarten, die je erfunden wurden, vor allem wenn man in Drei-Minuten-Einheiten trainiert, was ich im Augenblick tat.

Mein Trainer war ein Ire namens Jacky. Jacky trug ein grünes Bandana über einem vollen, ergrauenden Haarschopf. Er war ein kräftig gebauter Mann mittlerer Größe, ein bisschen dick inzwischen, aber nicht schwabbelig. Er musste sechzig sein, sah aber aus wie vierzig. Er war Ex-Profiboxer, und in Irland war er eine Art Legende; das erzählte er mir zumindest. Seine krumme Nase war ihm unzählige Male gebrochen worden, vielleicht oder vielleicht auch nicht bei irgendwelchen Boxkämpfen. Vielleicht war er auch einfach nur ungeschickt. Verblüffenderweise kam der Mann nur selten ins Schwitzen, was ich von mir nicht behaupten konnte. Als mein persönlicher Trainer bestand seine einzige Aufgabe darin, seine gepolsterten Handschuhe auszustrecken und mich anzuschreien. Beides beherrschte er gut. Und mit einem breiten irischen Akzent.

«Komm schon, streng dich an. Du lässt die Fäuste sinken, Mädchen!»

Die Fäuste sinken zu lassen war ein Riesen-Unding in Jackys Welt, auf einer Stufe mit allem Un-Irischen.

Daher hob ich die Fäuste. Wieder.

Während des fünfundvierzigminütigen Trainings hasste ich diesen kleinen irischen Drecksack von ganzem Herzen.

«Du lässt die Hände sinken!», schrie er wieder.

«Leck mich.»

«Träum weiter, Mädchen. Hoch mit den Händen!»

So ging es eine ganze Weile. Von Zeit zu Zeit sahen die Kickboxer zu uns herüber. Einmal rutschte ich auf meinem eigenen Schweiß aus, und Jacky machte zum Glück eine Pause und rief einen seiner Handtuchjungen, der herbeieilte und die Matte abwischte.

«Du schwitzt wie ein Mann», sagte Jacky, während wir warteten. «Das mag ich.»

«Ach ja?», sagte ich, während ich mich mit meinem eigenen Handtuch abtupfte. «Du magst den Schweiß von Männern?»

Er funkelte mich an. «Meine Frau schwitzt. Das ist aufregend.»

«Vermutlich, weil du es nicht tust. Sie muss für zwei schwitzen.»

«Ich weiß gar nicht, wieso ich mich dir öffne», sagte er.

«Das nennst du öffnen?», fragte ich. «Von Schweiß und dem Schnackseln mit deiner Frau zu reden?»

«Betrachte dich als privilegiert», sagte er.

Wir boxten weiter. Wir machten noch zwei Drei-Minuten-Runden. Gegen Ende der letzten Runde fiel es mir verdammt schwer, meine behandschuhten Fäuste oben zu behalten, und Jacky ließ einfach nicht locker.

Als wir fertig waren, lehnte Jacky seine massige Gestalt gegen die straffgespannten Seile. Er zog die Polsterhandschuhe von den Händen. Die Handschuhe waren abgenutzt und zerschlissen.

«Zweites Paar in einem Monat», bemerkte er, während er sie fast mit einer Art Staunen betrachtete.

«Ich kauf dir neue», sagte ich.

«Du bist ein Freak», sagte er. Er inspizierte seine Hände. Sie waren gerötet und schienen vor unseren Augen anzuschwellen. «Du schlägst härter zu als jeder Mann, mit dem ich je trainiert oder gekämpft habe. Deine Schlaggeschwindigkeit ist nicht von dieser Welt. Großer Gott, deine Form und Treffsicherheit sind einfach perfekt.»

«Nur dass ich die Hände sinken lasse.»

«Nicht immer», sagte er verlegen. «*Irgendwas* muss ich dir ja sagen, damit du glaubst, dass ich mein Gehalt verdient habe.»

Ich beugte mich vor und küsste ihn auf seine glatte Stirn. «Ich weiß», sagte ich.

«Du bist ein Freak», sagte er noch einmal und wurde rot.

«Du hast ja keine Ahnung.»

«Ich habe Mitleid mit jedem armen Kerl, der deinen Weg kreuzt.»

«Ich auch.»

Er streckte die Hände aus. «Jetzt muss ich die in Eis einlegen.»

«Tut mir leid.»

«Machst du Witze? Es ist eine Ehre, mit dir zu arbeiten. Ich erzähle jedem von dir. Niemand glaubt mir. Ich erzähle jedem, ich habe hier eine Frau, die könnte es mit den besten männlichen Boxern aufnehmen. Sie glauben mir nie.»

Rings um uns herum ging es in der Sparring-Halle zu

wie in einem Bienenstock. Beide Boxringe wurden jetzt von Kickboxern benutzt. Frauen und Männer trommelten, was das Zeug hielt, auf das halbe Dutzend Sandsäcke ein, und das rhythmische Rasseln der Boxbirnen hallte von überall wider.

«Du weißt doch, dass ich es nicht mag, wenn du über mich redest, Jacky.»

«Ich weiß, ich weiß. Sie glauben mir ja sowieso nicht. Du könntest mit einer Hand hinter dem Rücken professionell boxen.»

«Ich mag keine Aufmerksamkeit.»

«Ich weiß. Ich werde aufhören, mit dir zu prahlen.»

«Danke, Jacky.»

«Das Letzte, was ich will, ist, dass du sauer auf mich bist.»

Ich boxe zur Selbstverteidigung. Ich boxe zum Training. Manchmal boxe ich, weil es nett ist, dass ein Mann sich so leidenschaftlich darum sorgt, ob meine Fäuste oben sind oder nicht.

Ich küsste ihn noch einmal auf die Stirn und ging hinaus.

7

Ich fuhr auf dem Harbor Boulevard nach Norden, durch die Innenstadt von Fullerton und bog schließlich links in die Berkeley Street ein. Ich parkte auf dem Besucherparkplatz vor dem städtischen Gerichtsgebäude, stellte den Motor ab und saß dann einfach nur da.

Während ich dasaß, trank ich Wasser aus einer Flasche. Wasser ist eines der wenigen Getränke, die mein Körper annimmt. Das und Wein, auch wenn der Alkohol keine Wirkung bei mir zeigt.

Ja, ich weiß. Echt Mist.

Meine Hände waren noch immer bleiern von dem Boxtraining. Als ich meine Finger streckte, bemerkte ich unwillkürlich das Muskelspiel auf meinen Unterarmen. Das gefiel mir. Ich arbeitete hart dafür, und es war etwas, was ich nicht als selbstverständlich betrachtete.

Ich saß in dem Minivan und beobachtete den Eingang des Gerichtsgebäudes. Zu dieser späten Stunde war dort nicht viel los. Ich war mir nicht sicher, was ich hier zu finden hoffte, aber ich sehe mich grundsätzlich gern um, damit ich ein Gespür für alle Aspekte eines Falls bekomme. Damit ich das Gefühl habe, beteiligt zu sein und Bescheid zu wissen.

Und verdammt, man kann nie wissen, worauf man stoßen könnte.

Zwei Wachschutzleute patrouillierten vor dem Gebäude. Wo waren sie eigentlich, als die Schüsse auf Kingsley abgefeuert wurden? Vermutlich waren sie *hinter* dem Gebäude patrouilliert.

Hinter mir lag ein bewaldetes Gebiet; dahinter befanden sich Eigentumswohnungen. Ein Blauhäher stieß über meiner Motorhaube herab und verschwand dann zwischen den

Zweigen einer Kiefer. Ein Eichhörnchen huschte plötzlich über einen Ast. Der Häher tauchte wieder auf und jagte dem Eichhörnchen hinterher.

Können wir alle uns nicht einfach vertragen?

Als die Wachschutzleute um eine Ecke verschwunden waren, stieg ich aus meinem Van und ging langsam auf den Eingang des Gerichtsgebäudes zu. Ich war noch immer etwas wackelig auf den Beinen von dem Training; und meine Hände fühlten sich schwer und nutzlos an, wie zwei mit Sand gefüllte Ballons.

Das Gericht bestand aus zwei massiven Gebäuden, die einander gegenüberstanden. Dazwischen befand sich eine Art grasbewachsene Anhöhe mit lauter Bäumen und steinernen Bänken. Die Bänke waren leer. Die Sonne stand tief an einem sich verdunkelnden Himmel.

Ich mag den sich verdunkelnden Himmel.

Bald darauf fand ich die berüchtigte Birke. Der Baum war eher klein, kaum breit genug, um auch nur mich zu verbergen, geschweige denn einen großen, breitschultrigen Mann. Als Schutzschild war sie nicht zu gebrauchen, wie all die Kugeln in Kingsleys Kopf bestätigten. Sich als einzigen Schutz vor einem wild um sich ballernden Irren auf sie verlassen zu müssen war eine erschreckende Vorstellung. Daher stellte ich es mir vor. Ich konnte Kingsleys Angst nachempfinden, konnte mich an seine verzweifelten Versuche erinnern, dem Kugelhagel zu entkommen. Komisch und grauenhaft. Beängstigend und amüsant. Wie ein Räuber-und-Gendarm-Spiel, das entsetzlich schiefgegangen ist.

Ich umrundete den Baum und fand vier relativ frische Löcher im Stamm. Die Kugeln hatte man natürlich ausgegraben und dem Beweismaterial beigefügt. Jetzt waren die Löcher nur noch dunkle Kleckse in der weißen Rinde. Der

Baum und Kingsley hatten eines gemeinsam: Beide waren für immer gezeichnet von Kugeln aus derselben Waffe.

Der Angriff war dreist gewesen. Dass der Schütze glatt davongekommen war, war vermutlich einfach nur Dusel. Er selbst hatte bestimmt damit gerechnet, geschnappt oder selbst abgeknallt zu werden. Aber stattdessen ging er einfach weg und verschwand in einem Truck, an dessen Nummernschild sich offenbar niemand erinnerte. Der Schütze war noch immer irgendwo dort draußen, sein Job unerledigt geblieben. Vermutlich fragte er sich, was er noch tun musste, um Kingsley zu töten.

Verdammt gute Frage.

Nach den ärztlichen Gutachten, die in einem ergänzenden Papier in dem Polizeibericht zitiert wurden, hatten alle Kugeln lebenswichtige Bereiche von Kingsleys Gehirn verfehlt. Tatsächlich war die einzige Nachwirkung für den Strafverteidiger ein geringfügiger Verlust an Kreativität. Natürlich, für einen Strafverteidiger konnte sich ein Mangel an Kreativität als verheerend erweisen.

Irgendjemand wollte Kingsley sterben sehen, und irgendjemand wollte, dass es vor dem Gerichtsgebäude geschah, an einem Ort, den viele Verbrecher als freie Menschen verlassen hatten, da Kingsley es so gut verstand, das Recht zu verdrehen. Diese Tatsache war mir nicht entgangen.

Detective Sherbet hatte nur oberflächlich in die Richtung ermittelt, die Schießerei könnte mit einem von Kingsleys derzeitigen oder früheren Fällen zusammenhängen. Sherbet hatte nicht sehr tief gebuddelt.

Das Buddeln war mein Job. Weshalb ich die dicke Knete einstrich.

Ich wandte mich um und ging zurück in die Richtung, aus der ich gekommen war.

8

Und wie oft, na ja, nimmst du etwas zu dir?», fragte Mary Lou.

Mary Lou war meine Schwester. Sie hatte erst kürzlich erfahren, dass ich, na ja, ein Geschöpf der Nacht war. Obwohl ich aus einer großen Familie stamme, ist sie die Einzige, der ich mich anvertraut habe, hauptsächlich da wir uns altersmäßig am nächsten stehen und wie beste Freundinnen aufgewachsen sind. Jetzt saßen wir nebeneinander am Messingtresen einer Bar namens Hero's im Stadtzentrum von Fullerton.

Ich sagte: «Oft. Vor allem wenn ich eine besonders schön geschwungene, milchig weiße Kehle sehe. Wie zum Beispiel deine.»

«Haha», sagte sie. Mary Lou trank einen Lemon Drop Martini. Ich trank den Haus-Chardonnay. Wenn ich den Chardonnay ohnehin nicht schmecken konnte, warum sollte ich mir dann die edlen Tropfen bestellen? Chardonnay rief selten eine Reaktion in meinem Körper hervor, und ich fühlte mich damit sozusagen normal, wenn ich mit meiner Schwester in der Öffentlichkeit etwas trinken ging.

Mary Lou trug einen blauen Pullover und Jeans. Heute war Casual Day im Versicherungsbüro. Das galt offenbar als etwas Gutes. Sie redete oft von ihrem Casual Day; um genau zu sein, oft schon Tage vor dem Casual Day selbst.

«Im Ernst, Sam. Wie oft?», fragte sie noch einmal.

Ich schwieg. Ich nahm einen Schluck Wein. Er schmeckte wie Wasser. Meine Geschmacksknospen waren wie tot, meine Zunge nur zum Reden und Küssen zu gebrauchen, und in letzter Zeit nicht einmal mehr zum Küssen. Ich warf einen Blick auf Mary Lou. Sie war sechs Jahre älter als ich und ein bisschen schwerer, aber schließlich ernährte sie sich auch ganz normal.

«Einmal am Tag», sagte ich schulterzuckend, «bekomme ich Hunger, so wie du. Mein Magen knurrt, und mir wird schwindelig. Typische Hungersymptome.»

«Aber du kannst nur Blut trinken.»

«Willst du es vielleicht noch ein bisschen lauter sagen?», sagte ich. «Ich glaube, der Typ in der Sitznische hinter uns hat dich nicht genau verstanden.»

«Entschuldigung», sagte sie verlegen.

«Wir sollen das für uns behalten, schon vergessen?»

«Ich weiß.»

«Du hast es niemandem gesagt?», fragte ich sie noch einmal.

«Nein. Ich schwör's dir. Du weißt doch, dass ich es niemandem sagen werde.»

«Ich weiß.»

Der Barmann kam herüber und warf einen Blick auf mein fast geleertes Glas Wein. Ich nickte schulterzuckend. Was soll's, ich konnte mein sauer verdientes Geld genauso gut für so etwas Sinnloses wie Wein ausgeben.

«Hast du schon mal versucht, irgendetwas anderes zu dir zu nehmen?», fragte Mary Lou.

«Ja.»

«Und was passiert dann?», fragte sie.

«Magenkrämpfe. Extreme Symptome einer Lebensmittelvergiftung. Ich gebe es binnen Minuten wieder von mir. Kein schöner Anblick.»

«Aber Wein kannst du trinken», bemerkte sie.

«Bis jetzt ist es das Einzige, was ich gefunden habe, das ich trinken kann», sagte ich. «Und auch das nicht immer. Muss relativ klar sein.»

«Das heißt, keinen Rotwein.»

«Keinen Rotwein», sagte ich.

Meine Schwester, mit ihrer gesunden Sonnenbräune, legte eine Hand auf meine. Dabei zuckte sie fast unmerklich vor der Kälte meines Fleischs zurück. Sie drückte meine Finger. «Es tut mir so leid, dass dir das passiert ist, Schwesterherz.»

«Mir auch», sagte ich.

«Kann ich dir noch ein paar Fragen stellen?», sagte sie.

«War das eben nur eine Aufwärmübung?»

«Ja und nein.»

«Na schön», sagte ich. «Was hast du sonst noch für mich?»

«Muss das Blut, du weißt schon, menschliches Blut sein?»

«Jedes Säugetierblut erfüllt den Zweck», sagte ich.

«Und woher bekommst du das Blut?»

«Ich kaufe es.»

«Wo denn?», fragte sie.

«Ich habe einen Vertrag mit einem Schlachthof in Norco. Ich kaufe es einmal monatlich. Es liegt in meiner Gefriertruhe in der Garage.»

«Die mit dem Vorhängeschloss?», fragte sie. Ich glaube, ihr eigenes Blut wich in dem Moment aus ihrem Gesicht.

«Ja», antwortete ich.

«Was passiert, wenn du kein Blut trinkst?»

«Vermutlich verschrumpele ich und muss sterben.»

«Willst du das Thema wechseln?», fragte sie sanft.

Sie kannte meine Launen besser als jeder andere, sogar besser als mein Mann. «Bitte.»

Mary Lou grinste. Sie machte den Barmann auf sich aufmerksam und deutete auf ihren Martini. Er nickte. Der Barmann war niedlich, was Mary Lou nicht entgangen war.

«Und, an was für einem Fall arbeitest du im Moment?», fragte sie mit einem verstohlenen Blick auf den Allerwertesten des Mannes.

«Bist du fertig damit, den Barmann abzuchecken?»

Sie errötete. «Ja.»

Daher erzählte ich ihr von meinem Fall. Sie erinnerte sich, es im Fernsehen gesehen zu haben.

«Schon irgendwelche Anhaltspunkte?», fragte sie atemlos. Mary Lou neigte dazu, mein täglich Brot für aufregender zu halten, als es tatsächlich war. Ihr Drink kam, aber sie ignorierte ihn.

«Nein», sagte ich. «Nur Bauchgefühle.»

«Aber deine Bauchgefühle sind besser als die der meisten anderen.»

«Ja», sagte ich. «Das ist eine Nebenwirkung.»

«Eine gute Nebenwirkung.»

Ich nickte. «Hey, wenn ich schon auf Himbeerkäsekuchen verzichten muss, dann kann ich bei dem Deal wenigstens etwas für mich herausschlagen.»

«Wie zum Beispiel hochsensible Bauchgefühle.»

«Zum Beispiel», sagte ich.

«Was noch?», fragte sie.

«Ich dachte, wir wollten das Thema wechseln.»

«Komm schon, ich habe noch nie so … jemanden wie dich gekannt.»

«Wolltest du nicht sagen, so *etwas*?»

«Nein», antwortete sie. «Das wollte ich nicht sagen. Du bist eine gute Mutter, eine gute Ehefrau und eine gute Schwester. Du bist so viel mehr als *etwas*. Und jetzt sag schon, was sind die anderen Nebeneffekte?»

«Sagst du das alles nur, um mir Honig ums Maul zu schmieren?»

«Ja und nein», grinste sie. «Jetzt sag schon. Sofort.»

Ich lachte. «Okay, du hast gewonnen. Meine Kraft und Schnelligkeit haben sich verbessert.»

Sie nickte. «Was noch?»

«Ich bin offenbar immun gegen Krankheiten und Gebrechen.»

«Was ist mit Gestaltwandlung?»

«Gestaltwandlung?»

«Ja.»

Dass meine Schwester mich fragte, ob ich meine *Gestalt wandeln* könne, erschien mir so lächerlich, dass ich laut losprustete. Mary Lou musterte mich kurz, dann kapierte sie es, denn sie kapiert es immer. Bald kicherten wir beide hysterisch, und wir hatten jedermanns Aufmerksamkeit in der Bar. Ich hasse es, im Mittelpunkt zu stehen, aber ich brauchte das Lachen. Ich brauchte es dringend.

«Nein», sagte ich schließlich, während ich mir die Tränen aus den Augen wischte. «Ich kann meine Gestalt nicht wandeln. Das heißt, ich habe es eigentlich noch nie versucht.»

«Dann kannst du es ja vielleicht *doch*», sagte sie, als sie endlich selbst wieder zu Atem kam.

«Ehrlich, ich habe nie darüber nachgedacht. Ich hatte einfach immer zu viel anderen Mist um die Ohren, und dieser ... *Zustand*, in dem ich bin, wird eben nicht mit einem Handbuch geliefert.»

«Das heißt, du lernst es nebenbei», sagte Mary Lou.

«Ja», sagte ich. «So ähnlich wie *The Greatest American Hero.*»

«Ja, so wie er.»

Wir tranken noch ein bisschen mehr. Allmählich schlug es mir auf den Magen. Ich schob den Wein beiseite.

«Wirst du mir je erzählen, was eigentlich mit dir passiert

ist?» Mary Lous Worte formten sich inzwischen etwas langsamer. Es musste an den Martinis liegen. «Wie du, na ja, du weißt schon, wurdest, was du bist?»

Ich wandte den Blick ab. «Eines Tages, Mary Lou.»

«Aber nicht heute.»

«Nein», sagte ich. «Nicht heute.»

Mary Lou wandte sich mir auf ihrem Hocker zu und sah mich an. Ihre großen runden Augen waren glasig. Ihre Nase war schmaler als meine, aber in jeder anderen Hinsicht sahen wir uns ähnlich. Wir waren Schwestern durch und durch.

«Und, wie machst du das?», fragte sie.

«Mache ich was?»

«So normal auszusehen. Dich so normal zu geben. So normal zu sein. Mein Gott, das Leben ist doch schon hart genug, auch ohne dass dich so etwas aus heiterem Himmel trifft und völlig aus der Bahn wirft. Wie machst du das bloß?»

«Ich mache es, weil ich muss», sagte ich. «Ich habe keine andere Wahl.»

«Weil du deine Kinder liebst.»

«Manchmal ist das der einzige Grund», sagte ich.

«Was ist mit Danny?»

Ich erzählte ihr nicht von Danny. Noch nicht. Ich erzählte ihr nicht, dass sich mein Mann von meinem Anblick offenbar abgestoßen fühlte, dass er seine Lippen in letzter Zeit abwandte, wenn ich ihn küssen wollte, und dass er es um jeden Preis zu vermeiden schien, mich zu berühren. Ich erzählte ihr nicht, dass ich mir sicher war, dass er mich betrog und meine Ehe so gut wie hinüber war.

«Ja», sagte ich und wandte den Blick ab. «Ich mache es auch für Danny.»

9

Die Dusche war so heiß, wie ich es aushalten konnte, also für die meisten Leute zu heiß. Die Empfindlichkeit meiner Haut hatte nachgelassen, sodass ich immer heißere Duschen benötigte. Mein Mann hatte es schon vor langer Zeit aufgegeben, mit mir zusammen zu duschen. Offenbar hatte er eine Abneigung gegen den Geruch seines eigenen gesottenen Fleischs.

Ich hatte Muskelkater, und das Wasser war eine Wohltat. Ich war siebenunddreißig Jahre alt, aber ich sah aus wie siebenundzwanzig oder vielleicht sogar noch jünger. Mein bleiches Gesicht hatte nicht eine Falte. Meine Haut war straff. Im Allgemeinen eiskalt, aber straff. Meine Muskeln waren hart, aber das konnte auch an meinem ständigen Training liegen. Schließlich kann man sich selbst nur zu einem begrenzten Teil verlieren, daher war ich entschlossen, mir ein gewisses Maß an Normalität zu bewahren. Das Training rief mir in Erinnerung, wer ich war und was ich zu sein versuchte.

Die Schmerzen vom Boxen wurden merklich schwächer. Heutzutage heile ich schnell, erstaunlich schnell. Die ganz normale, alltägliche Freakshow.

Ich stand mit dem Rücken unter dem Wasserstrahl und versuchte an nichts zu denken. Ich stand weiß Gott wie lange so da, bis ein Bild von Kingsley und seinem blutverschmierten und verwirrten Gesicht vor meinem geistigen Auge erschien. Es war ein solch *wütender* Angriff gewesen. Voller aufgestauter Rage. Kingsley war irgendjemandem gründlich auf den Sack gegangen. Sehr gründlich. Irgendwann im Laufe der Schießerei hatte der Schütze sogar innegehalten und Kingsley mit etwas wie ehrfürchtigem Staunen angesehen, das war zumindest meine Interpretation des körnigen Bildes. Der Blick schien zu besagen: *Wie oft muss ich denn noch auf dich schießen, bis du endlich stirbst?*

Ich hatte mich bereits abgeseift und mir die Haare mit Shampoo und einer Pflegespülung gewaschen. Jetzt gab es nichts mehr zu tun, und ich verschwendete nur noch Wasser. Seufzend stellte ich die Dusche ab. Eine seltene Hitze stieg von meiner Haut auf, eine angenehme Abwechslung. Meine Haut war wund und gerötet, und ich war in meinem eigenen kleinen Himmel. Die Kinder waren bei ihrer Babysitterin, und heute Abend würde ich mit meinem Mann ausgehen. Das versuchten wir in letzter Zeit immer öfter. Genauer gesagt, *ich* versuchte es in letzter Zeit immer öfter. Er erklärte sich widerstrebend einverstanden.

In der ersten Zeit nach meiner Verwandlung war Danny ein Engel gewesen. Jemand, den er liebte (ich), war leidend und verwirrt, und er hatte mich unterstützt wie niemand sonst.

Gemeinsam hatten wir Pläne zurechtgelegt, wie wir unserem Umfeld mitteilen würden, dass ich anders war. Es war seine Idee, zu sagen, ich hätte *xeroderma pigmentosum* entwickelt, eine seltene und im Allgemeinen tödlich verlaufende Hautkrankheit. Bei xeroderma pigmentosum kann schon ein kurzer Aufenthalt in der Sonne irreparable Schäden verursachen, die zu Erblindung und tödlich verlaufenden Hautkrebsarten führen können. Schließlich akzeptierten die Leute das – sogar meine eigene Familie. Ja, ich hasste es zu lügen, aber in meinen Augen hatte ich kaum eine andere Wahl.

Danny half mir, mich beruflich neu zu orientieren und zu Hause meine private Ermittlungsfirma einzurichten. Außerdem erklärte er den Kindern, Mommy würde tagsüber oft schlafen und dürfe nicht gestört werden. Schließlich half er mir, meine Nahrungsversorgung über den örtlichen Schlachthof zu organisieren.

Danny war ein Traum gewesen. Aber das war damals, und jetzt war jetzt.

Heute Abend würden wir also essen gehen. Ich würde mir ein blutiges Steak bestellen und mir alle Mühe geben, meinem Mann Gesellschaft zu leisten. Er würde den Blickkontakt meiden, wie üblich. Eine alles andere als typische Beziehung. Aber trotzdem eine Beziehung.

Ich merkte, dass ich mich auf den heutigen Abend freute. Ich hatte kürzlich ein Buch darüber gelesen, wie man eine bessere Ehefrau sein konnte, wie man Verständnis für seinen Mann entwickeln, in kleinen Dingen seine Liebe zeigen konnte. Es ist schon erstaunlich, wie wir alle vergessen, was es braucht, um eine liebevolle Beziehung intakt zu halten. Nun ja, ich war entschlossen, ihm meine Dankbarkeit zu zeigen.

Natürlich hatten die meisten Ehepaare nicht mit den Problemen zu kämpfen, die ich habe, aber irgendwie würden wir es schon schaffen.

Ich tropfte noch und trocknete mich ab, als das Telefon klingelte. Ich stürzte durch die Verbindungstür des Bads ins Schlafzimmer und nahm das Telefon auf dem Nachttisch ab.

«Hallo», sagte ich.

«Hi, Puppe.»

«Danny!»

Eine Pause trat ein, und ich wusste instinktiv, dass ich schlechte Neuigkeiten zu hören bekommen würde. Nennen Sie es meine erweiterte Intuition, oder nennen Sie es, wie Sie wollen.

«Ich schaffe es heute Abend nicht», sagte er.

«Aber Danny ...»

«Im Büro staut sich die Arbeit. Ich habe diese Woche noch ein Gerichtsverfahren, und darauf sind wir noch gar nicht vorbereitet. Ich hoffe, du verstehst das.»

«Ja», sagte ich. «Natürlich.»

«Ich liebe dich.»

«Ich dich auch.»

«Ich muss mich wieder an die Arbeit machen. Bleib nicht auf.»

Das war inzwischen unser kleiner Witz. Natürlich, als Geschöpf der Nacht war Aufbleiben das Einzige, was ich in letzter Zeit tun konnte.

Er legte auf.

10

Es war Abend.

Ich lief in der Diele meines Hauses auf und ab. Die Muskeln an meinem Hals waren angespannt und steif. Draußen, durch den halbgeöffneten Vorhang, konnte ich das obere Halbrund der untergehenden Sonne sehen.

Ich lief weiter auf und ab. Das Atmen fiel mir um diese Tageszeit immer schwer. Ich versuchte, bewusst ein- und auszuatmen, meine Lungen so tief wie möglich zu füllen.

Ein und aus.

Ganz langsam.

Bleib ruhig, Samantha Moon. Du schaffst das schon.

Dennoch drohte mich ein Gefühl von Panik zu überwältigen. Der Grund für die Panik war die Sonne. Oder vielmehr die *Anwesenheit* der Sonne. Denn ich fühlte mich nicht wirklich lebendig, konnte mich nicht wirklich lebendig fühlen, bis dieses Biest hinter dem Horizont verschwunden war.

Ich sah wieder durch den Vorhang. Die Sonne strahlte noch immer in ihrer ganzen Pracht und Herrlichkeit.

Scheiße! War die Erde mitten in ihrer Umlaufbahn stehengeblieben? War ich dazu verdammt, mich für den Rest meines Lebens halb lebendig zu fühlen?

Panik. Pure, unvermindert anhaltende Panik.

Ich atmete.

Tief.

Bewusst.

Ich lehnte mich gegen den Türrahmen und schloss die Augen, zwang mich, mich zu entspannen. Ich streckte die Arme nach oben aus und rieb mir die Nackenmuskeln. Ich atmete weiter, kämpfte weiter gegen die Panik an.

Und dann, nach einer schieren Ewigkeit, geschah es. Ein

Gefühl von Frieden und Freude setzte in meiner Magengegend ein und breitete sich langsam in einer warmen Welle in all meine Gliedmaßen aus. Mir schwirrte der Kopf vor Glück, purem, unvermindert anhaltendem Glück, und damit vor dem grenzenlosen Potenzial der kommenden Nacht. Es war ein natürlicher Höhepunkt. Oder vielleicht ein *un*natürlicher Höhepunkt. Ich schlug die Augen auf und sah aus dem Fenster. Die Sonne war verschwunden.

Wie ich es gewusst hatte.

Die Kinder waren mit Mary Lou und ihrer Familie bei Chuck E. Cheese's. Ich stand tief in Mary Lous Schuld. Danny arbeitete länger, bereitete sich auf seinen großen Gerichtstermin vor. Also alles wie gehabt.

Mir war noch nicht wirklich bewusst, wie sehr sich mein Leben aufzulösen begann. Erst später, während ich auf dem Freeway 57 nach Süden fuhr, durchzuckte mich der Gedanke, dass ich die Detektivarbeit vielleicht würde aufgeben müssen, wenn Danny weiterhin so viel arbeitete. Früher kam er für gewöhnlich mit den Kindern nach Hause. Heutzutage kam er selten rechtzeitig nach Hause, um sie ins Bett zu bringen.

Mir graute bei dem Gedanken, nicht zu arbeiten. Wie es so schön heißt, Müßiggang ist aller Laster Anfang. Indem ich mich beschäftigte, konnte ich zum Teil vergessen, was ich geworden war, und den Albtraum meines Lebens in Schach halten.

Aber irgendjemand musste dafür bezahlen, und das würde nicht Danny sein. Er hatte schon vor langer Zeit klargestellt, dass das *mein* Problem war.

Die Fenster waren heruntergekurbelt. Der Frühlingsabend war warm und trocken. Ich konnte mich nicht erinnern, wann es das letzte Mal geregnet hatte. Ich mag den Regen. Vielleicht mag ich den Regen, weil ich in Südkalifornien lebe. Der Regen hier ist wie ein flatterhafter Liebhaber, bei dem man ständig nach mehr bettelt. Wenn ich oben im Norden leben würde, dann würde ich den Regen vielleicht nicht so sehr lieben. Ich weiß es nicht. Ich habe nie irgendwo anders gelebt.

Ich fuhr auf der East 22 in Richtung der Stadt Orange. Ich nahm die Ausfahrt Main Street, vorbei an der großen Mall, und bog dann links in die Parker Avenue und auf den Parkplatz des größten Gebäudes in der Gegend ein.

Ich nahm den Aufzug in den siebten Stock. In der Lobby wurde ich von einer hübschen brünetten Empfangsdame begrüßt. *Begrüßt* ist vielleicht ein bisschen zu viel gesagt. Offen gestanden, sah sie nicht sehr glücklich aus. Sie war ein junges Mädchen von etwa fünfundzwanzig Jahren, mit glatten braunen Haaren, die wie Seide zu schimmern schienen. Meine Haare hatten auch einmal wie Seide geschimmert; inzwischen hingen sie nur noch schlaff herunter. Ihr pinkfarbenes Pulloverstrickkleid war flauschig und figurbetont und unterstrich ihre unnatürlich großen Brüste. Es ließ mich kalt, aber ich bin ja auch kein Mann. Ich spürte ihre Feindseligkeit. Wellen von Feindseligkeit. Ich glaubte zu wissen, warum. Sie arbeitete länger, und ich war ein Grund dafür.

Ich schenkte ihr mein einnehmendstes Lächeln. Zuckersüß. Auf dem Namensschild auf ihrem Tresen stand: Sara Benson.

«Hi, Sara. Ich bin Samantha Moon. Ich bin mit Mr. Fulcrum verabredet.»

«Mr. Fulcrum erwartet Sie, Mrs. Moon. Ich führe Sie zu seinem Büro.»

Während sie das tat, sagte ich: «Soweit ich verstanden habe, werden Sie mir heute Abend behilflich sein.»

«Da haben Sie richtig verstanden.»

«Ich möchte Ihnen nur gern meinen Dank aussprechen. Ich bin sicher, Sie wären lieber überall anders als hier.»

«Sie haben ja keine Ahnung», sagte sie und blieb vor einer Tür stehen. «Er ist hier drinnen.»

11

Kingsleys Büro war eine geräumige Ecksuite, voller dunkler Holzregale und juristischer Nachschlagewerke. Bei geöffneten Jalousien hätte er eine phantastische Aussicht auf Santa Ana und Orange gehabt. Dicke Stapel mit Aktendeckeln, von Gummibändern zusammengehalten, türmten sich überall, und in einer Ecke befand sich eine dezente kleine Bar. Eine Flasche Jack Daniel's stand nicht ganz so dezent auf dem Tresen.

«Zu den Bürozeiten bleibt der Jack Daniel's im Allgemeinen *hinter* der Bar», sagte Kingsley, kam hinter seinem Schreibtisch hervor und schüttelte mir die Hand, die er vielleicht ein wenig länger festhielt, als es das Protokoll erforderte. Dann fügte er hinzu: «Sie pflegen seltsame Arbeitszeiten, Mrs. Moon.»

Ich entzog meine Hand seinem Griff. «Und Sie genesen erstaunlich gut.»

Die Narbe über seinem Auge war fast verschwunden. Sie schien sich sogar ein wenig *verschoben* zu haben – nach links vielleicht –, aber andererseits hat meine Mom immer gesagt, ich hätte eine ausschweifende Phantasie. Er sah, wie ich die Narbe musterte, und drehte prompt den Kopf.

«Sie sagen es!», erwiderte er. «Einen Drink auf uns Freaks?»

«Dieser Freak hier arbeitet. Keinen Drink.» Er musste ja nicht wissen, dass Alkohol keine Wirkung auf mich hatte.

«Stört es Sie, wenn ich mir einen genehmige?»

«Sie meinen, *noch* einen?», fragte ich. Ich konnte es an seinem Atem riechen.

«Sie sind ja eine echte Detektivin», sagte er.

«Ach, na ja, das war nicht schwer zu erraten.»

Er grinste und schoss an mir vorbei zur Bar. «Bitte machen Sie es sich bequem.»

Der nächste Platz, um es sich bequem zu machen, war ein Mandantenstuhl, der im Augenblick von einem riesigen Karton eingenommen wurde. «Wäre es Ihnen lieber, wenn ich mich auf einen Stapel Aktendeckel setze oder auf diesen Karton?», fragte ich, vielleicht ein bisschen von oben herab.

Hinter mir an der Bar hatte Kingsley begonnen, sich noch einen Drink einzuschenken. «Verzeihen Sie. Wir hatten in letzter Zeit so viel um die Ohren; hier herrscht das reinste Chaos. Ich nehmen Ihnen das ab.»

«Bemühen Sie sich nicht», sagte ich und stellte den schweren Karton auf den Boden.

Jetzt wieder hinter seinem Schreibtisch, seinen Drink in der Hand, beobachtete mich Kingsley genau. Er nahm einen Schluck aus dem Highballglas. Der Bourbon schimmerte bernsteinfarben im Halbdunkel. Ich liebe das Halbdunkel. Ich beobachtete ihn, wie er mich beobachtete. Irgendetwas lag in der Luft. Schließlich sagte er: «In diesem Karton liegen vier Fünfzig-Pfund-Teller. Zweihundert Pfund. Zusammen sind es weit über zweihundert Pfund.»

«Ich kann Ihnen nicht ganz folgen», sagte ich, obwohl ich ahnte, worauf er hinauswollte.

«Es war ein Test», sagte er selbstgefällig. «Und Sie haben bestanden. Oder sind durchgefallen. Je nachdem, wie man's sieht.»

Ich sagte nichts. Ich konnte nichts sagen. Stattdessen starrte ich unwillkürlich auf seine verblassenden Narben. Vor nicht allzu langer Zeit war ich einmal auf eine dicke Glasscherbe getreten; die Wunde war binnen weniger Stunden vollständig verheilt. Anders als mein eigenes hatte Kingsleys Gesicht einen gesunden, rosigen Schimmer. Und er war mitten am Tag zu mir nach Hause gekommen, ohne zusätzlichen Sonnenschutz. Er war nicht so wie ich, und doch hatte er fünf Schüsse in den Kopf überlebt.

«Na ja», sagte ich, «ich hätte Probleme gehabt, wenn es viel mehr als zweihundert Pfund gewesen wären.»

Er ging zum Angriff über. «Sie arbeiten nur nachts, Mrs. Moon. Sie tragen Unmengen von Sonnenschutz. Ihre Fenster, ist mir aufgefallen, waren alle vollständig verdunkelt. Sie heben zweihundert Pfund, ohne mit der Wimper zu zucken. Ihre Haut fühlt sich eiskalt an. Und Sie haben den Teint eines Lawinenopfers.»

«Okay, das Letzte war einfach nur gemein», sagte ich.

«Entschuldigung, aber es ist die Wahrheit.»

«Worauf wollen Sie eigentlich hinaus?»

Er lehnte sich zurück und verschränkte die Hände vor seinem flachen Bauch. «Sie sind ein Vampir, Mrs. Moon.»

Ich lachte. Und er auch. Meines war ein nervöses Lachen; seines nicht so sehr. Während ich meine Gedanken sammelte, um entschieden zu kontern, schweifte mein Blick unwillkürlich wieder durch sein Büro. An der Wand hinter seinem Schreibtisch hing ein wunderschönes Bild des Vollmonds, aufgenommen mit einem leistungsstarken Teleobjektiv. Neben seinem Monitor stand ein silberner Mondglobus. Halbmondförmige Bücherstützen, die zusammengesetzt einen Vollmond bilden würden. Auf seinem Schreibtisch stand ein Bild einer Frau, einer sehr schönen Frau, mit einem Vollmond, der über ihrer Schulter aufging.

«Sie sind besessen vom Mond», sagte ich.

«Weshalb ich Sie aus dem Telefonbuch ausgewählt habe», grinste er. «Ich konnte einfach nicht anders, Mrs. Moon.»

Wir schwiegen beide. Ich beobachtete ihn genau. Sein Mund war leicht geöffnet. Er atmete schwer, seine nasse

Zunge gegen die Schneidezähne gepresst. Sein Gesicht sah gesund aus, kräftig und … wild.

«Sie sind ein Werwolf», sagte ich schließlich.

Er grinste, ein wölfisches Grinsen.

12

Kingsley trat ans Fenster, öffnete die Jalousien und spähte in die Nacht hinaus. Als er mir den Rücken zuwandte, konnte ich seine breiten, kräftigen Schultern bewundern.

«Hätten Sie sich in Ihren kühnsten Träumen vorstellen können», sagte er schließlich, «dieses Gespräch je zu führen?»

«Niemals.»

«Und doch hat keiner von uns die Unterstellungen des anderen bestritten.»

«Aber auch nicht zugegeben», ergänzte ich.

Wir schwiegen wieder, und ich lauschte auf das leise Rauschen des Verkehrs hinter dem Fenster. Durch die geöffneten Lamellen nahm ich ein bisschen beruhigende Dunkelheit wahr. Hier drinnen hatte ich Neuland betreten, daher entschied ich, die Dinge so zu nehmen, wie sie kamen.

«Sagen wir der Einfachheit halber», fuhr er fort, noch immer mit dem Rücken zu mir, «wir sind ein Vampir und ein Werwolf. Was folgt für uns daraus?»

«Ich muss Sie natürlich töten», sagte ich.

«Ich hoffe, Sie machen Witze.»

«Das tue ich.»

«Gut, denn ich bin nicht leicht totzukriegen», sagte er. «Und mit Sicherheit nicht kampflos.»

«Ich liebe einen guten Kampf», sagte ich.

Er ignorierte mich. «Und», sagte er, während er sich vom Fenster abwandte und die Arme vor seiner massigen Brust verschränkte. «Wie wollen Sie damit umgehen?»

«Womit umgehen?»

Er warf den Kopf zurück und lachte. Es war eine sehr animalische Geste. Er hätte genauso gut ein Kojote – oder ein

Wolf – sein können, der den Mond anheulte. «Mit diesem neuen Knick in unserer Arbeitsbeziehung», sagte er.

«Was mich betrifft, sind Sie noch immer mein Klient und ich noch immer Ihre Detektivin. Es hat sich nichts geändert.»

«Nichts?»

«Abgesehen davon, dass Sie behaupten, ein Werwolf zu sein.»

«Sie glauben mir nicht?»

«Mr. Fulcrum, Werwölfe sind Phantasiewesen.»

«Und Vampire nicht?»

Ich lachte. Oder versuchte es zumindest. «Ich bin kein Vampir. Ich habe nur eine *Erkrankung*.»

«Eine Erkrankung, die von Ihnen verlangt, die Sonne zu meiden», sagte er ungläubig. «Eine Erkrankung, die von Ihnen verlangt, Blut zu trinken. Durch die Sie bleicher als ein Gespenst sind. Die Ihnen übermenschliche Kräfte verliehen hat.»

«Ich habe nie behauptet, dass es eine *gewöhnliche* Erkrankung ist. Ich bin noch immer dabei, sie zu erforschen.»

Er grinste. «Sie heißt Vampirismus, meine Liebe, und es ist Zeit, dass Sie dazu stehen.»

«Dazu stehen?»

«Sagen die jungen Leute heutzutage nicht so?», sagte er.

«Wie alt sind Sie eigentlich, Mr. Fulcrum?»

«Das muss Sie gar nicht interessieren», sagte er. «Die Frage, um die es hier geht, ist ganz einfach: Glauben Sie, dass ich ein Werwolf bin?»

«Nein», sagte ich.

«Glauben Sie, dass Sie ein Vampir sind?», fragte er.

Ich zögerte. «Nein.»

«Na schön», sagte er. «Betrügt Ihr Mann Sie?»

«Warum fragen Sie das?», sagte ich.

«Ich nehme an, er tut es», sagte Kingsley. «Ich nehme an, er hat schreckliche Angst vor Ihnen, und er weiß noch nicht, was er deswegen unternehmen soll, vor allem mit Rücksicht auf die Kinder.»

«Halten Sie den Mund, Kingsley.»

«Und da Sie es nicht abstreiten, will ich sogar so weit gehen zu behaupten, dass er ein Dreckskerl ist, der Sie in Ihrer größten Not alleingelassen hat.»

«Bitte halten Sie den Mund.»

«Und ich weiß noch etwas, Mrs. Moon. Er wird Ihnen die Kinder wegnehmen, und es gibt nicht eine gottverdammte Sache, die Sie dagegen tun können.»

Irgendetwas überkam mich, irgendetwas Heißes und Zorniges. Ich schoss aus dem Mandantenstuhl hoch und stürzte mich auf Kingsley, bevor er auch nur seine verschränkten Arme lockern konnte. Meine linke Hand fuhr ihm genau an die Kehle und rammte ihn hart gegen die Wand. Zu hart. Sein Hinterkopf knallte durch die Trockenbauwand. Mit gefletschten Zähnen sah ich in sein Gesicht hoch – und das Arschloch grinste mich allen Ernstes an, während sein halber Kopf noch immer in der Wand steckte. Seine Haare und Schultern waren von Gipsstaub bedeckt.

«Halten Sie Ihren verdammten Mund!», kreischte ich.

«Aber sicher. Wie Sie wünschen. Was immer Sie sagen.»

Wir standen lange Zeit so da, ich mit einer Hand seine Kehle umklammernd, er mit dem Kopf in der Wand.

«Können Sie mich jetzt herunterlassen?», fragte er mit krächzender Stimme.

«Herunter?», sagte ich verwirrt. Meine Stimme klang noch immer schrill.

«Ja», sagte er und deutete in die Richtung. «Herunter.»

Ich folgte seinem Finger und sah, dass er mit den Füßen

fünfzehn Zentimeter über dem Boden baumelte. Ich stöhnte auf und ließ ihn fallen, und sein Kopf rutschte aus der Wand heraus.

«Entschuldigung», sagte ich verlegen. «Ich war sauer.»

Kingsley rieb sich den Nacken. «Erinnern Sie mich das nächste Mal daran, Sie nicht auf die Palme zu bringen», sagte er, während er sich die Schultern abklopfte und seine Bürotür öffnete. «Ach ja, und ich muss Ihnen leider mitteilen, Mrs. Moon, dass Sie durchaus ein Vampir sind.»

Mit bernsteinfarben schimmernden Augen zwinkerte er mir zu und ging.

13

Sara und ich verbrachten die nächsten drei Stunden damit, Akten durchzugehen, und da man Saras Laune nicht unbedingt als gut bezeichnen konnte, tat ich, was jeder vernünftige Mensch unter vergleichbaren Umständen tun würde. Ich bestellte uns chinesisches Essen. Als es kam, heiterte sich ihre Stimmung etwas auf. Manche Leute brauchen Alkohol, um locker zu werden, Sara brauchte offenbar gebratene Wontons.

Wir aßen an ihrem Schreibtisch. Genauer gesagt, ich *tat*, als würde ich an ihrem Schreibtisch essen. Wir aßen hauptsächlich schweigend.

Interessanterweise schien Sara, nach den Bildern auf ihrem Schreibtisch zu urteilen, genau zu wissen, wie man sich locker machte. Da gab es Bilder von ihr im Bikini auf irgendeiner Tropeninsel und wie sie auf einem dichtbewaldeten Bergpfad wanderte, wie sie knallhart einen Volleyball schmetterte, und als Pirat verkleidet auf einer Halloween-Büroparty, komplett mit dicken goldenen Ohrringen, Augenklappe und Schnurrbart. Im Hintergrund war Kingsley als Werwolf verkleidet zu sehen. Ich lachte fast auf.

«Sie spielen Volleyball?», fragte ich.

«Ja, früher auf der Pepperdine. Ich habe für die Olympiade trainiert.»

«Was ist passiert?»

«Hätte es fast ins Team geschafft. Vielleicht nächstes Mal.»

«Vielleicht nächstes Mal», sagte ich. «Ist Kingsley ein guter Boss?»

Sie zuckte die Schultern. «Er ist recht nett. Zahlt dicke Boni.»

«Was könnten Sie mehr verlangen?», fragte ich fröhlich.

Sie zuckte die Schultern und wandte ihre Aufmerksamkeit wieder ihrem Essen zu. Ich versuchte es mit einem anderen Ansatz. «Gefällt Ihnen Ihr Job?»

Sie zuckte wieder die Schultern, und ich beschloss, es nicht länger mit Smalltalk zu versuchen. Vielleicht brauchte sie noch mehr gebratene Wontons.

Während wir aßen, arbeiteten wir eine lange Liste ab – Kingsleys sämtliche abgeschlossene Fälle aus den letzten sechs Jahren. Siebenhundertsechsundsiebzig insgesamt. Kingsley war ein vielbeschäftigter Bursche. Aus diesen Akten griff ich alle Prozesse heraus, die Kingsley persönlich geführt hatte. Jetzt waren wir bei dreihundertdreiundfünfzig. Noch immer zu viele, um damit zu arbeiten. Also griff ich alle Gewaltverbrechen heraus; insbesondere Verteidigungen in Mordfällen. Jetzt waren wir bei zwölf Akten.

Ich benötigte Kopien aller zwölf Akten. Sara verdrehte prompt die Augen.

Während wir die Kopien machten, entschied Sara, sich mir ein wenig zu öffnen. Okay, vielleicht hatte sie es nicht so sehr *entschieden*, sondern eher meiner unablässigen Flut von Fragen *nachgegeben*. Wie auch immer, ich erfuhr, dass sie frisch vom College hierher in Kingsleys Kanzlei gekommen war. Anfangs hatte sie sehr gern für ihren Chef gearbeitet, in letzter Zeit jedoch nicht mehr so sehr.

«Warum denn nicht?», fragte ich in der Hoffnung auf mehr als nur ein Schulterzucken. Ich hatte die Nummer des Chinarestaurants in der Hosentasche, sollte ich dringend noch eine Portion gebratene Wontons benötigen.

Wie sich zeigte, benötigte ich die Nummer nicht. In einem durchaus hitzigen Ton erzählte mir Sara im Detail die Geschichte eines Vergewaltigers, der freigekommen war, da Kingsley Beweise dafür gefunden hatte, dass der Tatort manipuliert worden war. Sie beendete ihren Bericht mit: «Ja, Mr. Fulcrum ist ein guter Mann. Aber er ist ein noch besserer Strafverteidiger. Und genau das ist das Problem.»

Ich spürte viel Feindseligkeit. Wir standen am Kopierer und arbeiteten erfolgreich als Team, indem wir uns gegenseitig Aktendeckel zureichten. Sara war sehr hübsch und sehr jung. Zweifellos ein echter Männertraum. Sie war größer als ich, und ihre Brüste sahen künstlich aus, aber in Südkalifornien ist das die Regel, nicht die Ausnahme. Sie selbst schien nicht künstlich. Sie schien aufrichtig und beunruhigt, und auf einmal wusste ich, warum.

«Sie sind mal mit Kingsley gegangen», sagte ich.

Sie sah erschrocken auf. «Warum? Hat er etwas zu Ihnen gesagt?»

«Nein. Ist nur so ein Bauchgefühl.»

Sie reichte mir noch einen Aktendeckel. Ich entfernte die Klammern und blätterte ihn durch, überprüfte ihn auf Papiere ungewöhnlicher Größen oder Formen, die einen Kopierstau verursachen würden. Während sie sprach, verschränkte sie die Arme unter ihrer üppigen Brust und lehnte sich mit einer Hüfte gegen den Kopierer. «Na schön, wir sind eine Weile miteinander gegangen. Und?»

«Und was ist passiert?», fragte ich.

«Fragen Sie *ihn*. *Er* hat Schluss gemacht», sagte sie.

«Warum?»

«Sie stellen ganz schön viele Fragen», bemerkte sie.

«Das ist ein Zwang», sagte ich. «Vermutlich sollte ich deswegen zu einem Seelenklempner gehen.»

Ihre Augen leuchteten ein wenig auf, und sie lächelte fast, aber dann riss sie sich zusammen und rief sich in Erinnerung, dass sie mich nicht mochte. «Er hat gesagt, es würde ihm alles *zu schnell* gehen. Dass er vor nicht allzu langer Zeit seine Frau verloren hätte und noch nicht bereit für etwas Ernstes sei.»

«Wann ist seine Frau denn gestorben?», fragte ich.

«Vor ein paar Jahren. Ich weiß nicht.» Sie zuckte die Schultern. Sie wusste es nicht, und ganz offensichtlich interessierte es sie auch nicht.

«Sind Sie noch immer wütend auf ihn?», fragte ich.

Sie zuckte die Schultern, wandte den Blick ab und machte für den Rest des Abends dicht. Ja, ich nehme an, sie war noch immer wütend.

Wir kopierten alle zwölf Akten fertig, von denen viele fast dreißig Zentimeter dick waren. Vielleicht würde ich in einer davon einen Verdächtigen oder einen Hinweis oder *irgendetwas* finden. Auf jeden Fall würde ich mir die Akten in den frühen Morgenstunden vornehmen, vor allem da ich Danielle Steels neuesten Roman, *Liebesbisse*, über zwei verliebte Vampire kürzlich ausgelesen hatte. Süß und unheimlich treffsicher.

Und so packten Sara und ich die Akten in einen Karton, und während ich das ganze Trumm zum Aufzug trug, stand der jungen Assistentin vor Bewunderung der Mund offen. Diese Reaktion ernte ich oft.

«Mein Gott, sind Sie stark», bemerkte sie, als wir in den Aufzug traten.

«Das liegt am Pilates», sagte ich. «Sollten Sie auch mal versuchen.»

«Werde ich machen», sagte sie. «Ach übrigens, ich soll Sie daran erinnern, dass diese Akten vertraulich sind.»

«Ich werde sie hüten wie meinen Augapfel.»

Draußen in der frischen Nachtluft sagte Sara: «Ich hoffe auf jeden Fall, Sie finden heraus, wer auf Knighty geschossen hat.» Sie bemerkte den Ausrutscher und wurde feuerrot. Ihr Gesicht glühte hell unter den fahlen Lichtern der Parkplatz-Beleuchtung. «Ich meine, Mr. Fulcrum.»

Ich lächelte über ihren Lapsus. «Ich auch.»

Sie bedankte sich für das chinesische Essen, schien mir noch etwas sagen zu wollen, überlegte es sich dann anders und stürzte davon zu ihrem Wagen. Ich sah ihr zu, wie sie einstieg und zurücksetzte und wegfuhr. In dem Augenblick, als ich den Karton in den Minivan schob, stellten sich auf einmal meine Nackenhaare auf. Ich hielt inne und wandte langsam den Kopf. Mein Sehvermögen ist nachts besser. Nicht gut, aber besser. Sieh mal einer an, da stand ein alter Mercedes auf einem Parkplatz auf der anderen Straßenseite. Ein Mann saß darin, und er beobachtete mich mit einem Fernglas.

Ich knallte die Tür des Minivans zu und ging entschlossen über den Parkplatz, überquerte den Gehsteig und trat von der Bordsteinkante auf die Straße.

Er wartete ein, zwei Sekunden, beobachtete mich gebannt, dann streckte er eine Hand nach unten aus und jagte den Motor hoch. Seine Scheinwerfer flackerten auf, und noch bevor ich die Straße halb überquert hatte, hatte er den Mercedes bereits zurückgesetzt und schoss rücksichtslos über den Parkplatz. Während er die hintere Ausfahrt nahm, rechts in die Parker Avenue einbog und in einer Seitenstraße verschwand, stand für mich zweierlei fest:

Erstens: Er hatte kein Nummernschild. Zweitens: Es war kein Fernglas.

Es war eine Nachtsichtbrille.

14

Mit den Akten auf meiner Rückbank und Gedanken an die Nachtsichtbrille im Kopf rief ich gegen halb elf Mary Lou an, um mich dafür zu bedanken, dass sie auf die Kinder aufgepasst hatte.

«Ich passe noch immer auf sie auf», sagte sie schläfrig.

«Was soll das denn heißen?», fragte ich.

«Danny hat sich nicht blicken lassen.»

«Hat er wenigstens angerufen?»

«Nein.»

Ich war auf dem Freeway 57, aber anstatt meine Ausfahrt zum Yorba Linda Boulevard zu nehmen, fuhr ich zwei Ausfahrten weiter zu Mary Lous Haus. Ja, es ist schön, Verwandte in der Nähe zu haben, vor allem wenn man Kinder hat.

«Es tut mir so leid», sagte ich, als sie die Tür öffnete. «Ich wollte dir die Kinder nicht den ganzen Abend aufhalsen.»

«Ist nicht deine Schuld. Und ich liebe sie ja sowieso. Sag mir, dass du wenigstens mit deinem Fall ein Stück weit vorangekommen bist.»

«Ein Stück weit», räumte ich ein. Den Teil, dass Kingsley ein Werwolf war, ließ ich aus, aber ich erwähnte den Typen auf dem Parkplatz.

«Vielleicht war er nur irgendein Widerling.» Mary Lou runzelte die Stirn. «Ich meine, du bist schließlich ein heißer Feger.»

«Immer schön, das von der eigenen Schwester zu hören», sagte ich.

«Ich meine, mach dir keine Sorgen deswegen.»

«Mache ich nicht», sagte ich. «Ich kann auf mich aufpassen.»

«Ich weiß», sagte sie. «Genau das macht mir Sorgen.»

Während die Kinder auf der Rückbank schliefen, rief ich in Dannys Büro an. Er war nicht da; ich hinterließ eine Nachricht auf dem Anrufbeantworter. Als Nächstes rief ich sein Handy an, und er nahm im letzten Augenblick ab, bevor sich die Voicemail einschaltete. Er klang atemlos. Irgendetwas stimmte hier nicht, und die Alarmglocken in meinem Kopf gellten laut und schrill. Ich tat mein Bestes, um sie zu ignorieren, aber nicht ignorieren konnte ich, dass mir auf einmal speiübel wurde.

«Wo bist du?», fragte ich.

«Ich arbeite länger», antwortete er krächzend.

«Machst du Liegestütze?», sagte ich, um ein Lächeln bemüht.

«Bin eben eine Treppe hochgerannt. Die Toiletten auf dieser Etage funktionieren nicht.»

«Du hast das Telefon im Büro nicht abgenommen.»

«Du weißt doch, dass ich nach Büroschluss nie abnehme.»

«Früher schon», sagte ich.

«Na ja, Schatz, das war, bevor ich immer so verdammt viel um die Ohren hatte. Kann ich dich später zurückrufen?»

«Noch besser, komm doch *nach Hause.*»

«Ich werde bald zu Hause sein.»

Er legte auf, und ich konnte nur noch auf mein Handy starren. Es schien, als hätte er, falls das überhaupt möglich war, am Ende des Gesprächs noch schwerer geatmet.

Es war nach Mitternacht, und ich hatte über die Hälfte der zwölf Akten durchgearbeitet, als Danny schließlich nach Hause kam. Er ging am Arbeitszimmer vorbei und winkte mir kurz zu. Er sah müde aus. Sein dunkles Haar war leicht zerzaust. Seine Krawatte fehlte. Das gedämpfte Licht erhellte die tiefer werdenden Fältchen um Mund und Augen. Seine

Augen, die einmal strahlend blau und hinreißend gewesen waren, hatten Schlupflider und einen ernsten Ausdruck. Seine vollen Lippen waren wie gemacht zum Küssen, aber nicht für mich, nicht mehr. Er war ein gutaussehender Mann, und kein sehr glücklicher.

«Entschuldige, dass ich die Kinder nicht abgeholt habe», sagte er. Er klang nicht sehr entschuldigend. Er klang nicht, als ob es ihn überhaupt einen Dreck kümmerte. «Ich hätte deine Schwester anrufen sollen.»

«Schon okay. Ich mache es wieder gut», sagte ich. Er hatte Lippenstift am Ohrläppchen. Vermutlich kam er nicht auf die Idee, seine Ohrläppchen zu überprüfen.

Er sagte: «Ich gehe duschen, und dann lege ich mich in die Falle. Habe morgen wieder einen anstrengenden Tag.»

«Das möchte ich wetten.»

Er blieb noch einen Augenblick stehen, gegen den Türrahmen gelehnt. Er schien etwas sagen zu wollen. Vielleicht wollte er mir von dem Lippenstift erzählen.

Dann schlüpfte er davon, aber bevor er verschwunden war, entdeckte ich etwas in seinen Augen. Eine Spur von Schuldgefühlen. Schmerz. Verwirrung. Es war alles da. Es brauchte keinen geschärften sechsten Sinn, um zu wissen, dass mein Ehemann, der er seit vierzehneinhalb Jahren war, sich von mir entliebt hatte. Wir alle ändern uns, nehme ich an. Manche von uns mehr als andere.

Nachdem er fertig geduscht hatte, hörte ich die Sprungfedern quietschen, als er ins Bett kroch, und ich legte meinen Stift hin und weinte leise in meine Hände.

15

Ich joggte um drei Uhr morgens den Harbor Boulevard entlang. Ich hatte die Akten zu Ende gelesen und brauchte etwas Zeit zum Nachdenken. Zum Glück hatte ich die ganze Nacht dafür. Mein Leben als Vampir ist für mich ein allnächtlicher Kampf gegen die Einsamkeit.

Ich trug volle Joggingmontur, Trainingshose und Sweatshirt. Keine reflektierenden Schuhe. Ich war einmal zu oft von Cops angesprochen worden, die mir davon abrieten, als Frau so spätabends allein zu joggen. Ich fragte mich, ob sie einem Vampir denselben Rat geben würden. Jedenfalls, ich hielt mich im Schatten, mied die Cops und alle anderen.

Ich behielt ein gesundes Tempo bei. Tatsächlich war mein gesundes Tempo fast ein regelrechter Sprint. Ein unchristliches Tempo, das ich stundenlang beibehalten konnte, und manchmal tat ich das auch. Sicher, meine Muskeln schmerzten danach, sodass ich mich in meiner heißen Wanne einweichen musste. Aber ich liebe das Tempo.

Der Harbor Boulevard rauschte an mir vorbei. Ich atmete leicht. Die Luft war erfüllt von Nebel und Tau. Meine Arme pumpten rhythmisch an meinen Seiten und verliehen meinen pulsierenden Beinen zusätzliche Balance. Der Harbor war leergefegt von jeglichem Verkehr und Leben. Ich bog nach rechts in die Chapman ein, vorbei an der Highschool und dem Junior College. Die Straßen flogen an mir vorüber, während ich mich geschickt um Laternenpfähle, Bänke an Bushaltestellen und kastenförmige Metalldinger schlängelte, die irgendetwas mit Verkehrsampeln zu tun hatten. Glaube ich. Jedenfalls schien es jede Menge dieser kastenförmigen Metalldinger zu geben.

Ich musste kein Wasser trinken, und ich musste nicht

stehen bleiben, um Atem zu schöpfen. Es war ein ungewöhnliches Gefühl von Freiheit. Ohne Erschöpfung zu joggen. Die Stadt lag still und schweigend da. Der Wind rauschte rasch an meinen Ohren vorbei.

Ich war eine physische Anomalie. Maßlos gesteigerte Leistung. Mein Mann hat mich einmal eine Superheldin genannt, nachdem er eine Kostprobe meiner Kraft gesehen und darüber gestaunt hatte.

Am Himmel stand der Halbmond. Ich dachte an Kingsley und seine Mond-Besessenheit. Es war nur logisch, dass ein Werwolf besessen vom Mond war. Ich rannte geschickt an einer rund um die Uhr geöffneten Donutbude vorbei. Der junge asiatische Donutbäcker sah erschrocken auf, verpasste mich jedoch knapp. Der Geruch der Donuts war verlockend, auch wenn mir leicht übel davon wurde.

Ein *Werwolf*?

Ich schüttelte den Kopf und kicherte über die Absurdität dieser ganzen Geschichte. Aber da war sie und starrte mir ins Gesicht. Oder vielmehr, *er* hatte mir ins Gesicht gestarrt. Was war in dieser Gegend denn eigentlich los? Seit wann war Orange County ein Zufluchtsort für die Untoten? Ich fragte mich, was es dort draußen noch alles gab. Wo es Werwölfe und Vampire gab, da machten vielleicht auch noch andere Geschöpfe die Nacht unsicher, oder? Vielleicht ein, zwei Ghule? Zwerge womöglich? Vielleicht war mein Trainer Jacky in Wirklichkeit ein alter, kauziger Kobold.

Ich lächelte.

Bei dem Gedanken an Kingsley wurde mir warm ums Herz. Und das beunruhigte mich. Ich war verheiratet. Eine verheiratete Frau sollte keine solche Wärme für einen anderen Mann empfinden, selbst dann nicht, wenn dieser andere Mann ein Werwolf ist.

Das heißt, nicht, wenn sie verheiratet bleiben wollte. Und ich wollte wirklich, wirklich verheiratet bleiben.

Vielleicht fühlte ich mich Kingsley irgendwie verbunden, vereint durch unsere übernatürlichen Schicksale. Wir hatten viel gemeinsam. Zwei Außenseiter. Zwei Geschöpfe, die auf die eine oder andere Weise von der Nacht beherrscht wurden.

Ein Wagen näherte sich. Ich duckte mich in eine Seitenstraße und lief an einer Reihe alter Häuser entlang. Schwere Äste wölbten sich über mir. Mit meiner verbesserten Nachtsicht vermied ich geschickt Unebenheiten im Gehsteig – Risse und Erhebungen –, Stellen, wo sich Baumwurzeln von unten gegen den Beton gedrückt hatten. Für mein Auge bestand die Nacht aus Milliarden und Abermilliarden tänzelnder silberner Teilchen. Diese silbernen Teilchen erhellten die Dunkelheit zu einer Art surrealem geschmolzenem Schimmer, der alles berührte.

Ich bog in eine andere Straße ein, dann wieder in eine andere. Der Wind heulte mir um die Ohren. Ich gelangte auf ein etwas härteres Pflaster der Stadt, als ich durch eine Wohnstraße namens Bear lief. Die Bear führt auf eine größere Straße namens Lemon. Es kratzte mich nicht, wie hart das Pflaster der Bear Street war.

Noch ein zusätzlicher Vorteil: *grenzenloser Mut.*

Meine Alarmglocken gingen an, zuerst nur als ein leises Summen in meinen Ohren. Auf dieses Summen folgt jedes Mal ein beschleunigter Herzschlag, ein Hämmern in meiner Brust. Inzwischen kannte ich das Gefühl gut genug, um ihm zu vertrauen, und ich begann sofort, nach Ärger Ausschau zu halten. Und als ich um die nächste Ecke bog, war er da.

Drei Männer traten aus den Schatten und stellten sich mir in den Weg. Ich verlangsamte mein Tempo und blieb schließlich stehen. Im selben Augenblick kamen vier weitere Männer hinter einem Lowrider-Truck hervor, der auf der Straße parkte. Neben dem Haus befand sich ein leerer, dunkler Schulhof. Als hätte ich ihre kollektiven Gedanken gelesen, sah ich für einen Moment eine flüchtige Prognose meiner unmittelbaren Zukunft vor mir: ein Bild der sieben Männer, die mich auf den Schulhof zerrten. Und dann ihren Spaß mit mir hatten. Und mich schließlich dem Tod überließen.

Ein Glück, dass die Zukunft nicht in Stein gemeißelt ist.

Ich lächelte sie an. «Hallo, Jungs.»

16

Vier der sieben waren Latinos, die restlichen drei ein Weißer, ein Asiate und ein Afroamerikaner. Ein wahrer Schmelztiegel an Bandengewalt. Ich studierte jedes einzelne Gesicht. Die meisten waren feucht von Schweiß, die Augen aufgerissen vor Vorfreude und sexueller Energie. Details sprangen mir ins Auge wie phosphoreszierende Schwarz-Weiß-Fotos, berührt von dem gespenstischen silbrigen Licht. Einer von ihnen hatte schreckliche Angst und riss ständig den Kopf hin und her, wie ein Huhn auf Crack. Sie waren alle etwa gleich alt – vielleicht dreißig –, bis auf einen, der schon um die fünfzig war. Ein paar hatten ganz zerzauste Haare, als hätte man sie eben aus dem Vollrausch gerissen.

Ich konnte ihre Alkoholfahnen und den Schweiß auf ihrer Haut riechen. Der Schweiß war stechend und mit allem Möglichen durchsetzt – von Angst und Aufregung bis hin zu Feindseligkeit und sexueller Frustration. Nichts davon roch gut. Wenn *gemein* einen Geruch hätte, dann wäre es genau das gewesen.

Ein eher kleiner Latino trat vor. Ein Schnappmesser sprang an seiner Seite auf und rastete ein. Zu meinem Vorteil ließ er das fahle Licht des Mondes auf der polierten Klinge schimmern. Er war vielleicht fünfunddreißig und trug lange Denim-Shorts und ein kariertes Hemd. Für einen Vergewaltiger sah er erstaunlich gut aus.

«Wenn du schreist, tue ich dir weh.» Er hatte einen starken Akzent.

«Gott, wie romantisch, so etwas zu sagen», bemerkte ich.

«Halt den Mund, Schlampe.»

Ich hielt den Blick auf ihn geheftet. Ich musste die anderen nicht ansehen. Ich konnte sie fühlen, sie *spüren*, sie riechen.

Ich sagte: «Was würden eure Mütter jetzt bloß von euch allen denken? Wie ihr zusammen mitten in der Nacht eine Frau überfallt. Ts, ts, ts. Also wirklich, ich finde, ihr solltet euch alle schämen.»

Der kleine Latino sah mich ausdruckslos an, dann sagte er nur: «Schafft sie her.»

Bewegung von hinten. Ich schnellte herum und schlug zu, mit durchgestrecktem Arm. Jacky wäre stolz auf mich gewesen. Meine Faust traf den Typen in die Kehle. Er fiel um wie ein Sack, während er sich würgend den Hals hielt. Vermutlich tat es höllisch weh. Es war mir egal.

Ich musterte die anderen, die alle wie angewurzelt dastanden. «Und, wie sah der Plan aus, Jungs? Wolltet ihr auch alle eine Nummer schieben? Beziehungsweise eine dreckige zweite Nummer – ach was, dreckige dritte und vierte und fünfte Nummer. Und dann was? Mir die Kehle aufschlitzen? Mich dem Tod überlassen? Bis mich irgendein Schulhausmeister in einen Müllcontainer gestopft findet? Ihr würdet meine Kinder ihrer Mutter berauben, um eine Nacht lang billigen Spaß zu haben?»

Niemand sagte etwas. Sie sahen zu ihrem Anführer, dem kleinen Latino mit dem Schnappmesser. Vermutlich sprachen gar nicht alle Englisch.

«Ich gebe euch die einmalige Chance, wegzulaufen», sagte ich. «Bevor ich euch alle töte.»

Sie liefen nicht weg. Ein paar sahen weiter ihren Anführer an. Die meisten sahen den Mann an, der sich am Boden wand und sich die Kehle hielt. Schnappmesser beobachtete mich mit einer Mischung aus Neugier, Lust und Hass.

Dann ging er zum Angriff über, riss die Klinge hoch. Hätte er getroffen, dann wäre ich von der Leiste bis zur Kehle aufgeschlitzt gewesen.

Aber er traf nicht.

Ich drehte meinen Körper seitwärts, und die Klinge verfehlte mich. Ich erwischte seinen überstreckten Arm am Ellenbogen und verdrehte ihn. Der Ellenbogen brach am Gelenk. Der Junge ließ das Messer fallen. Ich riss ihn an der Kehle hoch. Schreiend und würgend trommelte er mit seinem gesunden Arm wie wild auf mich ein, wobei er mich mit einem Schlag seitlich am Kopf streifte. Ich drückte einfach noch ein bisschen fester zu, und er hörte auf, herumzufuchteln.

Sein Gesicht lief violett an; das gefiel mir.

Ich hob ihn noch ein bisschen höher und schwang ihn herum, sodass die anderen ihn sehen konnten. Sie starrten mit offenen Mündern.

«Ihr dürft jetzt weglaufen», sagte ich.

Und das taten sie. Sie stoben auseinander wie Hühner vor einem Habicht. Sie verschwanden in die Nacht, um Hecken und in dunkle Hauseingänge. Zwei von ihnen liefen einfach mitten auf der Straße weiter. Alle waren verschwunden, bis auf einen, den Fünfzigjährigen. Er richtete eine Pistole auf meinen Kopf.

«Lass meinen Neffen los», sagte er.

«Es ist immer schön zu sehen, wenn Gruppenvergewaltigung und Mord in der Familie bleiben», sagte ich.

Ich ließ seinen Neffen los. Oder so ähnlich. Ich schleuderte den Jungen mit aller Wucht gegen seinen Onkel. Die Pistole ging los, ein gewaltiger Knall, der mir durch Mark und Bein ging und in meinen überempfindlichen Ohren höllisch brannte.

Als sich sozusagen der Rauch auflöste, sah der alte Mann mit fassungslosem Entsetzen zu Boden. Schnappmesser lag ausgestreckt auf dem Betongehsteig, und Blut quoll aus einer Wunde in seiner Brust. Breitete sich rasch auf dem Beton aus. Ein schwarzer Ölfilm in der Nacht.

Blut.

Irgendetwas in mir erwachte. Irgendetwas nicht sehr Nettes.

Der ältere Mann sah von mir zu Schnappmesser, dann auf die Pistole in seiner Hand. Ein Ausdruck des Entsetzens huschte über sein Gesicht, und Tränen traten ihm in die Augen. Dann floh er zu den anderen in die Schatten, sah noch einmal über die Schulter zurück, bevor er über irgendjemands Zaun verschwand.

Ich blieb allein mit Schnappmesser zurück. Seine rechte Hand versuchte die Wunde zuzuhalten; aber sie klatschte nur schlaff danach.

«Na», sagte ich, während ich mich hinkniete, «du hast ja einen schönen Freundeskreis.»

Und während ich neben ihm kauerte, hörte das Klatschen auf einmal auf, und er sah mich mit toten Augen an. Ich tastete nach einem Puls. Es war keiner da.

Wegen des Pistolenschusses gingen in den Häusern nach und nach Lichter an. Ich sah wieder auf den Körper.

So viel Blut ...

17

Wir waren allein in einer Gasse hinter ein paar Wohnungen.

Der frühmorgendliche Himmel war noch schwarz, bis auf das fahle Licht des Halbmonds. Ich kauerte zwischen einem Müllcontainer und drei schwarzen Müllsäcken, die mit irgendwelchem fauligen Zeug gefüllt waren. Ein leichter Wind wehte durch die Gasse. Die Plastiksäcke raschelten. Mein Haar hob und senkte sich sanft – genau wie das Haar an dem toten Typen.

Nach dem Joggen trinke ich normalerweise Kuhblut. Das Kuhblut ist mit allen möglichen Verunreinigungen und fauligem Dreck versetzt. Ich muss oft würgen. Es ist sozusagen meine ganz persönliche *Dschungelprüfung*, nur ohne die Riesenbelohnung am Ende der Sendung.

Vor mir lag Schnappmesser, der Ganove, der die Gruppenvergewaltigung zweifellos organisiert hatte. Ich hatte ihn beiseitegeschafft, bevor irgendjemand Ermittlungen zu der Schießerei anstellen konnte, und jetzt lag er zu meinen Füßen, tot und gebrochen.

Ich sah hinunter auf seine Brust, wo das Blut sein Flanellhemd fast schwarz verfärbt hatte.

Blut …

Ich riss sein Flanellhemd auf, und Knöpfe klimperten überall. Seine Brust war von einem Meer aus verkrustetem Blut überzogen. Das Loch in seiner Brust war wie ein dunkler Mond an einem zinnoberroten Himmel.

Sein Blut würde Alkohol enthalten, da er getrunken hatte. Es war mir egal. Das Blut würde rein genug sein. Frisch von der Quelle. Die ideale Nahrung. Andererseits war *ideal* relativ. *Idealerweise* würde ich mich an Truthahnlasagne gütlich tun.

Ich neigte den Kopf, legte die Lippen an die schwere Wunde in seiner Brust und trank …

Ich schaffte den Körper dorthin, wo er zu Boden gegangen war. Dann schlenderte ich zurück in die Dunkelheit des Schulgeländes, wohin sie mich zweifellos hatten zerren wollen, um mich zu vergewaltigen.

Es war noch früh am Morgen, noch dunkel. Niemand war auf den Straßen. Neugierige Nachbarn hatten sich wieder schlafen gelegt; keiner hatte die Polizei wegen des Geräuschs eines Pistolenschusses gerufen. Offenbar kamen Schüsse hier oft genug vor, um nicht so viel Verdacht zu erregen.

Die Angreifer selbst waren längst verschwunden. Bestimmt machten sie sich vor Angst in die Hosen. Einer ihrer Leute war von einem ihrer Leute erschossen worden. Jeder von ihnen würde an diesem Morgen mit einem richtig schlimmen Kater aufwachen und Gott anflehen, das alles möge nur ein richtig schlimmer Traum gewesen sein.

Anstatt dass ihre Gebete erhört wurden, würden sie nach dem Aufwachen die Leiche finden. Was danach passieren würde, wusste ich nicht, und eigentlich war es mir auch egal. Ich bezweifelte, dass sie überhaupt versuchen würden, mich zu identifizieren, um nicht ihre wahren Absichten in der Nacht zuvor preisgeben zu müssen.

Jedenfalls, mit einer halbgeleerten Bierdose aus dem Müllcontainer in der Nähe hatte ich die Wunde von meinen Lippenabdrücken gereinigt. Sollte sich der Gerichtsmediziner doch den Kopf darüber zerbrechen, warum irgendjemand Bier über die Schusswunde geschüttet hatte.

Während ich in der Dunkelheit stand und ein seltsamer spukhafter Nebel an meinen Knöcheln leckte, musste ich wieder an den Geschmack seines Bluts denken.

Gott, er hatte so gut geschmeckt. So verdammt gut – und rein. Der Unterschied zwischen guter Schokolade und schlechter Schokolade. Der Unterschied zwischen gutem Wein und schlechtem Wein. Gutem Blut und schlechtem Blut.

Ein Unterschied wie Tag und Nacht.

Ich verließ das Schulgelände und die Gegend, während eine Welle von Violett langsam über dem östlichen Horizont heraufzog. Ich hasste das. Die Sonne ging auf, und ich musste zusehen, dass ich nach Hause kam.

Ich konnte schon jetzt spüren, wie meine Kraft nachließ.

Da ich mir den Bauch mit Schnappmessers Blut vollgeschlagen hatte, wollte ich auf keinen Fall Krämpfe bekommen, daher joggte ich in einem langsamen und gleichmäßigen Tempo. Auf dem Weg nach Hause, während sich die Schuldgefühle wegen meiner Tat zu regen begannen, klammerte ich mich insbesondere an einem Gedanken fest, als wäre er eine Boje in einem Sturm:

Ich habe ihn nicht getötet; er war schon tot …

Ich habe ihn nicht getötet; er war schon tot …

18

Die Kinder spielten in ihrem Zimmer, und Danny arbeitete länger. Heute war Elternabend in der Grundschule, und er hatte versprochen, rechtzeitig nach Hause zu kommen.

Die Worte «wir werden sehen» waren mir durch den Kopf gegangen.

Die letzten zwei Stunden hatte ich damit verbracht, Anthony bei seinen Mathehausaufgaben zu helfen. Mit Mathe tat er sich nicht leicht, und er sträubte sich die ganze Zeit dagegen. Vampir oder nicht, ich war ausgelaugt.

Alles in allem konnte ich einfach nicht glauben, wie viele Hausaufgaben seine Lehrerin in der dritten Klasse jede Woche aufgab. Ich hatte selbst alle Mühe, dabei mitzuhalten. War den Lehrern denn nicht klar, dass Mütter mit ihren Kindern abends ein paar schöne Stunden verbringen wollten?

Und so saß ich jetzt noch immer verdrießlich in meinem Büro. Es war früh am Abend, und es regnete stark. Von Zeit zu Zeit schlug der Regen, gepeitscht von einer Windböe, gegen mein Bürofenster. Der erste Regen seit Monaten. Der Wettermann war außer sich gewesen.

Ich mag den Regen. Er berührt alles und jeden. Nichts bleibt verschont. Er gibt sogar einem Freak wie mir das Gefühl, mit der Welt verbunden zu sein.

Und so, während der Regen gegen die Scheibe schlug und die Kinder halbwegs zufrieden in ihrem Zimmer spielten, arbeitete ich mich schließlich durch Kingsleys sämtliche Akten. Nur eine davon sah vielversprechend aus, und sie löste die Alarmglocken in meinem Kopf aus. Ich habe gelernt, auf diese Alarmglocken zu hören.

Der Fall war nicht anders als viele andere von Kingsleys

Fällen. Sein Mandant, Hewlett Jackson, war angeklagt, den Ehemann seiner Geliebten ermordet zu haben. Aber dank Kingsleys geschickter Handhabung des Falls wurde Jackson aufgrund einer Formsache freigesprochen. Offenbar war der Durchsuchungsbefehl nicht mehr gültig gewesen, sodass alle gesammelten Beweise vor Gericht für unzulässig erklärt wurden. Als das Urteil verlesen wurde, musste der Bruder des Opfers mit Gewalt zurückgehalten werden. Und nach Aktenlage war der Bruder des Opfers nicht auf den mutmaßlichen Mörder losgegangen; nein, er war auf *Kingsley* losgegangen.

Das war doch etwas.

Und das war alles, was ich hatte. Ein verzweifelter Mann, der das Gefühl hatte, dass seinem ermordeten Bruder keine angemessene Gerechtigkeit widerfahren war. Nicht viel, aber immerhin ein Anfang.

Ich lehnte mich auf meinem Stuhl zurück und starrte auf die Akte. Der Regen war jetzt stärker und rüttelte an der Scheibe. Ich lauschte auf das Geräusch, ließ es einen Teil der Leere in meinem Herzen ausfüllen und fand etwas Frieden. Ich warf einen Blick auf die Uhr. Der Elternabend begann in einer Stunde, und noch immer keine Spur von Danny.

Ich verscheuchte den Gedanken an ihn und ging ins Internet; insbesondere zu einer meiner vielen Ermittlungs-Datenbanken. Der Name des Bruders war in der Akte nirgends erwähnt worden, aber nach ein paar geschickten Suchanfragen hatte ich alle Informationen, die ich brauchte.

Der Mord hatte es in die Lokalzeitung geschafft. Der Artikel erwähnte die hinterbliebenen Familienangehörigen. Die Eltern waren tot, aber es gab zwei überlebende Geschwister, Rick Horton und Janet Maurice. Während ich mir die beiden Namen notierte, klingelte unser Haustelefon. Meine Stimmung sank.

Ich nahm ab.

«Hi, Püppchen.»

«Sag mir, dass du auf dem Weg nach Hause bist», sagte ich.

Eine Pause trat ein. Er holte einmal tief Luft. «Sag den Kindern, es tut mir leid.»

«Nein», sagte ich. «Sag du's ihnen.»

«Tu das nicht.»

Ich tat es. Ich rief die Kinder und reichte ihnen nacheinander den Hörer. Als sie gegangen waren, hielt ich ihn wieder ans Ohr.

«Du solltest die Kinder da nicht hineinziehen, Samantha», sagte er.

«Sie in was nicht hineinziehen, bitte schön?»

Er seufzte. Als er fertig mit Seufzen war, hörte ich eine Stimme, die ihm von irgendwo etwas zuflüsterte. Eine *weibliche* Stimme.

«Wer flüstert denn da?», fragte ich.

«Bleib nicht auf.»

«Wer ist denn diese –»

Aber er hatte schon aufgelegt.

19

Wir waren spät dran zum Elternabend.

Ich hatte alle Hände voll damit zu tun, die Kinder fertig zu machen, und längst jeden Gedanken daran aufgegeben, ein Abendessen zu kochen. Wir hielten unterwegs bei einem Burger-King-Drive-in.

«Sagt mir, was ihr wollt», sagte ich über die Schulter. Wir waren die Dritten in der Drive-in-Schlange. Die Kinder hatten einige ihrer besten Sachen an, und ich machte mir schon jetzt Sorgen wegen Flecken.

Ich warf einen Blick in den Rückspiegel. Die Kinder waren durch eine unsichtbare Linie voneinander getrennt, die zwischen ihren beiden Plätzen auf der Rückbank verlief. Die Linie zu überschreiten war Grund für eine Bestrafung. Im Augenblick hockte Tammy am Rand dieser Linie, schnitt vor Anthony Grimassen und zog ihn auf, streckte ihm die Zunge heraus und trieb ihn zur Weißglut. Ich lachte fast über den Anblick, aber ich musste irgendetwas unternehmen.

«Tammy, deine Zunge hat eben die Linie überschritten. Kein Fernsehen oder Gameboy heute Abend.»

Anthony brüllte: «Ja!» Dann zeigte er auf seine Schwester. «Ha!»

Tammy kreischte. «Aber Mom, das ist nicht fair! Es war nur meine Zunge!»

«Zungen zählen. Außerdem weißt du gut genug, dass du deinen kleinen Bruder nicht ärgern sollst.» Wir rückten in der Schlange vor. «Was wollt ihr zwei essen?»

Tammy sagte, sie wolle nichts. Anthony nannte mir seine übliche Bestellung. Hamburger, ohne alles. Ich bestellte für Tammy ein paar Chicken Fingers.

«Ich will keine Chicken Fingers.»

«Du magst Chicken Fingers.»

«Aber ich habe keinen Hunger.»

«Dann musst du sie ja nicht essen, aber wenn du sie verkommen lässt, wird dir das Geld vom Taschengeld abgezogen. Anthony, du sollst deine Schwester nicht ärgern.»

Anthony vollführte auf der Rückbank einen kleinen Siegestanz, der den ganzen Minivan zum Schaukeln brachte. Seine Schwester war erfolgreich bestraft worden und er ungeschoren davongekommen. Ein triumphaler Augenblick für jeden kleinen Bruder.

Und genau dann, als er dachte, ich würde nicht hinsehen, genau dann, als er dachte, die Luft wäre rein, zeigte er seiner Schwester den Mittelfinger. Tammy kreischte auf. Ich lachte schallend los. Und bis wir das Drive-in verließen, hatten sie beide zwei Tage Fernsehprivilegien verloren.

Und während ich den Parkplatz des Burger King verließ, wimmerte Anthony: «Auf meinem Hamburger ist Senf!»

«Mein Gott», murmelte ich, wendete und fuhr zurück zu dem Drive-in.

20

Nach dem Elternabend saßen wir drei zusammen auf dem Sofa und sahen uns Wiederholungen von *Sponge-Bob Schwammkopf* an. Leider hatte ich diese Folge schon einmal gesehen. Danny war noch immer nicht zu Hause, und eigentlich rechnete ich in absehbarer Zeit auch nicht mit ihm.

Der Elternabend war ganz okay verlaufen. Anthony würde in allen Fächern bestehen, wenn auch nur knapp. Seine Lehrerin hatte den Eindruck, er verbringe zu viel Zeit damit, den Klassenclown zu spielen. Tammy, die ein paar Jahre älter war, war offenbar verrückt nach Jungen. Obwohl ihre Noten im Grunde hervorragend waren, beklagte sich ihre Lehrerin, sie würde die anderen Schüler ablenken, vor allem die von der männlichen Sorte.

Offenbar bekamen meine Kinder gern Aufmerksamkeit, und ich fragte mich, ob ich ihnen zu Hause genug davon schenkte.

«Was ist das denn für ein Geruch?», fragte ich.

«Wer es riechen kann, hat es selber dran», kicherte Anthony.

«Du wahrscheinlich», sagte Tammy zu ihrem Bruder. «Du pupst doch immer heimlich.»

«Du auch!»

«Gar nicht! Ich bin ein Mädchen. Mädchen pupsen nie.»

«Tun sie doch!», brüllte Anthony.

«Ich rieche gar nichts, Mommy», sagte Tammy, ohne auf ihren Bruder zu achten.

Ich begann, an ihren Achseln und Füßen zu riechen. Während ich schnupperte, kicherten sie beide, und Anthony versuchte, an meinen Füßen zu riechen.

«Du bist es, Mommy», brüllte er kichernd. «Deine Füße stinken!»

«Gar nicht», sagte ich. «Mädchenfüße stinken nicht.»

«Du bist kein Mädchen.»

«Ach nein?»

«Was ist sie denn dann, Hirni?», fragte Tammy.

«Sie ist eine *Dame*», sagte Anthony.

«Danke, Anthony», sagte ich und umarmte seinen warmen Körper. «Dame klingt gut.»

«Und Damen haben Stinkefüße», ergänzte er.

«Okay, jetzt hast du's vermasselt», sagte ich und kitzelte ihn, was das Zeug hielt. Er kauerte sich in eine Ecke des Sofas, während er mit Kissen nach mir schlug, und dann sprang Tammy auf meinen Rücken, um ihren kleinen Bruder zu verteidigen, und bald lagen wir alle auf dem Boden und stachen mit Fingern auf alles entblößte Fleisch ein, ein einziges großes Kitzeln, kostenlos für alle.

Später, während wir keuchend auf dem Boden lagen und SpongeBob Schwammkopf und seine berüchtigten Quadrathosen noch ein witziges Abenteuer auf dem Meeresboden bestanden, fragte Anthony: «Mommy, warum bist du immer so ... kalt?»

«Mommy ist krank», sagte ich. Und in gewisser Weise war ich *sehr* krank.

«Musst du bald sterben?», fragte er.

«Nein», sagte ich. «Mommy wird noch sehr lange nicht sterben.»

«Gut!», sagte er.

«Aber können wir uns mit dem anstecken, was du hast?», fragte Tammy, wie immer vorsichtig.

«Nein», sagte ich. «Das könnt ihr nicht.»

Auf einmal rümpfte ich die Nase. Der Geruch war wieder

da. Aus meinem Blickwinkel auf dem Boden konnte ich eben noch unter das Sofa sehen. Und dort, in all ihrer Pracht, lag eine von Anthonys zusammengerollten Socken. Eine stark riechende zusammengerollte Socke. Mit Hilfe eines Bleistifts zog ich sie hervor, und sie blieb an seiner Spitze hängen wie radioaktiver Abfall.

«Kommt dir die bekannt vor, Anthony?», fragte ich.

Er murmelte eine Entschuldigung, ich sagte ihm, er solle sie in die Wäsche werfen, und während er aufstand, um es zu tun, machten Tammy und ich bei jedem seiner Schritte Furzgeräusche.

Schlechter Schachzug.

Er wandte sich um und warf mit der Socke nach uns, und wir verbrachten die nächsten paar Minuten damit, heiße Kartoffel damit zu spielen, und lachten, bis uns die Bäuche wehtaten.

21

Nach dem Angriff gegen mich vor sechs Jahren, etwa zu der Zeit, als ich zum ersten Mal online ging, gewann ich einen Cyberfreund.

Ich war dabei, die neue und aufregende Welt der Chatrooms zu erkunden. Ich landete in einem Room namens *Geschöpfe der Nacht*. Der Room war zu einem gewissen Grad komisch, denn dort schien es eine Art fortlaufendes Skript zu geben über einen Vampir, der in einem Schloss erschien und das Leben aus seinen Bewohnern saugte. Es gab viele schnelle Postings, und es war schwer, ständig auf dem Laufenden zu bleiben. Trotzdem, eines war offensichtlich: Alle hier liebten Vampire von ganzem Herzen. Und viele wollten selbst gern Vampire *sein*.

Ein privates Nachrichtenfenster war als Nächstes auf meinem Bildschirm erschienen. Jemand namens Fang950 versuchte mich zu kontaktieren. Er sagte *Hi*, und ich schrieb ihm zurück. Im Verlauf der nächsten paar Stunden, die wie im Flug vergingen, spürte ich, wie ich mich diesem Fang950 unwillkürlich öffnete. Es war berauschend. Ich erzählte ihm alles. Es war mir egal, ob er mir glaubte oder nicht. Ich hatte keine Ahnung, wer er war. Aber er hörte zu, und er stellte Fragen, und er verurteilte mich nicht. Er war das ideale Ventil für meine Angst. Und niemand wusste von ihm außer mir. Niemand. Er gehörte mir ganz allein.

Es war spät, und es regnete nach wie vor. Danny war noch immer nicht nach Hause gekommen. Ich hatte meine Abendmahlzeit bereits zu mir genommen und saß etwas benommen in meinem Büro. Nach den Mahlzeiten fühlte ich mich immer träge, um nicht zu sagen, aufgedunsen, und mir war speiübel.

Eine Privatnachricht erschien auf meinem Computerbildschirm, gefolgt von dem Geräusch von spritzendem Wasser. Es war Fang.

Bist du da, Moon Dance?, schrieb er in Anspielung auf meinen Benutzernamen, den einzigen Namen, unter dem er mich kannte.

Ja, Fang, was gibt's?

Nichts Neues. Und bei dir?

Bei Fang gab es nie etwas Neues. Er erzählte mir kaum etwas von sich. Ich wusste nur, dass er in Missouri lebte und achtundzwanzig Jahre alt war.

Und so verbrachte ich die nächsten Minuten damit, ihm von meinem neuen Fall zu berichten. Ich nannte natürlich keine Namen, aber Fang kannte sich aus mit Computern. Wenn er interessiert genug war, würde er alles über die Story selbst in Erfahrung bringen.

Was sagt dir dein Bauchgefühl zu der Akte?, fragte er.

Mein Bauchgefühl sagt mir, dass ich da einer Sache auf der Spur bin, antwortete ich.

Zu dumm, dass dein Bauchgefühl sich nicht klarer äußern kann.

Ja, zu dumm, schrieb ich. *Aber es hat mir schon früher geholfen, Fälle zu lösen. Ich habe mir da durchaus einen Ruf erworben. Aber ich fühle mich wie eine Betrügerin.*

Eine Betrügerin?

Ich dachte kurz darüber nach, dann schrieb ich: *Na ja, andere Privatermittler haben nicht den Vorteil, über einen geschärften sechsten Sinn zu verfügen, oder wie immer man es nennen will.*

Aber andere Privatermittler arbeiten tagsüber, schrieb er. *Du bist gehandicapt, indem du nur nachts arbeitest.*

Das ist kein großes Handicap. Damit komme ich schon klar.

Trotzdem. Vergiss nicht, du hilfst anderen Leuten. Das ist das Entscheidende. Ob du betrügst oder nicht, spielt keine Rolle. Auf das Endergebnis kommt es an, oder? Hast du nicht mal gesagt, dass du mehr Fälle ablehnst, als du annimmst?

Ich schrieb: *Ja.*

Welche Fälle lehnst du ab?, fragte er.

Untreue Ehepartner, hauptsächlich.

Und welche Fälle nimmst du an?

Die größeren Fälle. Mordfälle. Vermisstenfälle.

Wie finden deine Klienten dich?

Empfehlungen der Polizei, hauptsächlich, schrieb ich. *Wenn die Polizei das Verbrechen nicht lösen kann, schickt sie die Klienten manchmal zu mir. Ich habe mir den Ruf erworben, Antworten zu finden.*

Du leistest gute Arbeit. Du bist wie eine Superheldin. Du hilfst denen, die nicht wissen, an wen sie sich sonst wenden sollen, um Antworten zu erhalten. Du gibst ihnen die Antworten.

Da war es wieder. Superheldin.

Der Regen dauerte an. Ich hörte Danny hereinkommen, aber er machte sich nicht die Mühe, in meinem Büro im hinteren Teil des Hauses vorbeizuschauen. Stattdessen hörte ich ihn sofort auf die Dusche zusteuern. Um *sie* von sich abzuduschen, zweifellos.

Aber manchmal sollten die Antworten besser verborgen bleiben, schrieb ich ein paar Minuten später, abgelenkt von Dannys Eintreffen.

Manchmal nicht, schrieb Fang. *So oder so, deine Klienten können mit der Sache abschließen.*

Ich nickte im Stillen, dann schrieb ich: *Abschließen ist eine Gabe.*

Er schrieb: *Ja. Und du verschaffst ihnen diese Gabe. Du*

meinst also, dieser verzweifelte Bruder hat ein paar Schüsse auf deinen Klienten abgefeuert?

Ich denke, das ist wahrscheinlich. Ich hielt kurz mit dem Tippen inne, dann fügte ich hinzu: *Glaubst du, ich bin ein Vampir, Fang?*

Das hast du mich schon hundertmal gefragt, antwortete er.

Und ich habe deine Antworten praktischerweise hundertmal vergessen.

Ja, schrieb er. *Ich glaube, du bist ein Vampir.*

Warum glaubst du, dass ich ein Vampir bin?

Weil du es mir gesagt hast.

Und du glaubst das?

Ja.

Ich holte einmal tief Luft, dann tippte ich: *Gestern Abend habe ich das Blut aus einem Toten gesaugt.*

Eine lange Pause trat ein, bevor er schrieb: *Hast du ihn getötet, Moon Dance?*

Nein, das habe ich nicht. Er war schon tot, ein Mitglied einer Gang, die mich angegriffen hat. Er wurde versehentlich von jemandem aus seiner Gang erschossen. Der Schuss galt eigentlich mir.

O mein Gott, geht's dir gut?

Ich liebte Fang, wer zum Teufel er auch war. Ich schrieb: *Ja, danke der Nachfrage. Es war nichts. Die Typen hatten keine Ahnung, mit wem sie es zu tun hatten.*

Natürlich nicht, wie könnten sie auch? Und was ist mit dem toten Typen passiert?

Ich habe sein Blut gesaugt, bis ich keinen Tropfen mehr schlucken konnte.

Eine lange Pause trat ein. Regen trommelte gegen die Scheibe.

Wie hast du dich dabei gefühlt?, fragte er.

In dem Augenblick? Erfrischt. Ganz. Vollständig. Verjüngt.

So gut hat er geschmeckt?

Sogar noch besser, schrieb ich.

Und wie fühlst du dich jetzt?, fragte er.

Entsetzlich.

Macht es dir Sorgen, dass er so gut geschmeckt hat?

Eigentlich nicht, schrieb ich. *Aber jetzt ist mir klar, was ich verpasse. Kuhblut ist ekelhaft.*

Das glaube ich dir gern. Hast du dich noch unter Kontrolle, Moon Dance?

Ja. Ich habe die Kontrolle über mich nie verloren. Solange ich mich jede Nacht an dem Blut, das in meinem Kühlschrank lagert, gütlich tun kann.

Was würde passieren, wenn dir das Blut ausgehen sollte?

Das will ich mir lieber nicht vorstellen, schrieb ich. *Es ist noch nie passiert, und ich habe auch nicht vor, es so weit kommen zu lassen.*

Klingt nach einem Plan, schrieb er.

Ich lachte leise, dann lehnte ich mich auf meinem Stuhl zurück und trank etwas Wasser. Ich tippte: *Ich habe einen Werwolf getroffen.*

Im Ernst?

Im Ernst, schrieb ich.

Wie ist ein Werwolf denn so?

Das weiß ich eigentlich noch nicht so genau. Geheimnisvoll. Besessen vom Mond.

Klingt logisch.

Er ist praktizierender Anwalt, schrieb ich. *Und ein sehr guter noch dazu.*

Na ja, wir brauchen alle einen Tagesjob.

Oder einen Nachtjob, ergänzte ich.

Haha. Na ja, Moon Dance, es ist schon spät. Lass mich wis-

sen, wie's mit deinem Werwolf weitergeht. Wann haben wir den nächsten Vollmond?

In ein paar Tagen. Ich habe schon nachgesehen.

Gab es in letzter Zeit irgendwelche ungelösten Mordfälle, die Tierangriffen ähnelten?, fragte er.

Nicht dass ich wüsste.

Vielleicht solltest du darauf achten, schrieb er.

Stimmt, schrieb ich.

Gute Nacht, Moon Dance.

Gute Nacht, Fang.

22

Ich fuhr auf dem Freeway 57 nach Süden, als mein Handy klingelte. Es war Kingsley.

«Haben Sie die Neuigkeit schon gehört?», fragte er aufgeregt.

«Dass Sie ein Werwolf sind?», tippte ich.

«Ts, ts, ts, liebes Mädchen. Nicht am Telefon. Man kann nie wissen, wer zuhört.»

«Big Brother? Außerirdische? Der Heimatschutz?»

«Hewlett Jackson ist tot.»

Ich zuckte zusammen. «Ihr Mandant.»

«Jetzt mein Ex-Mandant.»

«Mord?», fragte ich.

«Ja. Erschossen.»

«Lassen Sie mich raten», sagte ich. «Fünfmal in den Kopf.»

«Fast. Neunmal.»

«Offenbar wollte unser Mörder diesmal kein Risiko eingehen.»

«Finden Sie ihn», sagte Kingsley.

«Das ist mein Job», sagte ich.

«Haben Sie schon irgendwelche Anhaltspunkte?»

«Einen.»

«Einen nur?»

«Mehr brauche ich nicht», sagte ich.

«Verstehe», sagte er. «Na ja, die Polizei behauptet, Sie sind die Beste. Daher vertraue ich Ihnen.»

Ein Knistern war zu hören, gefolgt von einer langen Pause. Zu lange.

«Sind Sie noch dran?», fragte ich.

«Ich bin hier», sagte er, und dann fügte er hinzu: «Morgen ist Vollmond, wissen Sie.»

«Ich weiß», sagte ich. «Und, kann ich zusehen?»

«Zusehen?», fragte er.

«Sie wissen schon, bei der Verwandlung.»

«Nein», sagte er. «Und Sie sind ein krankes Mädchen.»

«Nicht krank», sagte ich. «Nur wer-neugierig.»

Er schnaubte verächtlich, und ich konnte fast sehen, wie er seinen großen, zotteligen Kopf schüttelte. Er sagte: «Ich habe gehört, in Fullerton wurde eine Leiche gefunden.» Er schwieg einen Augenblick. «Blutentleert.»

«Ts, ts, ts», sagte ich. «Nicht am Telefon. Aber wenn es Sie beruhigt, nein, ich habe ihn nicht getötet.»

«Gut.»

Mehr Knistern. Mehr Pausen. Bei manchen Leuten können sich Gesprächslücken unangenehm anfühlen. Bei Kingsley fühlten sich die Lücken ganz natürlich an. Aber wir waren schließlich auch unsterblich. Praktisch gesehen, konnten wir bis in alle Ewigkeit warten.

Kingsley schloss die Gesprächslücke. «Und, wohin sind Sie um diese späte Stunde unterwegs?»

«Für mich ist es früh, und ich bin dabei, meinem Anhaltspunkt nachzugehen.»

«Erzählen Sie mir von Ihrem Anhaltspunkt.»

Und ich tat es.

Als ich geendet hatte, sagte Kingsley: «Ja, ich erinnere mich an ihn. Rick Horton. Sein Bruder war tot, und der einzige Verdächtige kam frei, weil die Polizei gepfuscht hatte.»

«Wissen Sie, Kingsley, wenn ich Sie nicht besser kennen würde, würde ich fast sagen, Sie klingen mitfühlend.»

«*So* weit würde ich nicht gehen.»

«Erzählen Sie mir von dem Vorfall im Gericht», sagte ich.

«Er ist auf mich losgegangen, aber es war ein irgendwie halbherziger Versuch. Hauptsächlich hat er mir einen Schwall von Schimpfwörtern an den Kopf geworfen.»

«Das müssen Sie doch gewohnt sein.»

«Wie es so schön heißt, was mich nicht umbringt, härtet mich ab», sagte er. «Aber er sah nicht aus wie ein Typ, der zu Gewalt neigt.»

«Manche sehen nicht so aus.»

«Stimmt», sagte er. «Wissen Sie, wo er wohnt?»

«Ich habe seine Adresse. Zufälligerweise habe ich noch immer Freunde in hohen Positionen.»

«Gut, lassen Sie mich wissen, wie's läuft.»

«Viel Spaß morgen Abend», sagte ich. *«Arr Arr Arroooooo!»*

«Sehr witzig», sagte er, aber er lachte trotzdem.

Ich legte kichernd auf.

23

Ich nahm die East 22 und dann die 55 nach Süden bis zur Ausfahrt Siebzehnte Straße. Rick Horton lebte in einer gehobenen Wohngegend in der Stadt Tustin, etwa zehn Meilen südlich von Fullerton. Danach folgte ich den Yahoo-Wegbeschreibungen, bis ich vor einem zweistöckigen neugotischen Haus vorfuhr. Einem Haus wie gemacht für einen Vampir.

Von seinen spitzen Bögen über die gusseisernen Dachfirste und rautenförmigen Schieferschindeln bis zu den mehrfach übereinandergesetzten Schornsteinen wirkte Hortons Haus so unheimlich, bedrohlich und gespenstisch wie ein Haus in Orange County. Es stand weit zurückgesetzt von der Straße auf einem Eckgrundstück, umgeben von einem massiven, efeubewachsenen gemauerten Zaun. Der Zaun schloss oben mit eisernen Spießen von der Art ab, auf die Vlad der Pfähler stolz gewesen wäre. Das ganze Haus war aus einer Art quadratisch gehauenen Steinen errichtet.

Ich benutzte die Sprechanlage neben dem Eingangstor. Ein Mann antwortete. Ich nannte meinen Namen und sagte, ich sei Privatermittlerin und würde gern mit Rick Horton sprechen. Ein kurzes Schweigen folgte, dann ging das Tor mit einem Klicken auf. Ich drückte es ganz auf und folgte einem Backsteinweg über einen gepflegten englischen Rasen. Alles in allem schien dieses düstere und romantische viktorianische Haus in Tustin, Kalifornien, ein wenig fehl am Platz.

In dem Augenblick, als ich die Eingangsveranda betrat, schwang die Tür auf. Ein kleiner Mann mit Drahtbrille steckte den Kopf durch die offene Tür. «Bitte treten Sie ein», sagte er. «Ich bin Rick Horton.»

Ich tat es und stand in der Hauptdiele. Zu meiner Rechten

befand sich eine geschwungene Treppe. Die Decke war gewölbt, und überall brannten Kerzen. Das Haus war tagsüber vermutlich verdammt dunkel, ideal für einen schlummernden Vampir.

Ich folgte dem kleinen Mann durch einen Türbogen in einen Empfangssalon. Ich war erst ein paarmal in einem förmlichen Empfangssalon gewesen, und empfangen wurde ich hier hauptsächlich von Öllandschaften, die überall an den Wänden hingen. Ich wurde gebeten, auf einem staubigen Chippendale-Sofa Platz zu nehmen, was ich tat. Das Sofa stand vor einem dreiseitigen Erkerfenster mit rautenförmigen Scheiben. Das Fenster ging auf den Rasen vor dem Haus und einen Marmorbrunnen hinaus. Der Brunnen war eine wasserspeiende Meerjungfrau. Sie hatte mindestens Körbchengröße DD, was für echte Meerjungfrauen vermutlich ein deutlicher Nachteil ist. Genau vor dem Fenster stützten drei klassische kannelierte dorische Säulen eine breite Veranda.

Horton nahm mir gegenüber auf einem ledernen Lehnstuhl Platz, der wie gemacht zum Kuscheln war. Ich war nicht in Kuschelstimmung. Rick Horton trug goldene Ohrstecker in jedem Ohr. Er wirkte etwa zwanzig Jahre zu alt für goldene Ohrstecker. Nennen Sie mich ruhig altmodisch. Er trug einen grün karierten Pyjama, Ober- und Unterteil zueinander passend. Er machte einen in sich gekehrten Eindruck. Vielleicht war er ein berühmter Autor oder so.

«Haben Sie eine Lizenz?», fragte er. Während er sprach, blickte er ein wenig verwirrt und verständnislos, und er blinzelte in kurzen Abständen, als würde ich ihm mit einer grellen Lampe in die Augen leuchten.

Ich hielt ihm meine Lizenz hin, und er musterte sie kurz. Ich hasste das Foto. Ich sah todkrank aus: bleiches Gesicht, zurückgekämmte Haare, gelbliche Wangen. Ich sah aus wie ein Vampir. Das Make-up, das ich an jenem Tag aufgelegt hatte, schien mit dem Blitzlicht der Kamera verpufft zu sein. Und das Bild war ein bisschen verschwommen, die Konturen meines Gesichts formlos.

Er lehnte sich zurück. «Nun, was kann ich für Sie tun, Ms. Moon?»

Um genau zu sein, hieß es *Mrs.*, aber es lohnte nicht die Mühe, ihn darauf hinzuweisen. «Ich untersuche eine Schießerei.»

«Oh? Auf wen wurde denn geschossen?»

«Auf meinen Klienten; fünf Schüsse ins Gesicht.» Horton zeigte keine Regung. Nicht einmal ein nervöses Zucken. «Und ich glaube, Sie haben auf ihn geschossen, Mr. Horton.»

Das würgte das Gespräch ab. Irgendwo im Haus tickte eine Standuhr vor sich hin, hallte auf den leeren Fluren wider, füllte die schwere Stille aus.

«Sie kommen in mein Haus und beschuldigen mich eines Mordes?», sagte er. Sein Versuch moralischer Empörung war lächerlich. Er schien einfach nicht von Herzen zu kommen.

«Versuchten Mordes», sagte ich. «Mein Klient ist nicht gestorben, was der Grund ist, weshalb er mich überhaupt engagieren konnte.»

«Wer ist denn Ihr Klient?»

«Kingsley Fulcrum», sagte ich.

«Ach ja, natürlich, der Strafverteidiger. Es kam in den Nachrichten. Habe gesehen, wie er sich hinter einem Baum versteckt hat. Es war sehr amüsant. Ich wünschte, er wäre gestorben. Aber ich habe nicht auf ihn geschossen.»

Ich analysierte jedes Wort und jede Gebärde von ihm auf bewusster und unbewusster Ebene. Ich wartete darauf, dass sich dieses Psycho-Dings einschaltete, jene übersinnliche Wahrnehmung, die mir meinen Vorteil gegenüber bloßen

Sterblichen verschafft, jene glasklare Erkenntnis, die mir auf intuitiver Ebene sagt, *er ist unser Mann*. Frustrierenderweise bekam ich nichts davon: Es blieb alles unsicher und verschwommen. An seinen Worten konnte etwas Wahres dran sein. Und doch schien er Dreck am Stecken zu haben. Irgendetwas stimmte hier nicht.

«Haben Sie jemanden angeheuert, Kingsley zu erschießen?», fragte ich.

«Vielleicht sollte ich besser einen Anwalt hinzuziehen.»

«Ich bin kein Cop.»

«Sie könnten verdrahtet sein.»

«Ich bin nicht verdrahtet.» Verdreht, aber nicht verdrahtet.

Er zuckte die Schultern und lehnte sich zurück. «Ich kann Ihnen gar nicht sagen, wie sehr ich mich gefreut habe, zu sehen, dass dieser Dreckskerl bekommen hat, was er verdient hat. Glauben Sie mir, wenn ich auf ihn geschossen hätte, dann hätte ich mich voller Stolz dazu bekannt. Aber leider kann ich nicht die Lorbeeren für etwas ernten, was ich nicht getan habe.»

«Haben Sie jemanden angeheuert, ihn zu töten, Mr. Horton?»

«Wenn ich das getan hätte, würde ich es Ihnen dann sagen?»

«Aller Wahrscheinlichkeit nach nicht, aber fragen kann nie schaden. Manchmal spricht eine Reaktion auf eine Frage Bände.» Mehr, als ihm bewusst war.

«Na schön. Um Ihre Frage zu beantworten: Ich habe niemanden angeheuert, Kingsley Fulcrum zu töten.»

«Wo waren Sie an dem Tag, an dem auf ihn geschossen wurde?»

«Welcher Tag war das?»

Ich sagte es ihm.

«Ich war hier, wie üblich. Mein Vater hat mir eine beträchtliche Erbschaft hinterlassen. Ich arbeite nicht. Hauptsächlich lese ich und sehe fern. Ich bin nicht gerade, was man einen Mann der Tat nennen würde.»

«Sie haben kein Alibi?»

«Kein einziges.»

«Besitzen Sie eine .22er-Pistole?»

Er riss den Kopf hoch. *Bingo.* «Ich denke, diese Befragung ist beendet, Ms. Moon. Ich habe nicht auf Mr. Fulcrum geschossen. Wenn die Polizei mich genauer zu befragen wünscht, kann sie dies gern im Beisein meines Anwalts tun. Guten Abend.»

Ich erhob mich zum Gehen, dann hielt ich noch einmal inne. «Hewlett Jackson wurde heute tot aufgefunden, neunmal in den Kopf geschossen.»

Horton atmete ein, und ein hauchdünner Anflug eines Lächelns huschte über seine Lippen. Seine Miene verriet tiefe Erleichterung. «Wie ich bereits sagte, die Polizei kann mich gern im Beisein meines Anwalts vernehmen.»

Ich fand selbst aus dem unheimlichen alten Haus heraus. Ich liebe unheimliche alte Häuser. Muss der Vampir in mir sein.

24

Bist du da, Fang?

Ich bin hier, Moon Dance.

Ich habe heute Abend einen Verdächtigen besucht, schrieb ich. Wenn ich online schreibe, komme ich im Allgemeinen sofort zum Punkt.

Der, von dem du dachtest, er könnte der Schütze sein?

Ja, genau der, aber jetzt bin ich mir nicht mehr so sicher, ob er der Schütze war.

Fang schwieg kurz, dann schrieb er: *Scheint nicht der Richtige zu sein?*

Ich bin mir nicht sicher.

Du bekommst gemischte Signale.

Ja, schrieb ich. Fang war selbst verdammt intuitiv und oft sehr zutreffend in seinen Einschätzungen meiner Probleme. Das liebte ich an ihm. *Aber er scheint Dreck am Stecken zu haben.*

Na ja, vielleicht ist er irgendwie verstrickt.

Vielleicht. Als ich die Pistole erwähnte, habe ich die Reaktion bekommen, die ich wollte.

Na bitte. Vielleicht wurde seine Pistole verwendet, aber er war nicht der Mörder.

Vielleicht.

Eine viel längere Pause trat ein. Normalerweise chatteten Fang und ich im Internet so schnell, wie zwei Leute miteinander reden würden. Vielleicht sogar noch schneller.

Ich habe eine Frau bei mir, schrieb er. *Sie verlangt meine Aufmerksamkeit.*

Ich grinste, dann schrieb ich: *Viel Spaß.*

Das habe ich vor. Wir sprechen uns bald.

Es war Zeit für meine Abendmahlzeit.

Ich sah nach meinen Kindern; sie schliefen beide tief und fest. Ich sah sogar nach Danny. Früher schlief er nur in Boxershorts. Inzwischen schlief er vollständig bekleidet mit Trainingshose und T-Shirt. Seine Erklärung war einfach: Er wollte nicht mit meinem kalten Fleisch in Berührung kommen.

Scheiß auf mein kaltes Fleisch. Darum habe ich nie gebeten.

Ich ging leise durch das dunkle Haus. Ich machte gar nicht erst Licht, denn a) brauchte ich es nicht und b) wollte ich die anderen nicht stören. Danny hatte kürzlich erwähnt, bei dem Gedanken, wie ich nachts durchs Haus schliche, würde es ihn gruseln. Ja, er sagte *gruseln*. Mein eigener Ehemann.

Scheiß auch auf ihn.

In der Küche blieb ich vor der Vorratskammer stehen. Nach kurzem Zögern öffnete ich den Vorratsschrank und streckte eine Hand nach einer Schachtel Hostess Ding Dongs aus. Ich öffnete die Lasche. Zwei Reihen silberner Scheiben funkelten mich aus der Schachtel an. Die Schlichtheit dieser hauchdünnen Alu-Verpackungen hatte etwas sehr Schönes an sich.

Während ich mir drei Stück nahm, lief mir das Wasser im Mund zusammen. Mein Herz begann zu rasen.

Ich setzte mich an den Küchentisch, wickelte das erste Ding Dong aus und knüllte die Alufolie fest zu einer kleinen silbernen Kugel zusammen. Vor mir schimmerte der Schokoladen-Puck fahl im Mondlicht. Mein Magen rumorte, schien sich in sich selbst zurückzuziehen wie eine brechende Ozeanwelle.

Der erste Bissen war klein und erkundend. Gott, die Schokolade schmeckte so verdammt gut, dass ich einen Orgasmus hätte haben können. Vielleicht hatte ich ja tatsächlich einen. Cremig und schwer und vermutlich künstlich, hielt sich der Kakaogeschmack noch lange, nachdem ich den ersten Bissen geschluckt hatte.

Jetzt gab es kein Zurück mehr.

Rasch aß ich das erste Ding Dong auf und machte mich über das zweite her. Und danach über das dritte. Schließlich lehnte ich mich auf dem Holzstuhl zurück. Ich fühlte mich wie ein echter Vielfraß. Zugegeben, die meisten meiner Geschmacksknospen waren hinüber, aber Schokolade schaffte es trotzdem jedes Mal, sich laut und deutlich bemerkbar zu machen.

Draußen, durch einen Spalt im Vorhang vor dem Fenster über der Spüle, strahlte der Himmel im Mondlicht. Morgen war Vollmond. Heute Nacht war er fast voll, aber noch nicht ganz. Ich fragte mich, ob der fast-aber-noch-nicht-ganz volle Mond irgendeine Reaktion bei Kingsley auslöste. Vielleicht ein paar zusätzliche Barthaare hier und da. Die Zähne und Nägel ein bisschen länger als sonst.

Ich kicherte darüber und überlegte, ob ich ihn anrufen und damit aufziehen sollte, aber es war zwei Uhr morgens. Um zwei Uhr morgens kann das Leben sehr einsam sein.

Mein Magen gluckste.

Jetzt geht's los, dachte ich.

Wieder fragte ich mich, wie lange Kingsley schon ein Werwolf war. Und mir wurde bewusst, dass er nicht wirklich zugegeben hatte, einer zu sein. Vielleicht war er irgendeine Variante eines Werwolfs. Vielleicht ein anderes Wer-Irgendwas. Vielleicht eine Wer-Miezekatze.

Ich verlagerte meine Haltung auf dem Stuhl, um den zunehmenden Schmerz in meinem Magen zu lindern. Ein ernsthafter Krampf setzte ein.

Wie alt mochte Kingsley sein? Woher kam er?

Auf einmal stemmte ich mich vom Stuhl hoch und taumelte keuchend hinüber zur Küchenspüle. Ich drehte den Wasserhahn in genau dem Augenblick auf, als die Ding Dongs schwungvoll hochkamen, mit beängstigender Wucht durch meine Speiseröhre nach oben schossen.

Als ich fertig war, wischte ich mir den Mund ab und setzte mich auf den Küchenboden. Ich sah auf meine Armbanduhr. Ich hatte die Ding Dongs ganze dreiundneunzig Sekunden bei mir behalten.

Ich hätte am liebsten geweint.

25

Ich schlafe nicht in einem Sarg.

Ich schlafe in meinem Bett, unter der Bettdecke, bei zugezogenen Jalousien. Ich gehe in dem Augenblick zu Bett, in dem die Kinder zur Schule aufbrechen, und wache ein paar Stunden, bevor sie aus ist, auf. Idealerweise würde ich den ganzen Tag schlafen, aber ich bin eine Mom mit Kindern, und *idealerweise* ist über den Jordan gegangen.

Mein Schlaf ist tief und im Allgemeinen traumlos. Und er ist verjüngend auf eine Weise, die ich selbst nicht ganz begreifen kann. Bevor ich die Augen schließe, im Allgemeinen Minuten, nachdem ich meine Kinder zur Schule gebracht habe, bin ich halb tot vor Erschöpfung. So sehr, dass ich mich manchmal frage, ob ich im Sterben liege – oder vielleicht fast schon gestorben bin –, und dann belebt mich der Tiefschlaf wieder, verjüngt mich, baut mich auf eine übernatürliche Weise wieder auf.

Und sobald mein Kopf aufs Kissen sinkt, bin ich völlig weggetreten. Das heißt, bis mein Wecker mit der lautesten Einstellung losgeht. Ich wache widerstrebend und erschöpft auf, im vollen Bewusstsein, dass ich noch schlafen und dass ich nie, aber auch *nie*, das Tageslicht erblicken sollte. Trotzdem stehe ich auf. Ich stelle mich dem Tageslicht, und ich versuche weiterhin, die beste Mom zu sein, die ich sein kann.

Ich sagte, mein Schlaf ist im Allgemeinen traumlos. Aber nicht immer. Manchmal träume ich, dass ich ein großer Vogel bin. Ich fliege langsam, bewusst, die mächtigen Flügel ausgestreckt, langsam schlagend. Ich scheine es nie eilig zu haben.

Manchmal träume ich von meinen Kindern, dass ich sie mit meiner Krankheit anstecke und sie so werden wie ich:

hungrig nach Blut, gemieden von der Gesellschaft, ein heimliches Leben voller Angst und Verwirrung und Schmerz führend. Im Allgemeinen wache ich weinend auf.

Heute wachte ich nicht weinend auf. Heute wachte ich mit einem Lächeln im Gesicht auf. Ja, ich war noch immer erschöpft und hätte noch ein paar Stunden Schlaf gut gebrauchen können, aber dennoch wachte ich mit einem glücklichen Herzen auf.

Heute träumte ich von einem Mann. Einem großen, stämmigen Geschöpf von einem Mann mit den breitesten Schultern, die ich je gesehen hatte, und einer Mähne, so dicht wie die eines wilden Tiers. Einem Mann, dessen Augen im Mondlicht bernsteinfarben schimmerten und dessen Grinsen eher wölfisch als menschlich war. In dem Traum hatte Kingsley mir in tiefen, dunklen Wäldern nachgestellt. Manchmal war er halb Mann, und manchmal war er ganz Wolf. Der größte Wolf, den ich je gesehen hatte.

In dem Traum versteckte ich mich vor ihm, aber es war ein Spiel, und ich hatte keine Angst vor dem Mann-Wolf. Ich verbarg mich hinter dem Stamm einer kräftigen Kiefer, während er den Wald nach mir absuchte.

Wir schienen eine Ewigkeit so zu spielen, und ich hatte das Gefühl, dass wir eine Ewigkeit so spielen *könnten*, wenn wir es wollten. Dass uns nichts abhalten könnte. Niemals. Schließlich trat ich hinter dem Baum hervor und stand dann einfach auf dem Waldweg. Kingsley, der Mann, kam auf mich zu, voller Hunger in seinen bernsteinfarbenen Augen. Ich hatte ganz vergessen, dass es einen solchen Hunger gab. Hatte es verdrängt. Ich war davon ausgegangen, dass mich ein solcher Blick nie wieder treffen würde, sondern nur einer wie Dannys – voller Abscheu und Entsetzen.

Aber nicht so Kingsley. Er *verzehrte sich* nach mir.

Und was noch wichtiger war: Er *akzeptierte* mich.

Dann war er über mir, stürzte sich auf mich, nahm mich in seine kräftigen Arme und neigte sein Gesicht über meines. Und während er das tat, sah ich aus dem Augenwinkel irgendetwas aufblitzen. Das goldene Amulett, dasselbe, das vor Jahren mein Angreifer getragen hatte. Ich versuchte Kingsley nach dem Amulett zu fragen, aber er neigte sein Gesicht über meines und führte mich voll und ganz an einen Ort, von dem ich gedacht hatte, ich würde ihn nie wiedersehen.

Und das war der Augenblick, als ich lächelnd aufwachte.

Wow.

Einen Augenblick später, als ich wieder bei Sinnen war, verließ ich das Bett und ging, den Blick abgewandt von dem Licht, das durch die Jalousien drang, ins Wohnzimmer. Dort, unter dem Geschirrschrank, fand ich die Schachtel und öffnete sie. Darin lag das Medaillon mit den drei Rubinrosen.

Ich griff hinein und drehte es um. Blut war darauf. Ein winziger Tropfen, den ich übersehen hatte.

Warum hatte sich Kingsley in meinem Traum geweigert, mit mir über das Medaillon zu sprechen? Andererseits, wie hätte er überhaupt von dem Medaillon wissen können?

Aber schließlich, rief ich mir in Erinnerung, war es nur ein Traum.

Noch besser, warum träumst du überhaupt von einem anderen Mann? Du bist eine verheiratete Frau. Mit Träumen wie diesem kannst du dir leicht Ärger einhandeln.

Viel Ärger.

Ich legte das Medaillon zurück in die Schachtel, schloss den Deckel und lächelte wieder.

Es war immerhin ein echt irrer Traum gewesen.

26

Bevor ich ein Vollzeit-Geschöpf der Nacht wurde, war ich FBI-Agentin bei der Abteilung für Wohnungsbau und Stadtentwicklung, kurz AWS. Auch wenn die Abkürzung nicht so sexy klang wie FBI, ließen mein Ex-Partner und ich doch jede Menge schwerer Jungs hochgehen; insbesondere ausgekochte Immobilien-Schlitzohren und Kreditbetrüger und all diejenigen, die arme Leute abzockten.

Jedenfalls, Chad Helling und ich waren gut zwei Jahre Partner gewesen, als ich gezwungen war, aufzuhören und mir einen Nachtjob zu suchen. Er verstand es. Oder vielmehr, er verstand den genannten Grund.

Wir beide stehen uns noch immer nahe, und über ihn zapfe ich die Regierungsquellen an, sofern sie etwas taugen. Im Gegenzug erledige ich unentgeltlich ein bisschen Ermittlungsarbeit für ihn.

Chad ging beim dritten Klingeln an sein Handy. «Hey, Sonnenschein.»

«Sonnenschein?», fragte ich.

«Entschuldige. Schlechte Wortwahl. Was gibt's?»

«Ich brauche Hilfe», sagte ich.

«Und was gibt's Neues?»

Ich ignorierte ihn. «Sein Name ist Rick Horton aus Tustin. Ich muss wissen, ob eine .22-Kaliber-Waffe auf seinen Namen zugelassen ist.»

«Sonst noch etwas?»

«Nein, das ist alles.»

«Sollst du haben, Sonnenschein.»

«Arschloch», sagte ich, aber er hatte schon aufgelegt.

Es war spätabends. Ich wählte Kingsleys Büronummer, aber es wunderte mich nicht, zu hören, dass Kingsley sich krankgemeldet hatte. Ich versuchte es bei ihm zu Hause. Er nahm sofort ab.

«Heute ist die große Nacht», sagte ich. «Arrooo!»

«Wer ist denn da?», fragte eine blasierte Stimme.

Hoppla!

«Ich bin, äh, Samantha Moon. Könnte ich bitte mit Kingsley sprechen?»

Eine Pause am anderen Ende. Irgendwo im Hintergrund glaubte ich ein Geräusch zu hören. Vielleicht spielte meine Phantasie mir einen Streich, aber verdammt noch mal, ich glaubte, ich hätte das Heulen eines Hundes gehört.

Oder eines Wolfs.

«Meister Kingsley ist … im Augenblick unpässlich. Ich werde ihm ausrichten, dass Sie angerufen haben.»

Meister Kingsley?

«Bitte tun Sie das», sagte ich, wobei ich mir alle Mühe gab, ebenso vornehm zu klingen. Ich glaube, ich blieb vielleicht ein bisschen zu lange auf dem *tun* hängen. Die Verbindung wurde unterbrochen, und zwar nicht von mir.

Fast im selben Augenblick vibrierte mein Handy in meiner Hand. Ich sah auf das Display. Es war mein Ex-Partner.

«Ja, eine 22-Kaliber-Pistole ist auf einen Rick Horton zugelassen», sagte Special Agent Chad Helling. «Wenn du das gewusst hast, wofür hast du mich dann gebraucht?»

«Ich habe es nicht gewusst», sagte ich. «Ich habe es vermutet.»

«Das war ja verdammt gut vermutet. Wir könnten jemanden wie dich bei der AWS gebrauchen. Zu schade, dass du dich an solch seltsame Arbeitszeiten hältst.»

«Danke, Chad. Du hast einen Punkt gut bei mir.»

«Oder zwei; ich habe den Überblick verloren.»

27

Es war 18.30 Uhr, und die Kinder spielten bei einer Nachbarin.

Ich saß in meinem Arbeitszimmer und ging meine Notizen durch und sah mir noch einmal das Internet-Video mit den Schüssen auf Kingsley an. Ich musste unwillkürlich lachen, während ich zusah, wie sich Kingsley duckte und den Kugeln auswich. Auch wenn er unsterblich war, musste ihm jeder Schuss höllisch wehgetan haben, und in dem Augenblick hatten die Kugeln immerhin so viel Schaden angerichtet, dass er praktisch zu nichts mehr zu gebrauchen war.

Ich hielt das Video bei dem deutlichsten Bild des Schützen an, das trotzdem ziemlich körnig war. Bedauerlicherweise ließ sich aufgrund der schlechten Bildqualität unmöglich sagen, ob der Schütze Rick Horton gewesen war. Wer immer es gewesen war, trug eine No-Name-Aufwärmjacke und eine rote Baseballkappe. Mir schien offensichtlich, dass der Schütze auch einen falschen Schnurrbart trug, aber ganz sicher konnte ich mir nicht sein. Er sah einfach zu aufgesetzt aus, und auf einem Bild stand er sogar in einem seltsamen Winkel ab, als hätte sich der Klebstoff gelöst. Auch das war in der Polizeiakte festgehalten worden.

Inzwischen wusste ich, dass Horton eine .22er besaß, und eine .22er war bei diesem Verbrechen benutzt worden. Und was brachte mir das? Nicht viel, aber es war immerhin ein Anfang.

Ich fühlte mich unbehaglich, unruhig, *untot.*

Ich zuckte die Schultern, die mir um diese Tageszeit auf einmal doppelt so schwer vorkamen, und rieb – oder suchte – geistesabwesend eine schmerzende Stelle im Nacken, die meinen Fingerspitzen immer knapp zu entwischen schien. Als würde ich versuchen, mit bloßen Händen einen Fisch zu fangen. Seit dem Überfall, seit meiner Verwandlung, schmerzte mein Körper an Stellen und auf Arten, die ich nie für möglich gehalten hätte.

Vielleicht fühlt es sich so an, tot zu sein.

Als Nächstes fand ich im Internet einen Artikel über den Mord an Hewlett Jackson, Kingsleys ehemaligem Mandanten, der neun Schüsse ins Gesicht abbekommen hatte. Und da er kein Werwolf war, war er prompt gestorben. Hewletts Leiche war auf einem Parkplatz aufgefunden worden, noch in seinem Wagen, erschossen vor einer zwielichtigen Bar, die mir zu meinem Leidwesen bekannt war. Es war kein Raubmord gewesen, nur ein schlichter Mord.

Interessanterweise hatte bislang noch niemand eine Verbindung zwischen dem Mord an Jackson und den Schüssen auf Kingsley gezogen.

Vielleicht war ich auf dem Holzweg.

Liefen Werwölfe auf Holzwegen?

Ich lehnte mich auf meinem Stuhl zurück und starrte an die getünchte Decke. Die Spinnweben in einer Ecke des Zimmers wiegten sich sanft, obwohl ich keine Brise spürte. Vermutlich sollte ich sie irgendwann einmal wegputzen. Die Sonne würde in ein paar Minuten untergehen. Ihre penetrante Anwesenheit am Himmel war der Grund meines momentanen Unbehagens und meiner Atemnot und meiner ganz allgemein lausigen Stimmung.

Früher habe ich die Sonne angebetet. Jetzt war sie mein Feind.

Oder, wie für Superman, mein Kryptonit.

Ich trommelte mit meinen Stummelfingern auf den Schreibtisch. Meine Fingernägel waren dick und irgendwie spitz zulaufend. Die Nägel selbst ließen sich unmöglich schneiden. Sie formten sich von selbst und schienen stets auf genau dieser Länge zu bleiben.

Wieder fragte ich mich, ob Horton einen Killer angeheuert hatte.

Aber das schien nicht zu passen. Kein Auftragsmörder, der sein Geld wert war, hätte bei helllichtem Tag einen solch dreisten und riskanten Anschlag ausgeführt. Vor Videokameras. Vor einem gottverdammten Gerichtsgebäude. Nein. Der Schütze wollte ein Statement abgeben; und was am wichtigsten war, dem Schützen war es egal gewesen, ob er geschnappt wurde. Da war ich mir ganz sicher. O ja, er hatte sich zwar die Mühe gemacht, irgendeine alberne Verkleidung zu tragen, aber im Grunde meines Herzens hatte ich das Gefühl, dass der Schütze nicht wirklich damit gerechnet hatte, zu entkommen.

Aber der Schütze war entkommen.

Es klopfte an meiner Haustür. Ich schwang die Beine herum und stand auf. Ich war ein bisschen wackelig auf den Beinen. Ich bewegte mich langsam durchs Haus zur Eingangstür.

Und dort, vor meiner Tür, stand Detective Sherbet von der Polizei in Fullerton. Er hielt eine Tüte Donuts in der Hand.

28

Wir gingen ins Wohnzimmer.

Ich setzte mich auf den Schaukelstuhl meiner Großmutter, und er nahm mir gegenüber auf dem Sofa Platz. Es würde noch immer ein paar Minuten dauern, bis die Sonne unterging, und ich fühlte mich verletzlich. Mein Verstand arbeitete langsamer. Mein Körper war träge. Um genau zu sein, fühlte ich mich sterblich. Ich zwang mich, mich auf den Detective zu konzentrieren, der vor mir saß.

Sherbet hielt mir die Tüte mit Donuts hin. «Ein Laden in Orangethorpe macht sie um diese Uhrzeit jeden Tag frisch.»

Ich warf einen Blick in die offene Tüte, und mir drehte sich der Magen um. «Sie erhalten das Klischee von Polizisten und Donuts aufrecht», bemerkte ich.

«Verdammt, ich bin der Grund für dieses Klischee.» Er kicherte vor sich hin. «Weiß der Geier, wie viele von den Dingern ich schon gegessen habe. So schlimm können sie nicht sein. Ich bin siebenundsechzig und noch immer gut in Schuss.»

Ich wandte den Blick ab, als er einmal kräftig in seinen Donut biss.

«Sie sehen nicht allzu gut aus, Mrs. Moon. Ist es zu früh am Tag für Sie? Ich habe versucht, nach Sonnenuntergang zu kommen, wissen Sie, wegen Ihrer Hautkrankheit und so. Was ist das denn eigentlich für eine Krankheit?»

Ich sagte es ihm.

«Ja, na klar, genau die», sagte er. «Na ja, damit habe ich mich schon befasst.»

«Ach ja?»

«Oh, ich will Sie nicht ausspionieren, Mrs. Moon, das kann ich Ihnen versichern. Ich lerne nur gern Neues. So war ich schon immer.»

Ich nickte; er spionierte mich aus.

Er fuhr fort: «Jedenfalls, offenbar ist es eine sehr seltene Krankheit. Im Allgemeinen bricht sie schon in der Kindheit aus, nicht so sehr bei Erwachsenen ...» Seine Stimme verlor sich.

«Na ja, ich bin eben ein Spätzünder. So war ich schon immer.» Ich war nicht in Plauderstimmung. Alarmglocken läuteten in meinem Kopf – nur dass sich mein Kopf zu dumpf anfühlte, um sie zu deuten. «Was kann ich für Sie tun, Detective?»

«Ach, ich habe mich nur gefragt, wie Ihr Fall vorankommt. Genauer gesagt, *unser* Fall vorankommt.» Er kicherte wieder.

«Unser Fall kommt gut voran», sagte ich.

«Schon irgendwelche Anhaltspunkte?»

«Noch nicht.» Ich zögere immer, Cops Informationen zu geben. Zumindest, bis ich bereit dafür bin. Wenn ich Sherbet brauchen sollte, würde ich mich an ihn wenden. Nicht umgekehrt.

Er aß den Donut auf und leckte sich die Finger ab; er wühlte in der Tüte – wovon seine Finger wieder ganz klebrig werden mussten – und entnahm ihr einen Zimtdonut. Er schien zufrieden mit seiner Wahl und nahm prompt einen kräftigen Bissen.

Ich atmete vorsichtig ein. Meine Lungen fühlten sich irgendwie kleiner an. Es fiel mir verdammt schwer, anständig Luft zu holen.

Sein Blick huschte zu mir herüber. «Geht es Ihnen gut, Mrs. Moon?»

«Ja, es ist nur ein bisschen zu hell für mich.»

«Ihre Jalousien sind geschlossen. Wir sitzen praktisch im Dunkeln.»

Ich deutete auf das schwache Sonnenlicht, das durch einen Spalt in den Vorhängen drang. «Selbst ein bisschen Sonnenlicht kann schädlich sein.»

«Sie haben eine sehr heikle Erkrankung.»

«Sehr.»

«In Fullerton hat sich letzte Woche ein Mord ereignet», sagte er, während er in den Zimtdonut biss. Er sah mich nicht an. «Ein Junge hat sein Blut verloren, oder zumindest einen Großteil davon. Und die Sache ist die, der Gerichtsmediziner hat keine Ahnung, wohin das Blut verschwunden ist.»

«Was wollen Sie damit sagen?»

«Ich will sagen, dass der Junge dort auf dem Gehsteig lag, erschossen, und um ihn herum nicht ein Tropfen Blut zu finden war – oder auch nur in ihm.» Diesmal kicherte er nicht.

«Vielleicht ist er, Sie wissen schon, irgendwo anders verblutet.»

«Vielleicht.» Sherbet nahm noch einen kräftigen Bissen. Zimt rieselte herunter, schimmerte in dem schrägen Sonnenstrahl, der durch die Jalousien drang. «Niemand weiß, wer ihn erschossen hat. Niemand hat etwas gehört. Daher bleibe ich an der Sache dran. Sie wissen schon, ich mache nur meinen Job. Ich finde heraus, dass das Opfer ein bekannter Vergewaltiger ist, mit einem langen Vorstrafenregister, er heißt Gilberto. Ich rede mit Gilbertos Freunden, erfahre, dass sie am Abend seiner Ermordung eine Party gefeiert haben. Aber mehr kriege ich aus ihnen nicht heraus. Ich nehme an, das Opfer muss nach ihrer kleinen Party erschossen worden sein.» Er hielt einen Augenblick inne. «Und dann finden wir das hier.»

Der Detective leckte sich die Finger ab, griff in seine Members-Only-Jacke und zückte ein Foto einer Handfeuerwaffe. «Kinder haben sie ein paar Straßen weiter im Gebüsch gefunden. Wir untersuchen die Waffe, stellen fest, dass es dieselbe Waffe ist, die dem Vergewaltiger den Rest gegeben hat. Und wir nehmen ein paar Fingerabdrücke davon. Und dann stellt sich heraus, dass die Fingerabdrücke zu Gilbertos Onkel gehören. Der Bursche heißt Elias. Also knöpfe ich mir diesen Elias neulich abends einmal gründlich vor, und er sagt, er hätte in Notwehr geschossen.»

Detective Sherbet äugte vorsichtig in die Donuttüte. Im Zimmer war es still und leise. Sherbets Gesicht lag halb im Schatten. Die Tüte raschelte in seiner Hand, während er nach dem nächsten Donut angelte. «Also setze ich diesen Elias noch ein bisschen mehr unter Druck, nehme ihn richtig in die Zange. Ob Sie's glauben oder nicht, ich kann knallhart sein, wenn ich will.»

Ehrlich gesagt, glaubte ich es.

Er fuhr fort: «Und er erzählt mir die ganze Geschichte. Ich überprüfe die Geschichte bei den anderen, die an dem Abend mit dabei waren. Und die Geschichte kommt hin.» Er schwieg einen Augenblick und musterte mich eingehend. Das Weiße in seinen Augen schimmerte hell in der Dunkelheit. «Und so geht die Geschichte. Sie haben gefeiert. Eine Frau taucht auf. Eine Joggerin, ob Sie's glauben oder nicht, mitten in der Nacht. Jedenfalls, aus einem dieser jugendlichen Ganoven kriege ich heraus, dass sie sie zusammen vergewaltigen wollten. Aber dann ist die Sache schiefgelaufen, entsetzlich schief.»

Ich schwieg.

«Offenbar haben sie eine echte Furie umzingelt.» Er kicherte leise, während er sich über einen klassischen Schokoladendonut hermachte. Er arbeitete sich am äußeren Rand des Donuts entlang. «Sie hat ihnen die Hölle heißgemacht. Eine echte G. I. Jane.»

Ich lachte fast. Ich war mir nicht ganz sicher, was das hieß, aber es klang witzig.

Er fuhr fort: «Offenbar hebt sie diesen Dreckskerl Gilberto an der Kehle hoch. Einen Zweihundertfünfzig-Pfund-Mann. Hebt ihn mit einer Hand hoch. Und das ist der Punkt, an dem die Geschichte ein bisschen verworren wird. Mittendrin geht auf einmal eine Pistole los, und Gilberto kriegt eine Kugel in die Brust. Die anderen schwirren ab, ganz die aufgescheuchten Ratten. Einer von ihnen, der sich im Gebüsch versteckt hat, beobachtet, wie die Frau Gilbertos Leiche ins Dunkel der Nacht verschleppt.»

Wir verfielen in Schweigen. Ich konnte fast hören, wie sein erschöpfter Verdauungsapparat die Donuts in Angriff nahm.

«Eine echte Räuberpistole, wenn Sie mich fragen», sagte er. Er knüllte die Papiertüte zusammen. «Was halten Sie davon?»

«Schwer zu glauben.»

Er kicherte. «Eben. Ein paar Typen draußen unterwegs haben Spaß, betrunken und randalierend, und dann nimmt die Sache eine scheußliche Wendung, eine Pistole geht los, und auf einmal ist einer von ihnen tot. Kommt ständig vor. Manchmal stecken die Typen dann die Köpfe zusammen und kommen mit irgendeiner haarsträubenden Geschichte daher.»

Er hielt die zusammengeknüllte Donuttüte mit beiden Händen, stützte das Kinn auf die Hände und starrte mich an. «Aber eine so haarsträubende Geschichte wie diese habe ich noch nie gehört.»

Ich schwieg noch immer.

«Gehen Sie je nachts allein joggen, Mrs. Moon?»

«Ja.»

Wir saßen still da. «Nun, soweit ich sagen kann, hat dieses

Mädchen keine Straftat begangen. Sie hat in Notwehr gehandelt, und ich kann Ihnen garantieren, dass sie diesen Jungs eine Lektion erteilt hat. Ich habe in meinem ganzen Leben noch keine Gruppe von Männern gesehen, die so höllisch erschrocken aussahen. Trotzdem, irgendwie würde ich gern wissen, was sie mit dieser Leiche angestellt hat. Ich meine, sie war ein paar Stunden verschwunden, und etwas später an dem Morgen ist sie dann wiederaufgetaucht. Abzüglich einer Menge Blut. Haben Sie dazu irgendwelche Überlegungen, Mrs. Moon?»

«Nein, tut mir leid.»

Er erhob sich und gab mir seine Karte. «Na ja, danke, dass Sie mit einem alten Mann geplaudert haben. Ich nehme an, ich werde Sie noch öfter sehen.»

«Sie Glückspilz.»

Er machte einen Schritt in Richtung Haustür. «Ach, und, Mrs. Moon ... waren Sie in jener Nacht joggen?»

«Welche Nacht war das?»

Er sagte es mir.

«Ja», sagte ich.

«Und Sie haben nichts gesehen?»

«Nichts, was Ihnen weiterhelfen würde, Detective.»

«Na toll, danke.»

Er schüttelte mir die Hand, hielt sie vorsichtig mit seinen beiden. Seine Hände waren so schön warm. Er nickte kurz und verließ dann mein Haus.

So schön warm ...

29

Ich fuhr langsam an dem massiven gotischen Haus entlang und spähte durch die schmiedeeiserne Befestigung. Das Haus lag dunkel und still da. Ich fuhr weiter an dem düsteren Bau vorbei, parkte um die Ecke und stellte den Motor des Minivans ab.

Bis auf ein paar Mülltonnen, die zwischen parkenden Autos verstreut standen, war die Straße leer, wie zu erwarten um zwei Uhr morgens, zur Vampirstunde.

Was immer das heißt.

Ein leichter Wind wehte eine rote Hamburger-Verpackung den Rinnstein hinunter. Hamburger stehen nicht auf meiner Auswahlliste akzeptabler Lebensmittel, auch wenn ich die Erfahrung gemacht habe, dass ich rohes Hamburgerfleisch manchmal – manchmal – bei mir behalten kann. Was danach damit geschieht – keine Ahnung.

Themawechsel.

Der gemauerte Zaun, der an der Ostseite von Hortons Zuhause verlief, war fast vollständig von Efeu bedeckt. Straßenlaternen gab es nur ein paar vereinzelte, und an dieser Ecke gar keine. Umso besser für mich.

Ich stieg aus dem Minivan in die kühle Nachtluft. Die Dunkelheit war beruhigend. Vielleicht brauchte ich die Dunkelheit mehr, als sie mich brauchte, aber mir gefiel der Gedanke, dass ich die Nacht bereicherte und ihr Würze verlieh. Mir gefiel der Gedanke, dass ich der Nacht irgendeinen Zweck gab, eine Art symbiotische Beziehung mit ihr einging.

Es war zwei Uhr morgens, die Vampirstunde, und ich fühlte mich gut.

Ich näherte mich der efeubewachsenen Mauer und sah mich kurz um. Niemand war draußen. Die Straße war leer.

Die Mauer vor mir war etwa drei Meter hoch, mit eisernen Spießen obenauf. Spieße, Pfähle, Eispickel, Bahnschwellennägel – all das machte mich natürlich höllisch nervös. Verdammt, ich bin dafür bekannt, dass ich schon beim Anblick eines Zahnstochers schaudere.

Eine kleine Brechstange in eine Schlaufe meiner Jeans gesteckt, hielt ich unter dem gemauerten Zaun kurz inne und sprang dann hoch. Sehr hoch. Ich schwebte durch die Luft.

Ich landete oben auf dem Zaun und bekam mit jeder Hand einen eisernen Spieß zu fassen. In meiner ersten Zeit als Vampirin hatte ich festgestellt, dass ich einen Basketball mit beiden Händen über dem Korbrand versenken konnte. Basketballkörbe hingen im Allgemeinen etwa drei Meter hoch. Die Kids in dem Park in meiner Nachbarschaft waren sprachlos vor Staunen gewesen. Genau wie ich. Wir hatten natürlich nachts gespielt.

Achtsam wegen der eisernen Spieße, hockte ich nun wie ein überdimensionaler, wenn auch niedlicher Frosch dort oben auf der Mauer. Wie ein echtes Amphibienwesen sprang ich über die Spieße und landete elegant auf der anderen Seite der Mauer, die Hände flach auf dem Zement.

Ich schoss ums Haus nach hinten – und blieb prompt wie angewurzelt stehen, als ich von Angesicht zu Angesicht, oder vielmehr von Angesicht zu Schnauze, zwei verdutzten Dobermännern gegenüberstand. Beide waren riesig und wunderschön, geschmeidig und kräftig. Beide passten perfekt in die Nacht.

Ihre Verblüffung über meinen Anblick verwandelte sich rasch in Angst. Zweifellos konnten sie mich wittern. Winselnd wandten sie sich ab und schossen davon. Hätten sie Schwänze gehabt, dann hätten sie sie zwischen ihre Hinterbeine geklemmt; so aber zitterten nur ihre rundlichen

Stummel wie erschrockene kleine Maulwürfe, die die Köpfe aus der dunklen Erde stecken. Die Hunde verschwanden in einem dichten Gestrüpp nahe einem Werkzeugschuppen.

Ich löse diese Reaktion bei Hunden aus, und bei Tieren im Allgemeinen, da sie meine menschliche Verkleidung offenbar auf Anhieb durchschauen. Ich nehme an, ihnen gefällt nicht, was sie sehen. Zu schade. Ich liebe Hunde.

Hortons Haus hatte möglicherweise eine Alarmanlage. Verdammt, in Südkalifornien hatten viele bescheidenere Häuser irgendeine Art Sicherheitssystem. Auch wenn ich den Verdacht hatte, dass die Dobermänner das ganze Ausmaß der Garten-Security darstellten, wollte ich mit der Verandatür im Erdgeschoss lieber kein Risiko eingehen. Stattdessen fasste ich den Balkon mit der Glasschiebetür im ersten Stock ins Auge, die nach meiner Einschätzung in ein Gästezimmer führte.

Ich streckte die Arme nach oben aus und hielt mich an der Kante des hölzernen Balkonbodens fest. Mit einer einzigen fließenden Bewegung zog ich mich hoch und über das Geländer und landete genau auf dem Balkon, der leicht erbebte. Als Nächstes nahm ich die Brechstange, um das Schloss der Glasschiebetür aufzustemmen. Zum Glück ging nichts zu Bruch. Dieses Mal. Ich wurde allmählich geschickter.

Ich betrat das Haus.

30

Es war tatsächlich das Gästezimmer.

Darin befanden sich im Augenblick allerdings keine Gäste. Ein schwerer peruanischer Wandteppich hing hinter dem Bett, mit einer schlichten dörflichen Szene. Mondlicht schimmerte durch die offenen Vorhänge und tauchte alles in Silber. Ich liebe das Mondlicht. Das Sonnenlicht wird überbewertet.

Die Luft roch nach Moschus. Frisch aufgewirbelte Staubkörnchen schwebten in den Mondstrahlen. Als geschulte Ermittlerin ging ich davon aus, dass dieses Zimmer schon seit einer ganzen Weile nicht mehr benutzt worden war.

Ich ging durch das Zimmer in eine dunkle Diele. Na ja, das heißt, dunkel für andere. Für mich knisterte die Diele von der Energie flüssigen Quecksilbers, die alles in deutliche Grautöne verwandelte. Besser als jede Taschenlampe.

Die Diele führte zu einem hölzernen Geländer. Dahinter konnte man auf das Wohnzimmer im Erdgeschoss hinuntersehen.

Und in diesem Moment begegnete ich der Höllenkatze.

Sie saß kerzengerade auf dem Geländer, die Vorderpfoten aneinandergelegt, mit schlagendem Schwanz und angelegten Ohren, ihre reflektierenden Augen zwei leuchtend gelbe Kugeln des Hasses. Sie knurrte tief aus ihrer Brusthöhle; und wir starrten uns ungefähr zwanzig Sekunden lang an, zwei Geschöpfe der Nacht, deren Wege sich kreuzten.

Offenbar empfand sie nicht dieselbe Art Verwandtschaft.

Wie ein Regenschirm sprang ihr Fell auf. Popp. Dann *kreischte* sie Zeter und Mordio, und mit einer einzigen schnellen Bewegung kratzte sie mir übers Gesicht. Sie sprang vom Geländer, huschte die Diele hinunter, schwenkte nach rechts ab und verschwand über eine Treppe nach unten.

Ich betastete meine Wange. Dieses kleine Biest. Die Wunde verschorfte bereits. Ich wusste, dass sie binnen Minuten ganz verschwunden sein würde.

Aber trotzdem. Dieses kleine Biest.

Ich wartete reglos, überzeugt, dass jemand kommen würde, um nach der Teufelskatze zu sehen. Aber niemand kam.

Ich ging weiter, und am Ende der Diele spähte ich durch eine offene Tür. Dort, seelenruhig schlummernd, lag Rick Horton. Vom Türrahmen aus musterte ich sein riesiges Zimmer, bemerkte die verschiedenen antiken Möbel, vor allem den wuchtigen, kunstvollen Spiegel. Das Zimmer selbst war tadellos aufgeräumt; alles war an seinem Platz. Aus diesem Grund war es der letzte Ort, an dem ich hätte schlafen wollen. Ein Schlafzimmer musste bewohnt sein.

Rick Horton schlief in einem Himmelbett ohne Vorhänge. Stattdessen hingen Mäntel, Pullover und Hosen ordentlich an Kleiderbügeln an der waagerechten Baldachinstange, vielleicht eine Erweiterung seines Wandschranks. Unter dem Bett war ein Pappkarton. Der Karton stand etwas schräg und fügte sich nicht in die strenge Präzision des Zimmers, als sei er erst kürzlich unter das Bett geschoben worden.

Leise trat ich an Hortons Bett. Er ahnte nicht, dass sich allen Ernstes ein Vampir über ihn beugte und auf seine glatte, geschwungene blasse Kehle hinuntersah, an der eine dicke Arterie einladend pulsierte. Ich hätte ihn leicht überwältigen, das Fleisch aufreißen und zu trinken beginnen können. Es wäre so leicht gewesen, und warmes Blut schmeckte … *so … gottverdammt … gut.*

Ich seufzte und wandte meine Aufmerksamkeit dem Karton zu, zog ihn leise unter dem Bett hervor. Horton regte sich nicht, auch wenn ich mich fragte, ob sein Unterbewusstsein mich vielleicht irgendwie wahrnahm. Vielleicht floh er in genau diesem Augenblick in seinen Träumen vor einer wunderschönen Vampirin. Okay, vielleicht nicht wunderschön, aber auf jeden Fall verdammt niedlich mit einem kurvenreichen kleinen Körper. Einen Augenblick lang fragte ich mich, ob die Vampirin in seinen Träumen ihn fing. Und wenn ja, was stellte sie dann mit ihm an?

Ich verließ das Zimmer und ging durch die lange Diele zurück, bis ich zu einem weitläufigen Arbeitszimmer kam. Ich riskierte es nicht, das Licht einzuschalten. Stattdessen zog ich die Vorhänge auf, ließ etwas Mondlicht herein und setzte mich auf einen mit Messingknöpfen besetzten Chefsessel hinter einem schwarzen Lackschreibtisch. Ich öffnete den Karton.

Darin befanden sich Aktendeckel und Papiere. Ich nahm den ersten Aktendeckel heraus, schlug ihn auf und starrte fast im selben Augenblick auf die Visitenkarte meiner eigenen Agentur, die an ein Blatt Papier geheftet war. Auf dem Papier stand eine Beschreibung meines äußeren Erscheinungsbildes. Ich freute mich zu sehen, dass ich als *schlank* und *hübsch* bezeichnet wurde. Und es gab noch mehr. Eine peinlich genaue Zusammenfassung unseres Gesprächs. Am beunruhigendsten war eine Beschreibung meines Minivans und meines Nummernschildes. Er hatte mich beobachtet, als ich wegfuhr.

Die zweite Akte war weitaus dicker. Sie enthielt eine umfangreiche Sammlung von Fakten und Fotografien von Hewlett Jackson, Kingsleys inzwischen ermordetem Mandanten. Hewlett war ein junger Schwarzer gewesen, gutaussehend. Es gab ein paar Aufnahmen von ihm, wie er ein Wohngebäude betrat oder verließ, wie er aus einem weißen

Ford Mustang stieg, wie er in weiblicher Begleitung in einem Park saß oder spätabends mit Freunden in einem Gartenlokal etwas trank. Hewletts Bewegungen und Aktivitäten waren mit genauen Zeit- und Ortsangaben festgehalten worden.

Eine bestimmte Zeit- und Ortsangabe war mit roter Tinte eingekreist. Am interessantesten war dabei, dass es sich um genau die Zeit handelte, als Hewlett ermordet aufgefunden wurde, und auch um den gleichen Ort.

Die letzte Akte enthielt ähnliche Informationen über Kingsley Fulcrum. Ich las die ganze Akte mit großem Interesse, dann schloss ich den Karton, verließ das Arbeitszimmer und schob das ganze Ding wieder unter Hortons Bett. Ich achtete sogar darauf, dass der Karton etwas schräg stand.

Ich starrte auf den Mann hinunter, der in diesem letzten Jahr seinen Bruder verloren hatte. Ich empfand Mitleid mit ihm. Aber Rick Horton hatte beschlossen, das Gesetz selbst in die Hand zu nehmen. Und an dem Punkt war mein Mitleid erschöpft.

Und nach seinen Aufzeichnungen war ich die Nächste auf seiner Liste.

Ich hätte ihn jetzt töten können und wäre für immer alle Sorgen los gewesen, er könnte eines Tages ungebeten in Anwesenheit meiner Kinder auftauchen. Aber ich töte keine Menschen, schon gar keine, die wehrlos im Schlaf liegen. Das sollte man doch besser der Justiz überlassen.

Ich schlüpfte davon in die Nacht.

31

Es war früh am Nachmittag, ich fühlte mich beschissen, und ich würde mich beschissen fühlen, bis die Sonne in ein paar Stunden verschwand. Wir waren wieder bei Hero's, wo nur sehr wenige Leute unsere Namen kannten, aber wenigstens erinnerte sich der Barmann an unsere Drinks.

«Ein Glas Chardonnay und einen Martini?», fragte er mit einem warmen Lächeln. Er hatte niedliche Grübchen um den Mund. Und volle Lippen. Volle, sinnliche Lippen.

«Aber klar doch», strahlte Mary Lou. Er zwinkerte ihr zu und ging ans andere Ende der Bar, um unsere Drinks einzuschenken, und Mary Lou lächelte weiter seinen Rücken an, oder vielleicht auch sein Gesäß. «Ist er nicht einfach umwerfend? Was für ein Gedächtnis!»

«Bleib entspannt, Mädchen. Es ist sein Job, sich zu erinnern», sagte ich. «Er tut gut daran, sich zu erinnern.»

Er kam mit unseren Drinks wieder. Mary Lou reichte ihm ihre Kreditkarte, auch wenn sie sie vermutlich lieber in den Bund seiner Boxershorts gesteckt hätte. Sie nippte vorsichtig an ihrem Glas und sah schließlich zu mir herüber. «Und, was gibt's Neues von deinem Fall?»

«Bist du fertig damit, den Barmann mit den Augen auszuziehen?»

«Noch nicht. Augenblick. Okay, jetzt.»

«Du bist Ehefrau und Mutter», sagte ich.

«Ich weiß. Was wolltest du sagen?»

«Ehefrauen sollten Barmänner nicht mit den Augen ausziehen.»

«Wo steht das denn geschrieben?»

«Es steht nirgends geschrieben.»

Sie sah mich an. «Eben. Und jetzt erzähl mir von deinem Fall.»

Ich brachte sie auf den neuesten Stand, und ich muss ihr zugutehalten, dass sie den Barmann und seinen Hintern vergaß und mir ihre ungeteilte Aufmerksamkeit schenkte.

«Na ja, Horton ist ganz offensichtlich dein Mann. Was für ein verdammter Scheißkerl.» Sie schauderte leicht.

«Redest du vor deinen Kindern auch so?»

«Nein, nur vor dir. Bei dir lasse ich alles ab.»

«Ich Glückspilz», sagte ich.

«Und du warst die Nächste auf seiner Liste?», fragte sie. «Du weißt schon, um die lästige Privatschnüfflerin zum Schweigen zu bringen.»

«Irgendwie bist du schon lästig, oder?»

«Je lästiger, desto besser.»

«Und was wirst du jetzt tun?», fragte sie.

Ich nippte an meinem Wein. Ich schmeckte nichts, nicht das geringste bisschen, aber wenigstens krümmte ich mich nicht vor Magenkrämpfen. An dem Weinglas zu nippen verlieh mir einen Anschein von Normalität. «Ich werde heute Abend ein Wort mit Detective Sherbet reden.»

«Aber was kann er denn schon tun?», fragte meine Schwester. «Er kann doch nicht einfach das Haus stürmen und den Typen ohne hinreichenden Verdacht festnehmen lassen?»

«Du siehst zu viel fern, aber du hast recht. Nicht ohne einen Durchsuchungsbefehl. Und man braucht Beweise, um einen Durchsuchungsbefehl zu bekommen.»

«Und bei diesem Typen einzubrechen und unter seinem Bett versteckte Beweise zu finden wird bei einem Richter nicht so gut ankommen, oder?»

«Richtig», sagte ich.

«Und was wirst du jetzt tun?», fragte sie.

«Der Detective und ich werden uns irgendetwas überlegen.»

«Wirst du diesem Detective von deinem Einbruch erzählen?»

«Ja, vermutlich schon.»

«Wird es ihm gefallen?»

«Vermutlich nicht.»

Wir schwiegen, und ich entschied, dass jetzt der richtige Zeitpunkt war, um ihr von der versuchten Gruppenvergewaltigung und dem Tod des Gangmitglieds zu erzählen – und von dem Blutsaugen. Daher tat ich es. Die Geschichte dauerte ein paar Minuten, während deren Mary Lou nichts sagte, aber mir fiel auf, dass sie ihren Drink rasch geleert hatte.

«Das war sehr tollkühn von dir», sagte sie, als ich fertig war.

«Ich weiß.»

«Und du hast wirklich sein Blut getrunken?»

«Ja.»

Sie schwieg. Ich schwieg. Die Geräusche der Bar drangen an meine Ohren, das Klirren von Gläsern, die gespült wurden, das Gelächter hinter mir, das Schnappen beim Öffnen der Kassenschublade.

«Was, wenn das irgendwie dazu führt, dass du die Kontrolle verlierst, Samantha?»

«Ich liebe meine Kinder zu sehr, um die Kontrolle zu verlieren.»

«Dann bist du ein törichtes Risiko damit eingegangen, das Blut dieses Mannes zu trinken.»

«Ja, das stimmt. Aber die Situation war so schnell außer Kontrolle geraten. Bevor ich wusste, was überhaupt los war, hatte ich schon eine Leiche im Arm.»

«Du solltest so spätnachts nicht joggen gehen.»

Ich trank meinen Wein. Manchmal konnte man mit Mary Lou einfach nicht reden.

«Wann ist denn eine bessere Zeit dafür? Ich bin ein gottverdammter Vampir.»

«Am frühen Abend.»

«Am frühen Abend habe ich die Kinder und die Arbeit.»

«Warum musst du denn überhaupt joggen gehen?»

«Weil es mir hilft, geistig gesund zu bleiben.»

Wir saßen allein an unserem Ende des Tresens. Während wir redeten, ließ ich die Blicke ständig über die Menge schweifen, um sicher zu sein, dass uns niemand belauschte. «Ich bewege mich hier auf einem sehr schmalen Grat, Mary Lou. Alles um mich herum droht wegzubrechen. Etwas wie Sport habe ich unter Kontrolle. Und im Augenblick brauche ich Kontrolle.»

«Vielleicht brauchst du Hilfe.»

Das Thema hatten wir schon einmal durchgekaut. «Mir kann niemand helfen.»

«Vielleicht musst du mit einem Therapeuten reden, irgendwem, egal wem.»

«Du glaubst, das spielt sich alles nur in meinem Kopf ab?»

«Nein. Es ist echt. Das weiß ich.»

«In dem Augenblick, in dem ich einem Therapeuten sage, dass ich ein Vampir bin, sperren sie mich ein und nehmen mir die Kinder weg. Willst du das?»

Sie antwortete nicht sofort.

«Willst du das, Mary Lou?»

«Nein, das ist nicht das, was ich will, aber ich denke trotzdem, dass deine Kinder kein sehr gesundes und normales Leben führen.» Sie seufzte und streckte eine Hand nach meiner aus und hielt sie fest. «Du bist eine gute Mutter, das weiß ich. Ich weiß, dass deine Kinder dir alles bedeuten, aber ich glaube, dass sie in einem ungesunden Umfeld leben.»

«Ich sehe es als ein *anderes* Umfeld an», sagte ich, und dann musterte ich ihre angespannte Miene. «Augenblick. Bist du etwa besorgt um ihre Sicherheit?»

Sie schwieg.

«Befürchtest du, ich könnte in einer Heißhungerattacke das Blut meiner eigenen Kinder trinken?»

Keine Reaktion.

«Das befürchtest du, stimmt's?»

Sie atmete kurz ein. «Nein, natürlich nicht. Aber wenn du dich weiterhin so tollkühn benimmst, dann könntest du, du weißt schon, eines Tages aus den Augen verlieren, wer du bist. Sam, du kämpfst schon so lange darum, alles zusammenzuhalten. Ich will nicht zusehen müssen, wie dein Leben um dich herum wegbricht, nur weil du den Geschmack des Bluts eines Mannes besonders gut fandest.»

Ich musterte sie, und sie wandte den Blick ab. Auf einmal ging mir ein Licht auf. «Du hast mit Danny geredet, stimmt's?»

Sie errötete. «Ja. Er hat mich neulich abends angerufen, um sich dafür zu entschuldigen, dass er die Kinder nicht abgeholt hat. Er macht sich Sorgen um die Kinder.»

«Ach ja? Und das zeigt er, indem er um Mitternacht nach Hause kommt?»

Sie zuckte die Schultern. «Er ist besorgt, du könntest einen negativen Einfluss auf ihr Leben haben. Ich habe ihm gesagt, das sei lächerlich. Keine Mutter liebt ihre Kinder mehr als du.»

Wir schwiegen. Es war kurz vor Sonnenuntergang, und ich war gereizt und unleidlich und müde. Ich wollte schlafen.

«Er vögelt eine andere», sagte ich.

«Bist du sicher?»

«Nein. Aber ich werde es herausfinden.»

«Es tut mir leid, Sam.»

«Mir auch. Aber das musste ja passieren, oder? Wer will schon mit einem Freak verheiratet sein?»

«Du bist kein Freak», sagte sie, und dann brachte sie ein leises Lächeln zustande. «Na ja, okay, ein bisschen freakig vielleicht.»

Ich lachte. Sie streckte wieder eine Hand nach meiner aus und ergriff sie. Ich aalte mich in der Wärme.

«Und was wirst du jetzt tun, Sam?», sagte sie.

«Ihn beschatten», sagte ich. «Schließlich bin ich eine Spitzendetektivin.»

32

Die Sonne war eben untergegangen, und ich saß in Detective Sherbets Büro. Ich fühlte mich gut. Und was am wichtigsten war, ich fühlte mich gut unterrichtet und klarsichtig.

Ich saß auf dem Besucherstuhl vor seinem Schreibtisch, und ich bemerkte zum ersten Mal, dass Sherbet ein durchaus gutaussehender Mann war. Seine Arme waren stark muskulös und sonnengebräunt. Er sah wie ein echter Macho aus, kräftig und männlich. Kein Wunder, dass ihn der Gedanke wurmte, sein Sohn könnte schwul sein.

«Und, wie lief das Basketballspiel neulich?», fragte ich.

Eine fettige Tüte mit Donuts lag obenauf in einem sehr vollen Abfalleimer. Der Geruch des Donutöls war ranzig und schlug mir auf den Magen. Ich kämpfte erfolgreich dagegen an.

«Der Junge war eine Katastrophe. Einmal hat er allen Ernstes nach dem falschen Korb geworfen. Gott, er hätte fast getroffen. Ich hätte um ein Haar gejubelt. Danach hat ihn der Trainer auf die Bank gesetzt.»

«Hatte Ihr Junge denn Spaß dabei?»

«Nein. Es war schlimm für ihn.»

«Hatten Sie denn Spaß dabei?»

«Nein. Es war peinlich für mich.»

«Und was werden Sie jetzt tun? Ihn weiter zwingen, zu spielen?»

«Sie klingen wie meine Frau.»

«Mir scheint, Ihre Frau ist der vernünftige Elternteil in Ihrem Haushalt.»

«Ich weiß einfach nicht, was ich mit dem Jungen anfangen soll.»

«Lieben Sie ihn einfach.»

«Das tue ich ja.»

Unser Bereich des Polizeireviers war leer und still. Der Detective hatte die Hände über seinem rundlichen Bauch gefaltet. Auch wenn sein Bauch flacher hätte sein können, unterstrich die Rundlichkeit in gewisser Weise seine Männlichkeit, erklärte ihn zu einem echten Mann, der keine Angst vorm Essen hatte.

«Sie sehen auf meinen dicken Bauch», bemerkte er.

«Ich würde ihn rundlich nennen», sagte ich.

«Rundlich? Wollen Sie sich bei mir einschmeicheln?»

«Vielleicht.»

Er rieb sich mit einer Hand über die gewölbten Konturen seines Bauchs, dann spielte er mit einem der durchsichtigen Plastikknöpfe an seinem Hemd. Seine Miene verdüsterte sich. «Samantha, ich weiß, dass Sie vor sechs Jahren hier in Fullerton überfallen wurden. Es steht in Ihrer Akte. Sie wurden halb tot im Hillcrest Park aufgefunden. Ihre Kehle war aufgerissen. Obwohl am Tatort kaum Blut zu sehen war, waren Sie fast verblutet. Zuerst nahm man an, Sie seien vielleicht von einem Tier angegriffen worden, einem Hund oder einem Kojoten. Aber später berichteten Sie den Ermittlern, es sei ein Mann gewesen. Er wurde nie gefunden.»

«Detective, ich will nicht darüber reden –»

«Nun ja, ich verstehe, dass Sie vielleicht nicht darüber reden wollen, aber irgendetwas Seltsames geht hier in meiner Stadt, gewissermaßen vor meiner eigenen Haustür, vor sich. In meinem Revier. Ich wüsste es sehr zu schätzen, wenn Sie mir eines Tages vielleicht helfen könnten, es zu verstehen.»

«Eines Tages», sagte ich. «Nur nicht heute.»

«Okay, na schön. Dann kommen wir jetzt zu Punkt zwei. Was haben Sie im Fulcrum-Fall herausgefunden?»

Erleichtert, das Thema zu wechseln, berichtete ich ihm alles, was ich über Horton wusste. Als ich zu dem Teil mit dem Einbruch in Hortons Zuhause kam, sagte ich: «Werden Sie mich festnehmen?»

«Noch nicht. Fahren Sie fort.»

«Horton hat Akten über Hewlett Jackson und Kingsley Fulcrum, ganz zu schweigen von einer neuen Akte über mich. Diese Akten enthalten detaillierte Informationen über Jacksons und Fulcrums Bewegungen. Ein Datum mit Uhrzeit war bei Jackson eingekreist. Und es war genau das Datum mit der Uhrzeit seiner Ermordung.»

Detective Sherbets Augen weiteten sich ein wenig. Bei Sherbet war das fast, als würde er auf- und abspringen und *Jippie!* brüllen. «Dann ist er unser Mann.»

«Ja, vielleicht.»

«Vielleicht? Verdammt, er hatte alles bis auf die rauchende Pistole. Und auch die könnte er immer noch haben, sobald wir mit einem Durchsuchungsbefehl kommen.»

«Er scheint nur nicht der Richtige zu sein», erwiderte ich.

«Sagt Ihnen das Ihr Bauchgefühl?»

«Ja.»

«Na ja, mein Bauchgefühl sagt mir, er ist unser Mann.»

«Wie werden Sie einen Richter davon überzeugen, einen Durchsuchungsbefehl zu erlassen?»

Er lehnte sich zurück, verhakte die Finger hinter seinem dichten, grau melierten Haarschopf. «Gute Frage. Irgendwelche Vorschläge?»

«Sie sind der Mordermittler.»

Er dachte darüber nach. «Was halten Sie von einer Mülltonnentour?»

«Sie meinen, Hortons Müll zu durchwühlen?», fragte ich.

«Na klar. Das ist ein öffentlich zugänglicher Bereich. Wenn

wir da etwas Belastendes finden, können wir einen Richter überzeugen, einen Durchsuchungsbefehl zu erlassen.»

Ich kniff die Augen zusammen. «Wir?»

«Ja. Ich werde seinen Müll nicht allein durchwühlen.»

«Der Müll wurde gestern rausgestellt», sagte ich. «Ich habe die Tonnen gesehen.»

«Dann ist das abgemacht. Nächsten Donnerstag fahren wir zu Hortons Haus und durchwühlen seinen Müll.»

«Klingt nach einem Date.»

«Hoffen wir nur, dass wir etwas finden.»

«Oh, ich bin sicher, wir werden etwas finden», sagte ich. «Hoffen wir nur, wir finden das *Richtige.*»

33

Die Kinder waren im Karatekurs, und ich nutzte die Gelegenheit, um bei Jacky's zu trainieren. Im Augenblick wickelte Jacky meine Bandagen. Wir schwiegen beide. Ich glaube, er konnte spüren, dass ich eine meiner Launen hatte. Von Zeit zu Zeit sah er in mein Gesicht hoch, und dann wandte er den Blick rasch ab.

«Ich werde dich schon nicht beißen, Jacky.»

«Meinst du etwa, ich habe Angst vor dir?», fragte er. «Na ja, die habe ich wirklich.»

Ich strich ihm mit meiner bereits bandagierten rechten Hand über seinen glänzenden Schädel.

Ehrlich gesagt, fiel es mir schwer, das Gespräch mit Mary Lou aus dem Kopf zu bekommen. Ich versuchte die Tatsache zu verdauen, dass sie hinter meinem Rücken mit Danny gesprochen hatte. Erörtert hatte, was für eine unfähige Mutter ich war.

«Was immer an dir nagt», sagte Jacky, «lass es an dem Sandsack aus. Das ist mein Motto.»

Und ich tat es. Ich trommelte auf das Ding ein, bis ich vor Schweiß triefte. Wir trainierten in Drei-Minuten-Einheiten, wobei Jacky mich ständig anschrie, die Hände oben zu behalten. Jede Runde beendete ich mit einem Hagel von Faustschlägen, einem Schnellfeuer-Trommeln gegen den Sandsack. Bei einer dieser Attacken fing ich Jackys Miene auf, während er den Sandsack festhielt. Sie verriet tiefen Schmerz. Noch hinter dem Sandsack gingen die Schläge Jacky durch Mark und Bein. Der Ire bezog Prügel, aber er schien begeistert.

Am Ende der sechsten Runde ließ ich die Hände sinken. Meine Handschuhe fühlten sich an wie zwei Zementsäcke. Jacky taumelte davon, um etwas Wasser zu holen.

Ich lehnte mich mit der Stirn gegen den Sandsack. Ich dachte noch immer über Danny nach. Mir schien, dass er Beweismaterial gegen mich sammelte. Natürlich, nichts war leichter, als Beweismaterial gegen mich zu sammeln. Verdammt, ich wusste selbst, dass ich in meinem gegenwärtigen Zustand eine unfähige Mutter war. Aber ich tat mein Bestes, und ich liebte meine Kinder von ganzem Herzen. Das konnte man nicht ersetzen. Niemals.

Am anderen Ende des Fitnessraums bemerkte ich einen hochgewachsenen Boxer, der mit einem von Jackys langjährigen Trainern boxte. Der Boxer war jung und blond und sehr muskulös. Seine Faustschläge waren schnell und präzise. Seine Muskeln traten unter seiner heißen Haut hervor.

Jacky kam wieder, einen kleinen Pappbecher mit Wasser in der Hand. Der Becher bebte in seinen Händen.

«Ich wollte mit dir schon länger über die Becher reden», sagte ich. «Wir zahlen gutes Geld für die Mitgliedschaft in deinem Fitnessclub, und dafür bekommen wir diese Papierhütchen?»

«Ach, Mädchen, du zahlst für die Atmosphäre.»

Ich wies mit einem Nicken auf den jungen, heißblütigen Boxer. «Wer ist das denn?»

«Das ist Desmond Beacon. Ein Boxchampion bei den Marines, bis jetzt ungeschlagen. Ist dabei, Profi zu werden.»

«Ich will mit ihm boxen.»

Jackys Augen leuchteten für einen Moment auf – vielleicht vor Aufregung –, dann kam er auf den Boden der Tatsachen zurück und schüttelte den Kopf. «Sieh mal, Mädchen, ich weiß ja, ich habe dir große Hoffnungen gemacht und das alles, aber dazu wird's nicht kommen. Vielleicht könnten wir einen Kampf mit einer anderen Tussi arrangieren.»

«Tussi?», sagte ich. «Vielleicht sollte ich gegen *dich* boxen.» Ich sah wieder hinüber zu dem Ex-Marine. «Ich will gegen *ihn* kämpfen.»

«Nein, Mädchen. Tut mir leid.»

«Dann reißt er mir eben den Arsch auf. Das wird mich wenigstens auf andere Gedanken bringen.»

Jacky sah mich an und seufzte. «War dein Tag wirklich so beschissen, ja?»

Ich dachte an Danny, der mich betrog – oder vielleicht betrog –, und ich dachte an meine Kinder, die ich möglicherweise verlieren würde. «Ja», sagte ich. «Der Tag war verdammt beschissen.»

Er seufzte wieder und sagte: «Warte kurz.» Er ging hinüber zu dem Wunderkind und seinem Trainer, redete ein paar Worte, zeigte auf meine Wenigkeit. Desmond Beacon schüttelte den Kopf, sagte irgendetwas, und alle lachten. Alle, das hieß, alle bis auf Jacky. Er baute sich vor dem hochgewachsenen Soldaten auf. Mit «baute sich auf» meine ich, Jacky sah von der Brust des Mannes zu ihm hoch. Zweifellos hätte Jacky es zu seiner Zeit mit dem Marine aufnehmen können. Aber seine Zeit war längst vorbei. Die beiden starrten sich noch ungefähr zehn Sekunden an, dann wandte sich der Marine mit einem verächtlichen Grinsen ab und ließ Jacky einfach stehen.

«Was war das denn eben?», fragte ich, als Jacky zurückgehumpelt war.

«Dieser Scheißkerl», sagte Jacky. «Ich hätte große Lust, ihm den Arsch aufzureißen.»

«Was hat er denn gesagt?»

«Egal.»

«Er will nicht gegen mich kämpfen?»

«Egal.»

«Weil ich eine Frau bin.»

«Er hat etwas in der Richtung gesagt», sagte Jacky mit einem Blick zurück zu dem Soldaten, der inzwischen wieder schattenboxte. «Ehrlich gesagt, hat er etwas in der Richtung gesagt, was er lieber mit dir machen würde, aber ich werde es nicht vor dir wiederholen.»

«War das der Augenblick, als du für mich eingetreten bist?»

«Der Junge hat keinen Respekt. Jemand muss ihm eine Lektion erteilen.»

«Da gebe ich dir recht.»

«Samantha ... ich werde ganz nervös, wenn ich diesen Blick bei dir sehe.»

Aber ich hörte gar nicht zu. Ich marschierte bereits auf den eins dreiundneunzig großen Desmond Beacon zu, der in der Nähe des Rings schattenboxte. Als er mich kommen sah, hielt er inne, stieß seinen Trainer in die Seite und grinste. Ein irgendwie wölfisches Grinsen. Als ich ihn erreicht hatte, sah ich ihm in die Augen, lächelte zuckersüß und trat ihm voll in die Eier.

Hoffentlich trägt er einen Unterleibsschutz.

Seine Augen quollen hervor, und sein Gesicht nahm einen verwirrten Ausdruck an, bevor er sich stöhnend auf ein Knie fallen ließ und ganz rot im Gesicht anlief.

Vermutlich nicht.

Sein kleiner Trainer kreischte wie ein Affe. Er packte mich an der Schulter und versuchte mich herumzuwerfen, aber ich lasse mich nicht leicht herumwerfen, und er verlor das Gleichgewicht. Stattdessen entschied er sich, sich vor mir aufzubauen: «Was zum Teufel machen Sie da, Missy? Haben Sie Ihren gottverdammten Verstand verloren?»

«Kann schon sein», sagte ich. Ich schob den Trainer beiseite und sah auf den Boxer hinunter, der vor mir auf dem

Boden kniete. Ich kam mir vor wie eine Königin. «Werden Sie jetzt gegen mich kämpfen?»

Desmond Beacon sah auf. Sein Gesicht hatte sich von Rot zu Grün verfärbt.

«Darauf können Sie Ihren Arsch verwetten», krächzte er.

34

Jacky und ich standen in einer Ecke des Rings.

Der kleine Ire nahm ein paar letzte Anpassungen an meinem Kopfschutz vor. Der Kopfschutz fühlte sich schwer und klobig an. Ich nahm nicht an, dass ich ihn brauchte, aber die anderen wirkten beruhigter, wenn ich ihn trug. Der Soldat in der anderen Ecke hatte ebenfalls einen angelegt. Ich starrte auf Jackys kahlen Kopf hinunter, während er jetzt an meinen Handschuhen zugange war. Aus diesem Blickwinkel konnte ich knapp ein paar alte Boxnarben über seiner Stirn erkennen. Viele, viele alte Boxnarben. Ein kleines listiges Glitzern lag in Jackys Blick, wenn er zu mir hochsah; er atmete schwer und schnell, und sein Gesicht war gerötet vor Aufregung.

«Vergiss nicht, was ich dir immer einschärfe», sagte er, «behalt deine Handschuhe oben.»

«Oben behalten? Oder unten? Das verwechsle ich ständig.»

Aber Jacky hörte gar nicht zu. Tatsächlich hatte er auf einmal so eine verträumte Miene. Vielleicht dachte er zurück an die Hinterzimmer-Kampfhallen im Belfast der fünfziger Jahre, als er ein junger Preisboxer war, der etwas zu beweisen hatte. Seine Boxertage waren längst vorbei, und ich hatte so ein Gefühl, dass ich sein Ventil war, aber das war schon okay so. Ich wollte boxen. Ich wollte einen knallharten Schlagabtausch. Manchmal muss man einfach irgendetwas grün und blau prügeln.

«Achte auf deine Jabs, Puppe.»

«Nenn mich nicht Puppe, und ich achte auf alles, was ich will. Das hier ist kein echter Kampf. Ich werde ihn nur schnell grün und blau prügeln und dann meine Kinder abholen.»

Jacky nahm mich beiseite und hielt mich am ausgestreckten Arm. «Bild dir bloß nicht zu viel ein, Mädchen. Du bist verdammt stark und, ehrlich gesagt, auch ein bisschen freakig, aber dieser Typ beherrscht die Grundlagen. Ich bin mir nicht sicher, ob dir klar ist, worauf zum Teufel du dich da eingelassen hast.»

«Das werden wir ja sehen.»

Jacky hielt ein weißes Handtuch hoch. «Ich werfe das in den Ring, wenn die Sache brenzlig wird.»

«Für mich oder ihn?»

«Einen von euch.»

«Ding, dong», sagte Jacky.

Desmond Beacon überragte mich um fast dreißig Zentimeter. In der Mitte des Rings berührten wir uns mit den Handschuhen. Nun, wo sich der Schmerz in seinen Lenden gelegt hatte, schien er nicht mehr so erpicht darauf, gegen eine Frau zu kämpfen – und schon gar nicht jetzt, wo wir ein paar weibliche Zuschauer hatten.

Um ihn wieder in Kampfstimmung zu bringen, verpasste ich ihm daher einen schnellen Jab, der ihn am Kinn traf und seinen Kopf nach hinten schnellen ließ. Als sein Kopf an seinen Platz zurückgefunden hatte, hatten seine Augen einen entsprechend irritierten Ausdruck.

Hinter mir brüllte Jacky: «Ja, ja!»

Desmond wippte jetzt auf den Zehen und knetete seinen Nacken, und auf einmal schoss sein Handschuh weitaus schneller vor, als ich erwartet hatte. Ich versuchte nach rechts auszuweichen, aber ich hatte keine Chance. Sein Handschuh traf mich genau am Kiefer, und ich taumelte nach hinten, landete prompt auf dem Arsch und rutschte rückwärts bis an die Seile.

«Sammy, alles okay mit dir?» Jackys besorgtes, gerötetes Gesicht sah über das unterste der Seile zu mir hinunter.

Ich stand auf. «Alles okay.»

«Mir gefällt das nicht, Sammy. Er ist zu gut.»

«Nenn mich nicht Sammy.»

«Wie zum Teufel soll ich dich denn dann nennen?»

«Einfach Sam.»

Wir berührten uns wieder mit den Handschuhen. Desmond lächelte nicht. Er schien überhaupt keinen Spaß dabei zu haben. Ich glaube, er hoffte, ich hätte jetzt aufgegeben. Wir umkreisten einander. Ich hütete mich vor der Geschwindigkeit seiner Fäuste. Seine Miene war ausdruckslos, nur seine Wangen sahen wegen des Kopfschutzes etwas verkniffen aus. Er behielt brav die Handschuhe oben. Seine Faust schoss wieder vor, noch ein Jab. Ich wehrte ihn mit meinem eigenen Handschuh ab, aber durch die Wucht des Schlags knallte der Handschuh nach hinten gegen meine Stirn. Zum Glück ist der Kopfschutz an der Stirn am dicksten. Desmond jabbte wieder. Ich wehrte ihn ab und duckte mich zur Seite. Er hatte damit gerechnet, dass ich mich zur Seite duckte. Bei seinem nächsten Faustschlag hörte ich die Engel singen, und ich taumelte wieder nach hinten.

Ich erhaschte einen Blick auf Jacky. Oder vielmehr, auf *zwei* Jackys. Der alte Ire blickte gequält. Sein Interesse, einen echten Kampf zu sehen, war längst verflogen. Er hielt das weiße Handtuch hoch. Ich schüttelte den Kopf, und er senkte es widerstrebend.

Desmond im Ring schien leicht verblüfft, mich noch immer auf den Beinen zu sehen. Wir umkreisten einander noch ein bisschen mehr. Mir schien offensichtlich, dass der Marine und sein Manager, und vielleicht sogar Jacky, sich darauf verständigt hatten, dass ich nur Jabs abkriegen würde. Eher harmlos und nicht zu brutal. Bei Jackys weiblicher Kundschaft würde es nicht gut ankommen, zuzusehen, wie eine Frau von einem halb professionellen männlichen Boxer zu Kleinholz gemacht wurde.

Inzwischen sahen noch mehr Leute zu. Eine kleine Gruppe, hauptsächlich Frauen, stand um den Boxring, alle triefend vor Schweiß, nachdem sie ihr Training beendet oder abgebrochen hatten. Sie redeten miteinander und beobachteten mich genau. Es gefiel mir nicht, so unter die Lupe genommen zu werden, aber ich musste auf irgendetwas einhämmern, und der Soldat war das Größte, was es in dem Fitnessraum gab.

Ich konzentrierte mich ganz auf ihn. Schweiß tropfte ihm unablässig über die Wangen und in seinen Kopfschutz. Die Muskeln in seiner rechten Schulter spannten sich an, und ich wich in genau dem Augenblick einen Schritt zurück, als sein blitzschneller Jab durch die Luft zischte. *Konzentrier dich auf die Schulter.* Die Deltoidmuskeln zuckten wieder, und ich trat erneut einen Schritt zurück und wich auch dem nächsten Schlag aus. Wir umkreisten einander, und er hörte auf, mit den Füßen zu wippen, und ließ die Hände sinken. In dem Augenblick, als er die Hände sinken ließ, griff ich mit einer Kombination aus linkem Jab und Überkopf-Rechter an. Beide trafen. Ich bin schnell, wenn ich es sein will, und stark, wenn ich es sein will, und jetzt wollte ich beides sein. Die Schläge ließen ihn nach hinten taumeln, und er landete in den Seilen. Ein Jubelchor brach in der wimmelnden Menge verschwitzter Frauen aus. Der Marine stemmte sich aus den Seilen hoch und kam mit erhobenen Fäusten auf mich zu. Aus dem Augenwinkel sah er auf die Schar von Frauen. Er wusste nicht, was er tun sollte. Er war in einer verdammt misslichen Lage. Er wollte keiner Frau wehtun, aber hier vor ihm war eine Frau, die ihm wehtat. Ich beschloss, ihm die Entscheidung abzunehmen, und ging wie ein Bulle auf ihn los. Ich täuschte einen linken Jab vor und traf ihn dann mit einer rechten Geraden genau über seinen Handschuhen auf die Nase. Seine Knie knickten ein. Ich schlug noch einmal zu. Er sammelte sich und hörte auf, die Menge anzusehen. Gut. Jetzt tänzelte er durch den Ring, als hätte er genau das vorgehabt. Gut. Er hob seine Handschuhe und griff mit einer starken Kombination an, die ich mit meinen Handschuhen und Armen abfing. Seine Schläge waren schmerzhaft. Er teilte mit voller Wucht aus. Inzwischen scherte er sich nicht mehr darum, wer ihm dabei zusah oder wie böse es vielleicht aussah. Er hatte die Schnauze voll davon, dass irgendeine Frau wie wild auf ihn eintrommelte.

Nur dass ich nicht *irgendeine Frau* war.

Obwohl die Sonne noch immer am Spätnachmittagshimmel stand, waren meine Reflexe besser als durchschnittlich. Aber nur wenig besser. Diese verdammte Sonne konnte einfach nicht schnell genug untergehen.

Auf einmal griff der Soldat mit einem brutalen Faustschlag an, der meine Schulter nur knapp verfehlte, und ich nutzte diese Gelegenheit zu einem knallharten Uppercut. Ich traf ihn unter dem Kinn, und sein Kopf schnellte hoch. Vielleicht flog der Mann sogar ein klein wenig von der Matte hoch. Auf jeden Fall landete er hart auf dem Rücken. Die Menge johlte. Na schön, sie johlte vielleicht nicht, aber es gab eindeutig ein paar Jubelrufe. Er rappelte sich hoch, und wieder berührten wir uns mit den Handschuhen in der Mitte des Rings. Sein Blick schien ein wenig verunsichert. Der große Junge hatte von einer sehr gesunden Vampirin ein paar harte Schläge an den Kopf bekommen. Er hob die Fäuste, vollführte einen kleinen Boxtanz und sammelte sich sozusagen wieder.

Und holte zu einem Riesenschlag aus.

Ach du Scheiße! Die Hölle kennt keinen solchen Zorn wie ein Mann, der von einer Frau vorgeführt wird. Er trommelte wie wild auf mich ein, und manche Schläge trafen, doch die meisten gingen völlig daneben. Bald stand ich wieder mit dem Rücken an den Seilen. Speichel und Schweiß und Blut spritzten von dem Marine. Anstelle seiner Arme sah ich nur noch Faustschläge. Hinter mir hörte ich Leute stöhnen. Für Jackys weibliche Kundschaft musste es entsetzlich aussehen: eine Frau, die von einem massigen Marine zu Brei geschlagen wurde. Ich bin sicher, Jacky wollte eben schon das Handtuch werfen, als es geschah.

Zugegeben, ich sah nicht, wie es geschah.

Aber ich *spürte* es.

Die Spätnachmittagssonne war endlich untergegangen, und ich fühlte mich lebendig.

So verdammt lebendig.

Ich duckte mich unter seinem Angriff und zog mich in eine Ecke zurück. Er wollte mir eben schon in die Ecke folgen, aber dann musste er irgendetwas in meinen Augen gesehen haben und blieb stehen. Er hätte weiter stehen bleiben sollen. Aber stattdessen stürmte er wieder vor. Als er auf mich losging, passte ich den Zeitpunkt meines Schlags genau ab. Eine harte Rechte gegen den Kiefer.

Zu hart.

Noch nie hatte ich irgendetwas so genau und so hart getroffen. Ich streckte ihn zu Boden. Nein. Ich schleuderte ihn in die Luft hoch und über die Seile. Er sackte auf dem gepolsterten Boden zusammen. Frauen schrien und stürzten zu ihm hinüber. Ich sah, wie Jacky ebenfalls zu ihm rannte. Er schaute mich mit einer Miene des Entsetzens an.

Was hatte ich getan?

Ich stand benommen in der Mitte des Rings, während der Marine reglos auf dem Rücken lag.

35

Heute hätte ich um ein Haar einen Mann getötet.

Erzähl mir davon.

Daher schrieb ich es für Fang auf. Wie üblich las er es wie ein Dämon auf Crack und postete seine Antwort fast im selben Augenblick.

Der Mann wird seine Boxerkarriere vielleicht noch einmal überdenken.

Auf einmal war ich empört, vielleicht, um meine Schuldgefühle zu überspielen. *Gut so. Er war ein Schwein, und Boxen ist nun wirklich keine Art, seinen Lebensunterhalt zu verdienen. Sich tagaus, tagein das Gehirn zu Brei schlagen zu lassen.*

Verstehe. Das heißt, indem du ihn aus dem Ring geprügelt hast, hast du ihm tatsächlich einen Gefallen getan.

Ja. Man könnte es als Berufsberatung ansehen.

Durch die Prügelschule.

Haha.

Ich denke, du versuchst, dein Gewissen zu beruhigen, Moon Dance, oder dein Tun zu rechtfertigen.

Okay, na schön. Ich fühle mich fürchterlich. Bist du jetzt zufrieden?

Nein. Du kannst wenigstens deine Schuld zugeben.

Er hat nicht verdient, was ich ihm angetan habe.

Vermutlich nicht. Aber andererseits klang er doch, als hätte er vielleicht eine Lektion gebraucht. Hast du ihm wirklich in die Eier getreten?

Argh! Ich bin fürchterlich!

Ja, schrieb Fang. *Heute ja.*

Du lässt mich nicht leicht davonkommen, was?

Willst du denn, dass ich dich leicht davonkommen lasse?

Nein, schrieb ich, während ich darüber nachdachte. *Ich*

will, dass du immer grundehrlich zu mir bist. Deswegen behalte ich dich doch bei mir.

Ach Gott, schönen Dank auch. Und was ist nun aus dem Marine geworden?

Sie haben ihn in einem Krankenwagen weggebracht. Der Sanitäter sagte, es sähe nach einer Gehirnerschütterung aus. Ich habe Blumen und eine Karte zur Entschuldigung geschickt.

Vielleicht solltest du dir andere Ventile für deine Wut suchen, schrieb Fang.

Vielleicht.

Vielleicht musst du ein bisschen, äh, zurückhaltender mit deinen Talenten umgehen. Du willst doch nicht noch mehr ungewollte Aufmerksamkeit auf dich ziehen.

Ich denke, da hast du recht. Ich überlegte kurz. *Aber warum nennst du es ein Talent, Fang?*

Es ist alles eine Frage der Betrachtung, Moon Dance. Du könntest dich entweder auf das Negative oder auf das Positive konzentrieren. Wie bei allem im Leben. Sehen wir uns diese Talente, die du hast, doch mal ein bisschen genauer an. Du hast eine verbesserte Kraft, Nachtsicht, Schnelligkeit und Ausdauer. Ganz zu schweigen von der Fähigkeit, deine Gestalt zu wandeln.

Hey!, schrieb ich und lehnte mich zurück. *Niemand hat je etwas von Gestaltwandlung gesagt.*

Du hast noch nie deine Gestalt verändert, Moon Dance?

Habe ich etwa je erwähnt, ich würde mich in eine Fledermaus verwandeln?

Eine lange Pause trat ein, dann schrieb er: *Die meisten Texte, Quellen und persönlichen Erfahrungsberichte stimmen in diesem Punkt überein. Du solltest deine Gestalt verändern können. In was genau, das bleibt dahingestellt.*

Ich lachte unwillkürlich an meinem Computertisch. *Na ja, wenn deine Quellen mir sagen können,* wie *ich meine Gestalt verändern kann, dann bin ich gern bereit, einen Versuch zu wagen.*

Ich werde mich damit befassen. Vielleicht solltest du dich auch damit befassen.

Wie denn?

Noch eine Pause. *Vielleicht musst du dich mit dir selbst befassen.*

Es klingelte an der Tür. Die Babysitterin war da.

Gute Nacht, Fang.

Gute Nacht, Moon Dance.

36

Es war spät, und ich war rastlos.

An diesem Tag hatte ich wieder von Kingsley geträumt, und jetzt ging mir dieser große Dreckskerl einfach nicht mehr aus dem Kopf. In meinem Traum waren wir wieder im Wald, aber diesmal spielten wir kein Spiel. Diesmal hatte er mich schon früh gefangen, und ich lag auf dem Rücken. Ich erinnerte mich deutlich an die Kiefernnadeln, die sich in meinen nackten Rücken bohrten, und an die Geräusche kleiner Tiere, die in den Wald davonhuschten. Vor *Angst* davonhuschten. Kingsley war in seiner Halb-Mann-halb-Wolf-Gestalt, mit dunklen, zotteligen Haaren, die von seinen kräftigen Schultern bis über seine langen Arme fielen. Ein Büschel stand auf der Länge seines Rückgrats ab, als wäre er ein behaarter Stegosaurus. Er war auf allen vieren, und er war über mir. Ich war unter ihm auf den Boden gedrückt, und mir war deutlich bewusst, dass er viel zu stark für mich war, um ihn wegzustoßen. Ich unterwarf mich ihm. Mit Leib und Seele.

In meinem Traum trug er noch immer das Medaillon, das lose um seinen kräftigen Hals baumelte, nur wenige Zentimeter über meinem Gesicht. Als ich den Mund aufmachte, um ihn nach dem Medaillon zu fragen, schüttelte er nur seinen riesigen Kopf, und ich wusste, dass ich nicht darüber sprechen durfte, daher tat ich es nicht, obwohl ich es wollte. Unbedingt wollte.

Dann neigte er sein Gesicht über meines, ein Gesicht, das noch immer herrlich menschlich und schön aussah, auch wenn es dringend rasiert werden musste. Sein Atem war heiß an meinem Nacken, meinen Ohren, meinen Haaren. Er berührte mich mit den Lippen oder der Zunge. Ich wusste nicht, was von beidem, aber es war mir auch egal. Ich wusste nur, dass ich mich schon lange, lange Zeit nicht mehr so gut gefühlt hatte.

Dann klingelte der Wecker, und ich hätte heulen können.

Ein irrer Traum, dachte ich. *Ich glaube, der große Typ könnte dir gefallen.*

Glaubst du?

Die Frage war: Was würde ich deswegen unternehmen? Ich wusste es nicht. Obwohl ich im Grunde meines Herzens wusste, dass meine Ehe hinüber war, hatte ich ein schlechtes Gewissen, dass ich Gefühle für einen anderen Mann hegte.

Das solltest du nicht. Dein Mann ist längst über alle Berge. Du kannst nicht länger so weiterleben, und er auch nicht.

Aber der Augenblick, in dem ich aufhörte, so zu leben – der Augenblick, in dem mein Mann und ich uns offiziell trennten –, wäre der Augenblick, in dem mir meine Kinder weggenommen würden, und das konnte ich nicht zulassen.

Das kann ich nicht zulassen.

Dann hör auf, an Kingsley zu denken.

Leichter gesagt als getan.

Es war spät, und ich war rastlos, und ich konnte mir Kingsley beim besten Willen nicht aus dem Kopf schlagen. Scheiß auf ihn. Welches Recht hatte er, eine einsame und verletzte Frau zu küssen? Welches Recht hatte er, mir das anzutun?

Ich lachte fast. Es war natürlich nur ein Traum gewesen.

37

Sind Sie zu Hause?», fragte ich.

«Natürlich bin ich zu Hause», sagte Kingsley. «Es ist halb drei Uhr morgens, gottverdammt noch mal.»

«Seien Sie nicht so theatralisch.»

«Theatralisch? Ich bin höchstens müde.»

«Ich komme vorbei. Wo wohnen Sie?»

Eine lange Pause trat ein. Ich fragte mich, ob Kingsley wieder eingeschlafen war. Dann durchzuckte mich der Gedanke, dass er vielleicht eine Frau bei sich hatte. Falls ja, dann war es mir auch egal. Ich wollte reden, und das nicht mit einem Sterblichen. So oder so, gestern Nacht war Vollmond gewesen, daher müsste Kingsley heute Nacht wieder der alte sein.

«Okay», sagte er und beschrieb mir den Weg. «Ach ja, und wenn Sie kommen, erinnern Sie mich daran, dass ich etwas mit Ihnen besprechen muss.»

«Dann sind wir schon zu zweit.»

Kingsley lebte in Yorba Linda, nur ein paar Städte weiter. Um Viertel vor drei fuhr ich auf dem Bastanchury Boulevard nach Osten. Die Nacht war ruhig und still. Zu meiner Linken lagen kahle, sanfte Hügel. Dahinter befand sich die Müllkippe des Bezirks, gut versteckt vor neugierigen Blicken und empfindlichen Nasen.

Hier auf dem Bastanchury sah ich mit das Beste, was Orange County zu bieten hatte. Wunderschöne Häuser, etwas abseits von dem geschäftigen Treiben des Bezirks gelegen.

Ich bog nach links in eine lange Auffahrt ein und fuhr zwischen dichtem Gestrüpp über einen Weg aus zerstoßenen Muscheln. Der Muschelweg fing das Licht des fast vollen Mondes auf und war für meine Augen so hell wie eine gelbe Backsteinstraße. Die Auffahrt zog sich vielleicht eine Achtelmeile hin, bis sie in einem Bogen vor einem massiven Herrenhaus endete.

Ich parkte vor einem Säulengang und bewunderte einen Augenblick lang das riesige Gebäude. Es war im Kolonialstil errichtet, komplett mit zwei Flankenbauten zu beiden Seiten. Fast die gesamte Fassade war mit dunklen Schindeln bedeckt, und die Fenster hatten getäfelte Läden. Alles in allem ein passendes Zuhause für einen Werwolf.

Kurz nachdem ich geklingelt hatte, ging ein Verandalicht an, und ein sehr großer und mürrisch blickender Mann erschien an der Tür, der über seine Adlernase auf mich hinuntersah. Er runzelte die Stirn. Vermutlich gehörte es nicht zu seiner Arbeitsplatzbeschreibung, um drei Uhr morgens Gäste zu empfangen. Der Mann hatte irgendetwas Schiefes und Seltsames an sich. Ich brauchte einen Augenblick, um zu begreifen, was es war. Ein Ohr war deutlich größer als das andere.

«Hier entlang», sagte er. «Meister Kingsley wartet im Wintergarten.»

«Mit Professor Bloom und dem Kerzenleuchter, wie in Cluedo?», fragte ich.

Das Großohr war nicht amüsiert.

38

Kingsley lümmelte mit einem Drink in der Hand auf einem Ledersofa.

Er sah irre aus: struppiger Bart, zerzauste Haare, deutliche Ringe unter den Augen.

«Äh, gut sehen Sie aus», sagte ich.

«Den Teufel tue ich.»

«Ganz meine Meinung.»

Der Wintergarten war achteckig und ging auf einen weitläufigen Garten hinaus, der sich bis zu den Hügeln hinter dem riesigen Grundstück erstreckte. Durch das Verandafenster konnte ich einen Alabasterbrunnen erkennen, der vor sich hin blubberte, in Gestalt einer nackten Nymphe, die Wasser durch ihre hohlen Hände blies. Bei ihren Brüsten hatte der Bildhauer ein bisschen übertrieben. Männer und Brüste. O mein Gott.

«Möchten Sie etwas trinken?», fragte Kingsley.

«Gern. Ich nehme dasselbe wie Sie.»

Kingsley gab seinem Butler ein Zeichen. Einen Augenblick später wurde mir ein Drink hingestellt.

«Danke, Jeeves», sagte ich.

Kingsley grinste. «Sein Name ist Franklin.»

«Franklin der Butler?»

«Ja.»

«Hat nicht ganz denselben Klang.»

«Nein, das nicht», bemerkte Kingsley, «aber er ist ein guter Butler, und er kann verdammt gute Drinks mixen.»

«Das stimmt», sagte Franklin. «Ich verschütte fast nie etwas.» Seine Aussprache war klar und deutlich, mit einem nur leicht trällernden Tonfall, der englisch sein konnte. Als er sprach, schien sein Gesicht völlig reglos, als wären seine

Muskeln träge oder deaktiviert. Ich bemerkte eine hässliche Narbe, die über sein Kinn nach hinten bis zu seinem Haaransatz verlief, als hätte Franklin irgendwann einmal seinen ganzen Kopf verloren.

Kingsley sagte: «Danke, Franklin. Das wäre dann alles. Verzeihen Sie, dass ich Sie mitten in der Nacht aus dem Bett geholt habe.»

«Zu dienen ist meine Bestimmung.»

«Und Sie beherrschen es so gut. Gehen Sie jetzt. Gute Nacht.»

Franklin der Butler nickte, und ging. Ich sah ihm voller Neugier nach. Seine Schritte waren lang und ausfallend, als stünden seine Beine in keinem Verhältnis zu seinem Körper.

«Franklin ist ein interessanter Bursche», bemerkte ich, als er gegangen war.

«Sie haben ja keine Ahnung.»

«Muss einen verdammt üblen Unfall überlebt haben, nach den Narben zu urteilen.»

«Ja, so ähnlich.»

«Wo haben Sie ihn gefunden?»

«Er wurde mir von einem Freund empfohlen.»

Ich nippte an dem Alkohol. Er hatte nicht den geringsten Geschmack, und keine Wirkung. Das Eis klirrte in dem Tumbler.

«Was wissen Sie darüber, dass Vampire ihre Gestalt wandeln?», fragte ich unvermittelt.

Kingsley zuckte kurz zusammen, dann dachte er darüber nach. «Nicht sehr viel, leider. Warum?»

«Das Thema kam in letzter Zeit ein paarmal zur Sprache.»

«Verstehe.»

«Und, *können* sich Vampire in, Sie wissen schon, *Dinger* verwandeln?»

Er lachte. «Und ob sie sich in ... *Dinger* verwandeln können.»

Mein Herz hämmerte in der Brust. «Was denn für Dinger?», fragte ich.

«Sie wissen es wirklich nicht, oder?»

«Würde ich fragen, wenn ich es wüsste?»

«Und Sie haben nie versucht, Ihre Gestalt zu verändern?»

«Ich wüsste gar nicht, wo ich da anfangen sollte.»

«Sie könnten jederzeit versuchen, von einem Ast zu springen, und zusehen, was passiert.»

«Und wie ein Flughund denken?»

«Ist das die schwule Fledermaus?»

«Sie sind mir keine große Hilfe.»

«So ist es eben. Ich wüsste nicht, wie ich Ihnen dabei helfen könnte. Meine eigene Verwandlung findet gewissermaßen unaufgefordert statt.»

«Verstehe. Zurück zu meiner Frage: In was für Dinger können sich Vampire verwandeln?»

«Vampire verwandeln sich in ... etwas Großes und Schwarzes.» Er hielt einen Augenblick inne und verzog das Gesicht, als hätte er eben auf etwas Saures gebissen. «Etwas Hässliches und Abscheuliches. Etwas mit schweren, lederartigen Flügeln. Eine Art Kreuzung zwischen Mensch und Fledermaus.»

«Haben Sie so etwas schon mal gesehen?»

Er zögerte. «Ja.»

«Und?»

«Und das ist alles, was ich darüber weiß.»

«Wer war der Vampir?»

«Darüber möchte ich im Augenblick lieber nicht sprechen.»

«Warum nicht?»

Er holte einmal tief Luft. Sein gutaussehendes Gesicht lag hauptsächlich im Schatten, auch wenn das kaum ein Problem für mich war. Ich konnte die feinen Konturen seiner Nase und seines Kiefers sehen.

«Weil er meine Frau getötet hat.»

Ich atmete aus. «Das tut mir leid, Kingsley.»

«Hey, das gehört der Vergangenheit an.»

«Ich stelle zu viele Fragen. Das liegt an meinem Beruf. Manchmal weiß ich einfach nicht, wie ich es abstellen soll.»

«Das konnten Sie nicht wissen.»

Ich wollte gern mehr über seine Frau wissen. Warum wurde sie getötet? War sie auch ein Werwolf? Und wenn nicht, wie hatten sie ihre Ehe hinbekommen? Wie lange waren sie verheiratet gewesen? Und was war mit Kindern? Außerdem, wer war dieser Vampir? Aber ich hielt den Mund, was ich nicht sehr gut beherrsche. Und so stellte ich mir unwillkürlich vor, wie ich wie eine überdimensionale Fledermaus aus der Hölle durch die Stadt Fullerton flog. Das Bild war allzu verrückt. Ich meine, ich bin zweifache Mutter. Ich war letzte Woche bei einem Elternabend in der Schule. Am Wochenende habe ich zwölf Ladungen Wäsche gewaschen. Echte Menschen verwandeln sich doch nicht in Riesenfledermäuse, oder?

«Das heißt», bemerkte ich nach einer angemessenen Pause, «ich verwandle mich im Grunde in ein Monster.»

Er erhob sich vom Sofa und steuerte auf die Bar zu. Er schenkte sich noch einen Drink ein.

«Da sind Sie nicht die Einzige», sagte er. «Einmal im Monat sperrt mich Franklin in einem besonderen Zimmer ein, in dem ich mir oder anderen nichts antun kann.» Er schwenkte den Inhalt seines Glases. Ein Teil des Inhalts schwappte über den Rand. Er schien es nicht zu bemerken oder zu beachten. «Nur Monster müssen weggesperrt werden.»

«Aber Sie haben Maßnahmen ergriffen, um das Monster in Ihnen in Schach zu halten. Nach meiner Auffassung spricht das doch sehr dafür, dass Sie *kein* Monster sind.»

«Weil ich die sichere Verwandlung praktiziere?», fragte er.

Ich lachte. «Genau.»

Während er wieder Platz nahm, bemerkte ich ein besonders dichtes Haarbüschel auf seinem Handrücken. Das Haar war vor ein paar Tagen noch nicht da gewesen. Ich schlüpfte von meinem Platz zu ihm hinüber. Ich nahm seine Hand in meine und strich mit den Fingern über das Fell.

«Was tun Sie denn da?», fragte er. Er rührte sich nicht. Ich konnte seinen Puls spüren. Der Puls beschleunigte sich. Ich zupfte an dem Fell.

«Es ist echt», sagte ich.

«Natürlich ist es echt.»

«Dann sind Sie ja *wirklich* ein Werwolf.»

«Ja.»

«Kann ich Sie Wolfy nennen?»

«Nein.»

Ein bernsteinfarbener Schimmer spiegelte sich in seiner Iris. Es war, als würde ich in die Augen eines Wolfs sehen, der mich aus den tiefen Schatten eines dunklen Waldes anstarrte.

Der Wald. Mein Traum. Sein heißer Atem. Seine noch heißeren Lippen.

Ich wandte den Blick ab. Gott, sein starrer Blick war hypnotisierend. Kein Wunder, dass er so viele Prozesse gewann. Welcher Geschworene konnte diesen Augen schon widerstehen? Mir fiel auf, dass die ganze Couch mit etwas übersät war, was nach Hundehaaren aussah. Jetzt hatte ich die Haare auf meiner Kleidung.

«Sie verlieren Ihr Fell», sagte ich.

«Ja, ich neige dazu.»

«Wie alt sind Sie, Kingsley?»

«Heute Abend gehen Sie wirklich aufs Ganze, was, Samantha?»

Ich zuckte die Schultern. «Vielleicht kann ich, wenn ich mehr von Ihnen erfahre, auch mehr über mich erfahren, darüber, wer ich bin und wohin ich gehe.»

«Na schön», sagte er. «Ich bin neunundsiebzig.»

«Ist das in Hundejahren?»

«Ich gehe ins Bett», sagte er.

«Warten Sie. Worüber wollten Sie mit mir reden?»

Er nickte ernst. «Es sucht jemand nach Ihnen, Samantha.»

«Wer denn?»

«Ein Vampirjäger.»

«Ein ... was?»

«Ein Vampirjäger, und er will Sie tot sehen.»

Ich würgte an meinem Drink. «Warum denn?»

«Weil Sie ein Vampir sind und Vampire töten das ist, was er tut.»

«Wie tötet er die Vampire denn?»

«Mit einer Armbrust, glaube ich. Offenbar haben Armbrustbolzen dieselbe Wirkung auf Vampire wie Pfähle.»

«Wann haben Sie das erfahren?»

«Heute Abend.»

«Und wie haben Sie es erfahren?»

«Ich habe Zugang zu Informationen dieser Art. Über Kollegen. Von anderen wie mir.»

«Werwölfen.»

«Ja.»

Ich dachte darüber nach, und dann erzählte ich ihm von dem Mann neulich abends mit der Nachtsichtbrille. Kingsley zuckte die Schultern.

«Das könnte er gewesen sein. Vielleicht verfolgt er Sie.»

«Niemand verfolgt mich.»

«Woher wollen Sie das wissen?»

«Ich achte auf Beschatter. Das ist eine Angewohnheit von mir.»

«Eine gute Angewohnheit», gab er mir recht.

«Apropos Beschatter –»

«Ich gehe ins Bett», sagte er noch einmal.

«Warten Sie. Was raten Sie mir, was soll ich wegen dieses Vampirjägers unternehmen?», fragte ich.

«Töten oder getötet werden. Und an dem Punkt komme ich ins Spiel. Lassen Sie sich von mir helfen, diesen Typen loszuwerden.»

«Nein», sagte ich. «Ich bin ein großes Mädchen, und das ist mein Problem.»

«Er ist ein ausgebildeter Killer.»

«Und ich bin dazu ausgebildet, selbst auf mich aufzupassen.»

Es gefiel ihm nicht, aber er sagte nichts mehr. Wir saßen zusammen auf der Couch. Unsere Schultern berührten sich.

«Warum sind Sie mit ihm zusammen, Samantha?»

Ich wusste, von wem er redete. Danny. «Es geht Sie nichts an, warum.»

«Doch», sagte er, «das tut es.»

«Wieso das denn?»

«Weil ich glaube, dass ich dabei bin, mich in Sie zu verlieben.»

39

Es war spät.

Die Kinder waren bei meiner Schwester, und ich war allein auf einem Parkplatz, versteckt hinter ein paar Büschen und unter einer überhängenden Weide. Laut der Digitaluhr auf dem Autoradio war es 23.22 Uhr. Zu spät für einen Anwalt, um mit seiner Sekretärin an Fällen zu arbeiten.

Ich hatte den Motor abgestellt und die Fenster einen Spaltbreit geöffnet. Selbst Vampire müssen atmen. Oder? Ehrlich gesagt, fragte ich mich genau das. Ich hielt den Atem an, stoppte die Zeit. Eine Minute verstrich. Zwei Minuten. Drei. Vier. Fünf. Ich atmete aus. Na ja, verdammt. Man lernt nie aus.

Aber was für ein düsterer Voodoo erhielt mich dann am Leben? Brauchten mein Gehirn und mein Blut denn nicht auch Sauerstoff? Vielleicht brauchte ich nur nicht so viel, und der einzige Grund, weshalb ich regelmäßig atmete, war, dass mein autonomes Nervensystem nicht genug darüber wusste, um abzuschalten. Ich konnte mein Herz spüren. Es schlug – sehr langsam. Ich stoppte die Herzschläge. Zehn Schläge pro Minute. Ach, verdammt. Ich hätte schon hundertmal tot sein sollen.

Aber ich war es nicht. Ich war sehr lebendig. Aber wie, verdammt noch mal?

Vielleicht war es besser, nicht darüber nachzudenken.

Ich war am Leben. Vielleicht hätte ich vor sechs Jahren sterben sollen, aber ich war nicht gestorben. Irgendetwas erhielt mich am Leben, und ich war dankbar dafür. Jetzt konnte ich nicht nur meine Kinder aufwachsen sehen, sondern würde vermutlich sogar meine Enkelkinder und die Kinder ihrer Kinder überleben.

O mein Gott.

Ich frage mich noch einmal: Was für eine verdammte dunkle Magie erhält mich am Leben?

Dannys Kanzlei ist eine kleine Firma. Er besitzt sie mit einem Partner, und sie nimmt die erste Etage eines sehr schlichten Bürogebäudes ein. Danny ist auf Autounfälle spezialisiert. Einer dieser Anwälte, die den Krankenwagen hinterherfahren, um die Unfallopfer als Mandanten zu gewinnen. Er macht gutes Geld damit, aber er verkauft seine Seele.

Früher habe ich ihn deswegen oft zusammengestaucht, bis ich begriff, dass ihm die Arbeit tatsächlich Spaß macht. Es macht ihm Spaß, es den Versicherungsunternehmen zu besorgen. Jetzt macht es ihm Spaß, es seiner Sekretärin zu besorgen.

Die Nacht war kühl. Die Bäume über mir wiegten sich sanft. Der Mond verschwand immer wieder hinter einer Handvoll Wolken.

Aus einem der oberen Fenster des Gebäudes schien ein schwaches Licht zu kommen, aber es ließ sich schwer sagen, da die Jalousien zugezogen waren. Ich nippte an einer Wasserflasche. Das Wasser war lauwarm. Ich stellte fest, dass mir lauwarmes Wasser schmeckte, eine erfrischende Abwechslung von der nächtlichen Dosis eisgekühlten Hämoglobins.

Ich dachte an den Vampirjäger. In den letzten Tagen hatte ich immer wieder nach meinem Beschatter Ausschau gehalten, und ich war mir sicher, dass mich niemand verfolgte.

Jemanden zu überwachen – selbst den eigenen Ehemann – kann eine ermüdende Arbeit sein. Ich hob meine Hand und musterte sie. Meine Haut war weiß, fast durchscheinend. Violette Adern zogen sich kreuz und quer über meinen Handrücken. Meine Fingernägel waren dick und hart. Wie meine Haare wuchsen auch sie nur langsam nach. Ich berührte mit dem linken Zeigefinger die Mitte meiner rechten Handfläche. Bei der Berührung lief mir ein leichter Schauder über den rechten Arm. Fleisch und Knochen. Ich war dreidimensional. Ich konnte fühlen. Ich konnte lachen. Ich konnte meine Kinder lieben.

Warum konnte ich dann nicht sterben? Und was verlieh mir meine unnatürliche Kraft?

Ich drehte den Rückspiegel zu mir hin.

Im Spiegel war nichts zu sehen. Überhaupt nichts, bis auf ein Bild der Kopfstütze des Fahrersitzes. Meine Kleidung bewegte sich, als würde die Unsichtbare Frau darin stecken. Ziemlich verwirrend. Es war, als weigerte sich der Spiegel, meine Existenz zur Kenntnis zu nehmen. Ich drehte ihn angewidert weg.

«Na ja, ich bin hier, verdammt noch mal», sagte ich zu dem Spiegel. «Ob es dir gefällt oder nicht.»

Oder vielleicht sagte ich es auch zu Danny. Oder der ganzen Welt.

Ein Geschöpf namens Vampir hatte mich also eines Nachts angegriffen. Es hatte mein Blut mit seinem verunreinigt. Und aufgrund dieser Verunreinigung war ich für immer und unwiderruflich verändert.

Es musste etwas mit dem Blut zu tun haben. Jetzt dachte ich über Blut nach. Es war die Quelle des Lebens. Ohne Blut sterben wir. Na ja, ohne etliche andere Dinge sterben wir auch. Ohne Kopf stirbt man. Ohne Herz stirbt man.

Wie konnte etwas in meinem Blut mich *für immer* verändern?

Blut verband alles, floss durch alles. Blut zog sich durch den ganzen Körper.

Das Blut, begriff ich, war der Schlüssel. Mein Blut, mein verunreinigtes Blut, erhielt meinen Körper unnatürlich am

Leben – und würde ihn offenbar bis in alle Ewigkeit am Leben erhalten.

Mein Gott, dachte ich.

Und dann fragte ich mich: War ich überhaupt noch ein Kind Gottes? Oder war ich in etwas Böses verwandelt worden?

Ich fühlte mich nicht böse.

Die Straße war still, aber nicht leer. Auf der anderen Straßenseite öffnete sich die Tür zu dem Bürogebäude meines Mannes. Zwei Gestalten kamen heraus. Eine davon war mein Mann und die andere eine Frau. Die Frau erkannte ich nicht. Er hatte vor ein paar Monaten erwähnt, er habe eine neue Sekretärin eingestellt. Ich hatte sie nicht kennengelernt. Dieses Mädchen war groß und hager, mit glatten blonden Haaren. Sie trug einen sehr engen weißen Rock.

Sie gingen zusammen zu dem angrenzenden Parkplatz. Er begleitete sie zu einem kleinen roten Cabrio mit offenem Verdeck. Dann legte mein Mann ihr die Arme um die Taille und gab ihr einen sehr langen und sehr innigen Kuss. In dieser Position verharrten sie weit über eine halbe Minute. Dann löste sie sich von ihm, stieg in ihren Wagen und fuhr davon. Er sah ihr nach, dann wandte er sich in meine Richtung um, und ich hielt den Atem an. Eine kurze Sekunde lang dachte ich, er hätte mich vielleicht angesehen. Dann wandte er sich ab, griff nach den Schlüsseln in seiner Hosentasche, stieg in seinen Escalade und fuhr davon. Nach Hause zu seiner Frau und seinen Kindern.

Ich blieb wie gelähmt sitzen, bei abgestelltem Motor. Erstaunt bemerkte ich, dass meine Hand unwillkürlich in meine Jacke gegriffen hatte, nach einer Pistole, die nicht da war.

40

Danny und ich lagen zusammen im Bett.

Er lag unter der Bettdecke und ich darauf. Wie üblich. Hitze von seinem frischgeduschten Körper entströmte seiner Haut. Er hatte den Geruch von *ihr* abgewaschen. Was für ein Typ. Im Dunkeln konnte ich seine blassen Schultern deutlich sehen. Und ich konnte auch sehen, dass er den Blick von mir abwandte, mit offenen Augen an die Decke starrte.

Ich rollte mich von der Seite auf den Rücken und starrte mit ihm zusammen an die Decke. Überall an der Decke knisterten und wirbelten die geheimen Lichtpartikel, die nur ich sehen konnte.

«Ich habe dich heute Abend mit ihr gesehen», sagte ich.

«Ich weiß.»

«Mich hast du schon lange nicht mehr so geküsst.»

Er schwieg. Die Lichtpartikel schienen auf die Anspannung zwischen uns zu reagieren, wirbelten schneller, aufgeregt.

Ich sagte: «Du wusstest, dass ich da war, und hast sie trotzdem vor mir geküsst?»

«Ich habe dich sofort gesehen, als wir herausgekommen sind.»

«Und deshalb hast du ihr einen besonders langen Kuss gegeben.»

«Ja.»

«Warum kommst du überhaupt noch nach Hause?»

«Meine Kinder sind hier.»

Meine Stimme begann zu zittern, und ich konnte die Angst und den Hass nicht verbergen. Ich wollte aufbegehren und auf seine gottverdammte Brust eintrommeln, wollte ihm ebenso sehr wehtun wie er mir.

«Liebst du sie?»

«Ich glaube schon. Ja.»

«Liebst du mich?»

«Ich weiß nicht. Früher schon.» Er schwieg kurz. «Ich glaube nicht, dass ich lieben kann, was aus dir geworden ist. Ich habe es versucht. Ich habe es wirklich versucht. Aber ...»

«Ich stoße dich ab.»

«Ja», sagte er. «Du widerst mich an, und du machst mir höllisch Angst, und wenn ich dich berühre, muss ich mich zusammenreißen, um nicht zu würgen.»

«Worte, die jede Ehefrau gern hören will.»

«Es tut mir leid, Sam. Wirklich. Es tut mir leid, dass du angegriffen wurdest. Es tut mir leid, dass es mit uns so weit gekommen ist. Aber eine Ehe besteht eben zwischen einem Mann und einer Frau.»

«Und ich bin keine Frau?»

«Ich weiß nicht, was zum Teufel du bist. Ein verdammter Vampir, nehme ich an. Und was ist das?»

«Ich bin noch immer dieselbe Person.»

«Nein, das bist du nicht. Du trinkst in der Garage Blut wie ein Ghul. Ich habe Albträume von dir. Ich träume davon, dass du mich mitten in der Nacht angreifst, dass du unsere Kinder angreifst – dass du einfach durchdrehst und uns alle abschlachtest.»

Inzwischen weinte ich. Ich schluchzte und weinte und war völlig außer Kontrolle. Das war meine schlimmste Befürchtung gewesen, und jetzt war sie eingetreten. Die Liebe meines Lebens würde mich verlassen, und ich konnte es ihm nicht eine Sekunde verdenken.

Er ignorierte mein Weinen. Er wandte mir sogar den Rücken zu.

Und dann drehte ich durch. Ich drehte einfach durch.

In Sekundenschnelle war ich über ihm. Meine beiden Hände legten sich um seine Kehle, schneller als jede Kobra, schneller, als er sich zur Wehr setzen konnte. Ich drückte ihn auf dem Bett nach unten. «Wenn du Scheißkerl mir meine Kinder nimmst, dann bringe ich dich verdammt noch mal um. Hast du mich verstanden? Ich werde dich zur Strecke bringen und töten und in gottverdammte Stücke reißen.»

Meine Stimme war hysterisch, kreischend, durchdringend. Ich sah meine Hände um seinen muskulösen Nacken – meine schmalen, blassen, kräftigen Hände. Seine eigenen kämpften mit meinen, versuchten verzweifelt, sie loszureißen, ohne Erfolg. Ich wusste nicht, ob er überhaupt noch Luft bekam, und auf einmal war es mir auch egal. Er trat um sich und wand sich, und noch immer würgte ich ihn, noch immer verfluchte ich ihn und schrie ihn an. Inzwischen bebten meine Arme vor Anstrengung. Noch eine Sekunde länger, noch ein Pfund mehr Druck auf jeden Quadratzentimeter, und ich würde ihn töten, und ich würde es genießen. Zumindest in diesem Augenblick.

Dann lockerte ich meinen Griff, und er rollte sich vom Bett und fiel auf den Boden, hustend und würgend und spuckend. Sein Körper verkrampfte sich vor Anstrengung, zu atmen.

Mein Herz raste. «Wag es niemals, mir meine Kinder wegzunehmen, Danny», flüsterte ich. «Niemals.»

41

Danny saß gegen das Kopfbrett gelehnt da, die Knie bis zur Brust angezogen. Eine Art männliche Version der Fötusstellung. Er beobachtete mich mit argwöhnischem Blick. Wer konnte es ihm verdenken?

Obwohl das Zimmer dunkel war, konnte ich die roten Male rings um seinen Hals sehen. Er war wieder zu Atem gekommen, und ich hatte mich deutlich beruhigt. Die Wut, die mich überkommen hatte, hatte nichts mit dem Vampir in mir zu tun, aber alles mit der Mutter.

«Ich habe meinem Anwalt die strikte Anweisung erteilt, unter Verschluss befindliche Informationen bezüglich deiner ... *Krankheit* freizugeben», sagte er. Seine Stimme klang kehlig und krächzend, als würde er durch ein sehr altes Mikrophon sprechen. Oder eine schwerbeschädigte Kehle. «Für den Fall, dass mir irgendetwas Verdächtiges zustoßen sollte.»

«Was soll das denn heißen?» Ich saß auf der Bettkante. Eine entsetzliche Erkenntnis überkam mich. Danny würde, trotz meiner Androhungen körperlicher Gewalt, in dieser Situation die Oberhand behalten.

«Ich habe alles über deinen Vampirismus im Detail festgehalten. Alles. Von dem Überfall auf dich vor sechs Jahren bis hin zu deinem Vertrag mit dem Schlachthof in Norco.»

«Niemand wird dir glauben. Sie werden dich für verrückt halten.»

«Vielleicht, vielleicht auch nicht.»

«Was soll das denn heißen, Danny?»

«Ich habe diesem Paket noch zwei Gegenstände beigefügt. Ein Video von mir, auf dem ich einen Spiegel über dich gehalten habe, während du schliefst, und eine Phiole mit deinem verunreinigten Blut.»

«Hast du den Verstand verloren?», fragte ich.

«Vielleicht. Aber ich will die Kinder, und ich will sie in Sicherheit wissen, und ich will, dass du dich und deine dreckigen Hände von mir fernhältst – und von ihnen.»

Wir schwiegen wieder, während ich das alles verdaute. Ich war völlig vor den Kopf geschlagen. Ob jemand diese Geschichte glauben oder sich die Mühe machen würde, die Phiole mit dem Blut zu überprüfen, war fraglich, aber es war ein Risiko, das ich nicht eingehen konnte. Ich hatte schon früh begriffen, dass ich es nie, aber auch nie, riskieren durfte, enttarnt zu werden.

«Was ist mit den Kindern?», fragte ich.

Er holte einmal tief Luft und zog die Knie noch höher. «Ich nehme die Kinder, Samantha.»

Ich brauchte einen klaren Kopf dafür. Er würde mich verlassen, so viel hatte ich begriffen, mit so viel konnte ich versuchen umzugehen. Aber die Kinder zu nehmen ...

Als ich wieder sprach, war ich die Stimme der Vernunft und Ruhe. «Danny, Schatz, hör mich an. Wir leben jetzt schon seit sechs Jahren so. Ich habe ihnen nichts als Liebe gegeben. Ich würde nie jemandem etwas antun, keiner Menschenseele, und schon gar nicht meinen Kindern. Sie brauchen ihre Mutter.»

Er schnaubte verächtlich. «Nach dem, was eben passiert ist? Mein Gott, Sam, ich dachte, du würdest mich umbringen.»

«Ich war wütend, Danny. Du hast mich betrogen. Verdammt, du hast vor mir praktisch eine Show damit abgezogen. Jede Frau – jede Mutter – hätte genauso reagiert.» Ich schwieg einen Augenblick. Er rieb sich den Nacken und wand sich. «Sie brauchen ihre Mutter, Danny.»

«Da gebe ich dir recht, und aus diesem Grund werde ich

dir auch gestatten, sie jedes zweite Wochenende zu sehen. Unter Aufsicht.» Er atmete tief und keuchend ein. Er wusste, was er mir antat, er wusste, dass er mich damit umbrachte, aber er fuhr fort. «Leg dich in dem Punkt nicht mit mir an, Sam. Zwing mich nicht, dich als das Monster bloßzustellen, das du bist, denn das werde ich tun. Ich werde es tun, um die Kinder zu retten.»

«Danny, bitte.»

«Es tut mir leid, wirklich. Du hast nicht verdient, dass dir das passiert, und du hast nicht darum gebeten. Und ich ebenso wenig. Oder die Kinder. Aber ich bin entschlossen, für ihre Sicherheit zu sorgen. Ich habe das lange genug ausgehalten, Sam. Ich habe es für die Kinder getan. Ich glaube, inzwischen sind sie beide alt genug, um zu begreifen, dass Mommys und Daddys Beziehung nicht mehr so gut läuft.»

In einem Aufflackern seltenen Mitgefühls streckte er eine Hand nach meiner aus und ergriff sie. Mir fiel auf, dass er nicht vor Abscheu zurückzuckte oder sie nur schlaff hielt. Er hielt sie fest und mitfühlend. «Es ist nur zum Besten so, Sam. Jetzt kannst du leben ... dein Leben leben, wie immer du es leben musst. Du musst dir keine Sorgen mehr darum machen, die Kinder von der Schule abzuholen oder zu Elternabenden zu gehen oder tagsüber mit den Kindern aufzubleiben, wenn eines von ihnen krank ist. Du kannst frei sein, die zu sein, die du bist, *das* zu sein, was du bist, was immer das heißt ...»

Er redete weiter, aber ich war mir nicht sicher, ob ich überhaupt noch zuhörte. Ich konnte nur noch denken, dass meine Kinder ohne ihre Mutter aufwachsen würden. Ich konnte nur noch denken, dass ich ihre Gesichter nicht mehr jeden Tag sehen würde. Und was noch schlimmer war, ich begriff, dass ich nichts dagegen tun konnte, außer sie zu entführen, und das würde ich niemals tun, denn was für ein Leben wäre das denn? Danny redete noch immer, pries die Vorzüge des Alleinseins für mich, unbehelligt von den Kindern und dem täglichen Trott des Mutterseins; er streichelte noch immer meine Hand, und ich wusste, dass ich meine Kinder verloren hatte. Jedes zweite Wochenende kam mir vor wie eine Ewigkeit. Auf einmal war mir der tägliche Trott des Mutterseins nie schöner erschienen, und jedes Mal, wenn ich versuchte, für mich zu sprechen, ließen mich die Worte im Stich, da ich im Grunde meines Herzens wusste, dass er recht hatte.

Ich bin ein Monster. Ich bin unnatürlich. Sie haben etwas Besseres verdient.

Blödsinn. Ich bin ihre Mutter.

Egal, was passiert.

Ich hatte immer gewusst, dass dieser Tag einmal kommen würde. Ich hatte so hart dagegen angekämpft. Ich hatte versucht, alles richtig zu machen, und es war trotzdem nicht genug.

«Wenn ich dir verspreche, mich nicht mit dir anzulegen, wenn ich dir verspreche, dir die Kinder zu überlassen, damit du sie großziehen kannst, mit wem du willst, kann ich dich dann um einen Gefallen bitten?»

Er schwieg. Ich konnte fast sehen, wie er sich neben mir auf die Unterlippe biss, wie er es immer tat, wenn er in Gedanken vertieft war. Und dieses Zögern kam von dem Mann, der mir in einem Heißluftballon einen Antrag gemacht hatte, obwohl er schreckliche Höhenangst hatte.

«Bitte, Danny, nur einen einzigen Gefallen.»

«Vielleicht.»

«Dass ich sie jedes Wochenende sehen darf, ohne Aufsicht.»

Er dachte lange und angestrengt darüber nach. Er atmete

einmal tief aus. «Okay, Sam, jedes Wochenende. Aber ich muss leider darauf bestehen, dass das Treffen unter Aufsicht stattfindet.»

«Danke, Danny», sagte ich leise, mit einer Stimme, die so erfüllt von Schmerz war, dass selbst meine eigenen Ohren sie nicht erkannten. «Wann werdet ihr drei gehen?»

Und in dem Augenblick, als ich diese Worte aussprach, begriff ich meinen Fehler.

«*Wir* gehen nicht, Sam. *Du* gehst, und ich will, dass du bis morgen Abend weg bist.»

42

Am Abend stand ich auf einem Balkon im neunten Stock des Embassy Suites Hotel in Brea.

Es war ein harter Tag gewesen. Meine Schwester war vorbeigekommen, um mir beim Umzug zu helfen, auch wenn es eigentlich nicht viel gab, was mit mir umzog. Hauptsächlich war sie zur moralischen Unterstützung da. Danny war auch da, aber nicht zur moralischen Unterstützung. Stattdessen beobachtete er mich wie ein Gefängnisaufseher.

Da es mein letzter Tag mit den Kindern war, hatte ich ihnen erlaubt, zu Hause zu bleiben und nicht zur Schule zu gehen. Anfangs hatte ich ihnen zu erklären versucht, warum Mommy wegging. Ich sagte ihnen, dass es nicht ihre Schuld sei, dass Mommy und Daddy nicht mehr zusammenleben konnten, und dass Mommy und Daddy sich noch immer lieb hätten, aber nicht auf diese besondere Weise. Sie weinten beide. Und ich auch.

Im Hotel half mir Mary Lou beim Auspacken, selbst bei den Päckchen mit eisgekühltem Blut, die wir in der Minibar der Suite verstauten. Ich ertappte sie dabei, wie sie eines der Päckchen begutachtete. Ihr Gesicht, fiel mir auf, war bleich geworden. Ich muss ihr zugutehalten, dass sie das Blut mit keinem Wort erwähnte, und ich dankte ihr im Stillen dafür.

Wir setzten uns zusammen auf mein Bett, und sie rieb meinen Nacken und meine Schultern und strich mir sanft übers Haar. Ihre Berührung, ihre Wärme, ihr Mitgefühl verliehen mir Kraft. Sie fand, ich sollte nicht allein sein, und wollte über Nacht bei mir bleiben. Ich dankte ihr und sagte, ich wäre gern allein. Das gefiel ihr nicht, aber sie lenkte ein, und als sie gegangen war, war ich zum ersten Mal seit Jahren allein – wirklich allein.

Die Suite hatte einen kleinen Balkon mit zwei Leinen-Klappstühlen und einem runden Tisch. Ich öffnete die Glasschiebetür und trat hinaus, wo mir augenblicklich ein kalter Wind entgegenschlug. Von hier oben war die Stadt so atemberaubend schön. Funkelnde Lichter erstreckten sich in alle Richtungen, so weit das Auge blicken konnte.

Mit einer einzigen schnellen Bewegung stemmte ich mich auf die Mauer des Balkons und schwang die Beine über das Sims. Ich baumelte geistesabwesend mit den Beinen wie ein Kind auf einer Schaukel.

Autos schossen auf der kleinen Straße vorbei, die das Hotel von der nahe gelegenen Mall trennte. Die diversen Parkplätze waren alle voll besetzt. Malls und Orange County gingen gewissermaßen Hand in Hand.

Ich war hungrig, und gleichzeitig war mir schlecht. Manchmal ging auch das Hand in Hand.

Der Wind zog und zerrte an mir, ächzte leise über meinen Ohren. Es war kurz nach acht Uhr abends. Es war ein verdammt beschissener Tag gewesen, und ich hatte kein Auge zugetan.

Der Überfall vor sechs Jahren hatte mich so viel gekostet. Er hatte mich meinen Job gekostet, meine glücklichen Tage, mein Zuhause, meinen Ehemann, meine Kinder und mein Leben.

Ich beobachtete das Kommen und Gehen in der großen Mall, all die Leute, die es kaum erwarten konnten, in überteuerten Geschäften ihr sauer verdientes Geld auszugeben. Selbst aus dem neunten Stock konnte ich Details ihrer Kleider und Gesichter erkennen. Die meisten schienen relativ gut gelaunt zu sein. Sie lebten einfach den amerikanischen Traum. Es gab für sie nichts Schöneres, als mit der Familie einen Abend in der Mall zu verbringen. Nette Sachen in netten

Geschäften mit nett aussehenden Kids zu kaufen. Nur eine Person, die eine JCPenney-Tüte zurückbrachte, sah nicht ganz so glücklich aus.

Wie ein Falke, der Feldmäuse beobachtet, beobachtete ich das alles von hier oben, auf dem Balkonsims kauernd, während ich mich immer abgeschnittener von der menschlichen Rasse fühlte.

Ich stand unvermittelt auf, zog die Füße hoch, balancierte leicht auf dem breiten Sims. Der Wind schien aufzufrischen, aber nicht genug, um mich umzupusten.

Ich sah auf die schmale Straße unter mir, die geschäftige Mall, den fließenden Verkehr, die fernen Lichter der Großstadt. Auch Geräusche und Gerüche drangen zu mir hoch. Hin und wieder das Echo einer Autohupe in einem Parkhaus. Das Gemurmel von Stimmen. Das Gemurmel von Kinderstimmen.

Ich holte einmal tief, sinnlos, schaudernd Luft.

Ich hatte eigentlich nichts zu verlieren. Meine Kinder waren meinem Leben entrissen worden. Verdammt, mein *Leben* war meinem Leben entrissen worden.

Die Erde war weit, weit unter mir. Neun Stockwerke sehen wie hundertfünfzig Stockwerke aus, vor allem, wenn man mit dem Gedanken spielt, zu springen. Und ich spielte mit dem Gedanken, zu springen.

Ich schloss die Augen, und dann stürzte ich mich vom Balkon.

43

Die Zeit schien sich zu verlangsamen.

Ich flog in einem hohen Bogen in den Abend hinaus, die Arme zu beiden Seiten ausgestreckt. Ich reckte mein Gesicht zu den Sternen und spürte den Wind in meinen Haaren und erlebte eine tiefe und ungewohnte Stille, als seien alle Geräusche der Welt auf einmal verstummt. Langsam neigte ich mich zu einem natürlichen Sinkflug.

Und dann stürzte ich.

Erst in dem Augenblick wurde mir bewusst, dass ich meine Kleider vielleicht hätte abwerfen sollen. Ich wollte keine Fledermaus sein, die in einen Strickpullover verheddert war.

Nach allen Gesetzen der Wahrscheinlichkeit müsste ich in den nächsten Augenblicken sterben. Niemand konnte einen solchen Sturz überleben, vielleicht nicht einmal ein Vampir.

Ein gelber Lichtstrahl blitzte in meinem Kopf auf. Und in diesem Licht war ein Bild von irgendetwas Schwarzem zu sehen. Irgendetwas mit Flügeln. Irgendetwas Großes und Fremdartiges und Beängstigendes.

Und dann war das Bild verschwunden.

Die Welt begann sich zu beschleunigen. Die Etagen des Hotels flogen an mir vorbei. Ein paar der Fenster und Vorhänge waren offen. Ein Mann, nur mit Unterhose bekleidet, drehte sich auf einmal um, als hätte er am Rand seines Gesichtsfelds irgendetwas gesehen. Das hatte er auch – eine herabstürzende Frau. Aber ich war schon an ihm vorbeigeschossen, bevor er seine Drehung vollenden konnte.

Das Bild des geflügelten Geschöpfs tauchte wieder auf, diesmal detaillierter. Es hatte ein leicht menschenähnliches

Aussehen, mit großen, lederartigen Flügeln. Ich empfand auf Anhieb eine starke Verwandtschaft mit diesem Geschöpf.

Ein schmaler Gehsteigstreifen, von hoch oben nur ein silberner Faden, wurde jetzt rasch zu einem sehr echten Gehsteig. Einem sehr echten *Zement*gehsteig. Ich beschleunigte immer mehr, während ich an weiteren Etagen vorbeischoss. Zu meinem Pech hatte das Hotel bald keine Etagen mehr.

Auf einmal verkrampfte ich mich.

Der Boden kam rasch auf mich zu.

Ich hatte nur noch Sekunden.

Meine Kleider platzten von meinem Körper. Ein riesiges, dickhäutiges Flügelpaar flatterte an meinen Armen und Beinen wie ein verunglückter Fallschirm.

Der Boden war genau unter mir.

Ich wechselte die Haltung, veränderte meinen Körper.

Die flatternde Haut, die sich von meinen Handgelenken bis irgendwo in der Mitte meiner Oberschenkel zog, wurde vom Wind erfasst und straff gespannt. Meine Arme bebten, und ich hielt sie stabil und schwenkte nur wenige Meter über dem Gehsteig nach oben ab. Ich schoss wieder hoch, wusste instinktiv, was ich zu tun hatte.

Dann knallte ich mit der rechten Hüfte gegen ein Parkverbotsschild.

Ich verlor die Kontrolle und taumelte durch die Luft. Aber als würde irgendein uraltes Fluggedächtnis in mir wiedererweckt, gewann ich die Kontrolle zurück, richtete mich auf und flog tief und schnell über den Parkplatz der Mall hinweg, knapp über den Dächern vieler schimmernder SUVs. Ich reckte den Kopf nach oben und gewann an Höhe, und schon bald war ich über der Mall.

Ich flog.

Ich flog.

Aus einem angeborenen Wissen heraus, das ich nicht begriff oder in Frage stellte, schlug ich geschickt mit den Flügeln und schraubte mich in den Abendhimmel hoch.

44

Ich träumte natürlich.

Es konnte nicht anders sein. Ich meine, das konnte mir doch nicht wirklich passieren, oder?

Jeden Augenblick würde ich aufwachen und feststellen, dass ich nicht fünfhundert Fuß über der Stadt Brea flog. Dass ich wieder elend und allein in meinem Hotelzimmer war.

Aber ob Traum oder kein Traum, wenn ich schon dabei war, konnte ich den Flug auch genießen.

Eine Windböe traf mich. Ich verlor wieder die Kontrolle und taumelte durch die Luft. Ich brach in Panik aus, bis mein Bordnavigationssystem sich erneut einschaltete, und ich passte meine Flügel an, ließ die Schultern sinken und fand schließlich das Gleichgewicht wieder.

Während ich weiterflog und mein panischer Atem sich allmählich normalisierte, sah ich hinüber zu meinem rechten Arm. Genauer gesagt, *Flügel*. Der Armfortsatz war dünn und schwarz und stark gewellt von harten Muskeln. Eine dicke Membran aus lederartiger Haut war an meinem Handgelenk befestigt und verlief bis unter meine Taille.

Unter mir lag die Randolph Street. Ich folgte ihr ein paar Minuten, bevor ich den rechten Arm senkte, den linken Arm hob und eine sanfte Drehung nach Steuerbord vollzog. Die Drehung beherrschte ich instinktiv, als hätte ich sie mein Leben lang geübt.

In Brea herrschte um diese Stunde reges Treiben; die Straßen waren verstopft von Fahrzeugen. Ich flog über einer Gegend namens Downtown Brea, in der es von Menschen wimmelte, die alle entschlossen von einem Geschäft zum nächsten zogen. Der Himmel war wolkenlos, mit nur einer Handvoll Sterne. Vor diesem Hintergrund musste meine schwarze Haut für das menschliche Auge fast unsichtbar sein. Erstaunlicherweise ist Südkalifornien ein ideales Vampirland.

Ich entschloss mich zu einem Experiment.

Aber zuerst wollte ich sehen, wie zum Teufel ich eigentlich aussah. Ich fand ein passendes Bürogebäude, das ganz aus Glas gebaut war. Ich schoss an der ersten Etage vorbei, in der Hoffnung, mein Spiegelbild zu sehen – und war entsetzt, gar nichts zu sehen. Immer dieselbe Leier.

Ich schoss wieder hoch zum Himmel, schlug kräftig mit den Flügeln, um an Höhe zu gewinnen. Schon jetzt beherrschte ich die Bewegung fließend und mühelos. Immer höher stieg ich hinauf, und auf einmal fragte ich mich, wie hoch hinaus ich mich wagen würde. Schon jetzt war ich mehrere hundert Fuß über der Stadt.

Und so flog ich weiter hinauf, immer höher und höher.

Der Himmel verdunkelte sich. Die Lichter der Großstadt wurden schwächer. Der Wind und die Kälte nahmen zu. Ich hatte das Gefühl, ewig so weiterfliegen zu können, unermüdlich, durch Zeit und Raum, zu anderen Welten, anderen Sternen, anderen Universen. Ich fühlte mich frei und lebendig, und zum ersten Mal seit sehr, sehr langer Zeit verfluchte ich nicht mein Schicksal.

Schließlich hörte ich auf, weiter aufzusteigen, und verharrte in der Schwebe, breitete die Arme aus und glitt auf den Strömungen des Raums dahin. Orange County schimmerte tief unter mir. In der Ferne konnte ich L. A. und Long Beach ausmachen. Und nach Süden hin die riesige schwarze Fläche des Pazifischen Ozeans.

Der Wind war stark und unerbittlich. Ich schaukelte hin und her, ließ die Züchtigung über mich ergehen, herumgeworfen wie ein Dämonendrachen. Ein Dämonendrachen ohne Schnüre. Ich wusste, in dieser Gestalt konnte ich über die ganze Erde reisen. Irgendwohin und überallhin.

Ich hatte an diesem Tag meine Kinder verloren – aber grenzenlose Freiheit gewonnen. In mehr als einer Hinsicht.

Ich faltete meine Flügel, die Membrane zogen sich zusammen wie zwei Geisha-Fächer. Ich schoss hinunter wie ein blutsaugender Meteorit. Die Lichter der Großstadt kamen rasch näher. Adrenalin durchströmte meinen Blutkreislauf. Ich hörte mich vor Freude schreien; oder vielmehr, vor Freude *kreischen*. Der Wind peitschte auf mich ein. Er rüttelte und schüttelte mich, und ich hielt die Augen kaum einen Spaltbreit offen. Die natürlichen Falten an meinen Wangenknochen und über meinen Brauen vollbrachten wahre Wunder dabei, mein Sehvermögen zu erhalten.

Die Innenstadt von Brea kam wieder in Sicht, schien sich zu erheben, um mich zu begrüßen. Die Details der geschäftigen Straße wurden rasch sichtbar, und erst in der letztmöglichen Sekunde bremste ich ab, reckte den Kopf und breitete die Arme aus. Die schiere Schwerkraft, die an mir zog, hätte ausreichen müssen, um mir die lederartigen Flügel von den Armen zu reißen, aber sie rissen nicht ab. Vielmehr funktionierten sie phantastisch, und ich schoss die belebte Straße entlang, knapp über den Dächern der vielen SUVs und Minivans.

Leute sahen mich. Viele Leute. Sie zeigten auf mich und wandten sich um und verschütteten ihre Getränke und Eiscremes. Aber ich flog schon weiter, drehte hart nach Backbord und verschwand in einer Seitenstraße.

Die Seitenstraße führte zurück zu dem Hotel, wo ich vorsichtig auf meinem Balkon landete. Zumindest hoffte ich, dass es mein Balkon war. Ich atmete schwer. Offenbar brauchte ich Sauerstoff.

Meine Arme waren noch immer lang, schlank und schwarz. Die Flugmembrane, die an beiden Seiten meines Körpers befestigt waren, hingen hinter mir herunter wie zwei Umhänge. Während ich dort auf meinem Balkon stand und mich fragte, was zum Teufel ich als Nächstes tun sollte, erschien ein undeutliches Bild von mir als Mensch vor meinem geistigen Auge.

Ich schlug die Augen auf und sah auf meine Arme. Sie schimmerten von weißem Fleisch. Als ich an mir hinuntersah, wunderte ich mich nicht darüber, dass ich splitternackt war.

Ich war wieder da.

45

Heute Nacht bin ich geflogen.

Ich tippte auf meinem Laptop, einer der wenigen Habseligkeiten – neben Kleidern und Make-up –, die ich von zu Hause mitgenommen hatte. Das Hotel bot einen WLAN-Zugang an, was einer der Gründe war, weshalb ich es ausgewählt hatte. Das und weil es neun Stockwerke hoch war. Irgendwo im Hinterkopf hatte ich meinen Sprung bereits geplant, und je höher das Hotel war, desto besser.

Wirklich?, kam Fangs prompte Antwort.

Ja!

Bist du von selbst auf die Idee gekommen?

Ja.

Aber wie denn?

Ich berichtete ihm von den Ereignissen, die zu meinem Entschluss geführt hatten, vom Balkon zu springen. Oder vielmehr, zu meinem *Impuls*, vom Balkon zu springen.

Das mit deiner Ehe tut mir leid, Moon Dance. Vielleicht kannst du ja eines Tages mich heiraten. Ich verspreche, dich so zu akzeptieren, wie du bist.

Ich bin nicht in der Stimmung für Witze, Fang.

Das ist kein Witz.

Dann bin ich eben nicht in der Stimmung für einen Antrag.

Entschuldige. Er hielt kurz inne, dann tippte er: *Wie war es denn so, das Fliegen?*

Himmlisch. Hinreißend. Gibt nichts Schöneres auf der Welt. Das werde ich auf jeden Fall wieder machen.

In was genau hast du dich verwandelt?

Irgendetwas Unheimliches. Irgendetwas Albtraumhaftes.

Aber du warst immer noch du, oder? Du konntest denken, fühlen?

Ja, ich war nie weg. Ich war immer noch ich, nur in der Haut von irgendetwas Entsetzlichem.

Beschreib es.

Ich tat es, so gut ich konnte. Ich berichtete Fang, dass ich im Grunde nur sehr wenig von mir sehen konnte, bis auf das Bild, das ich vor meinem geistigen Auge hatte. Das Bild war beängstigend genug.

Was bin ich?, fragte ich ihn, als ich geendet hatte.

Du bist ein Vampir, Moon Dance.

Aber bin ich überhaupt eines von Gottes Geschöpfen? Bin ich etwas Böses? Und bin ich wirklich lebendig?

Fühlst du dich denn lebendig?

Ja.

Fühlst du dich böse?

Ich dachte darüber nach. *Ich fühle mich wie eine Verirrung, ein Fehler. Etwas Vergessenes. Etwas, was man besser ignoriert. Etwas, was man fürchten sollte.*

Moon Dance?

Ja?

Wir alle fühlen uns so. Du bist einfach anders. Er hielt kurz inne. *Glaubst du an einen Schöpfer?*

Ich überlegte kurz, dann schrieb ich: *Ich weiß nicht. Ich glaube an etwas.*

Na ja, glaubst du, dieses Etwas hat auf einmal beschlossen, dich zu ignorieren, weil du überfallen wurdest und dich gegen deinen eigenen freien Willen in etwas anderes verwandelt hast?

Ich weiß nicht, Fang.

Eine lange Pause trat ein. *Ich nicht. Ich glaube nicht, dass ein Gott der Schöpfung auf einmal beschlossen hat, dich zu ignorieren, Moon Dance. Ich glaube vielmehr, dass dir eine seltene Gelegenheit gewährt wurde, Dinge zu tun, die manche*

Leute nie für möglich halten würden; dich auf Arten auszudrücken, die viele Leute nie, aber auch nie kennenlernen werden. Du entscheidest, ob du es als Chance oder aber als Fluch sehen willst. Entscheidest du dich, das Gute oder das Schlechte zu sehen?

Das heißt, es gibt etwas Gutes in mir?

Mehr Gutes als in den meisten.

Dann bin ich nicht vergessen worden?

Wer könnte dich vergessen, Moon Dance?

Danke, Fang. Danke, dass du immer für mich da bist.

Immer. Und, Moon Dance?

Ja?

Pass auf dich auf. Hier draußen gibt es Leute, die dich lieben. Eine lange Pause. Ich wartete. *Und ich bin einer von ihnen.*

Danke, Fang, das bedeutet mir sehr viel. Gute Nacht.

Gute Nacht, Moon Dance.

46

An einem Donnerstagabend um kurz nach halb zehn holte mich Detective Sherbet vor dem Embassy Suites ab. Ein leichter Regen war niedergegangen, aber ich verzichtete auf einen Schirm.

«Mülltonnen-Nacht», sagte er, als ich neben ihm einstieg. Sherbet fuhr einen großen Ford-Truck mit getönten Scheiben. «Hey, Sie sind ja ganz nass.»

«Ich genieße den Regen.»

«Dann genießen Sie den Regen mit einem Schirm. Sie machen meine Ledersitze ganz nass.»

«Locker bleiben. Es ist nur ein Truck.»

«Es ist nicht nur ein Truck. Es ist mein Baby.»

«Es gibt Wichtigeres im Leben als Trucks.»

«Hat hier jemand schlechte Laune?», fragte er.

«Ja.»

Er grinste und fädelte sich in den Verkehr ein. Der Wagen machte ein dröhnendes, röhrendes Geräusch. Der Detective, stellte ich rasch fest, fuhr wie ein Verrückter. Er scherte mit rücksichtsloser Dreistigkeit in den Verkehr ein, überzeugt, sein Truck könnte jeden Zusammenstoß überleben. Ich fand seinen Fahrstil aufregend. Vielleicht war ich ein heimlicher Adrenalin-Junkie.

«Und, haben Sie Termiten oder so?», fragte er, nachdem ein Hupkonzert hinter uns verklungen war.

«Wie bitte?»

«Ist das der Grund, weshalb ich Sie in einem Hotel in Brea abhole? Haben Sie zu Hause Termiten?»

«Oh», sagte ich. «Klar.»

«Apropos Brea, haben Sie von diesem fliegenden Geschöpf gestern Nacht gehört?»

«Nein.»

«In den Leitstellen der Polizei liefen gestern Nacht die Drähte heiß. Etwa hundert Anrufe insgesamt. Offenbar ist irgendetwas vom Himmel gefallen und mitten in Downtown Brea herabgestoßen.»

«Vielleicht ein Vogel», sagte ich geistesabwesend. Mir war nicht nach Reden. Ich vermisste meine Kinder, und ich konnte das entsetzliche Gefühl nicht abschütteln, dass ich sie für immer verloren hatte.

«Es war kein Vogel.» Er kicherte und bog nach rechts auf den State College Boulevard ein. Eine Minute später warteten wir an einer roten Ampel, um nach links auf den Imperial einzubiegen. Durchs Seitenfenster sah ich ein paar Jugendliche, die den Truck angafften.

«Die Jungs lieben Ihren Truck», sagte ich.

«Das sollten sie auch. Er ist eine Wucht.»

Ich lachte unwillkürlich.

Sherbet fuhr fort: «Zeugen sagen, es sei schwarz und massig gewesen und unheimlich schnell geflogen.»

«Was ist damit passiert?»

«Ist rechts auf den Brea Boulevard eingebogen und war verschwunden.»

«Hat es wenigstens den Blinker benutzt?»

Die Ampel wurde grün. Sherbet jagte den Motor hoch. Er sah mich von der Seite an und lächelte. «Sie scheinen kein Wort davon zu glauben.»

«Nein», sagte ich. «Und Sie?»

«Schwer zu sagen. Einhundert Zeugen sind eine ganze Menge.»

«Massenwahn?», überlegte ich.

«Vielleicht», sagte er. «Vielleicht haben sie aber auch wirklich etwas gesehen.»

Sherbet fuhr an eine lange Schlange von Autos heran, die an der Auffahrt zum Freeway warteten. Ich hatte das eindeutige – und aufregende – Gefühl, dass Sherbet am liebsten *über* die Autos gefahren wäre.

«Haben Sie Hunger?», fragte er auf einmal.

«Nein.»

«Sicher? Sie sehen aus, als ob Sie etwas zu essen vertragen könnten.»

«Ganz sicher.»

Er scherte aus der Reihe aus, machte eine selbstmörderische Kehrtwende zurück zum Imperial Boulevard und steuerte ein Wendy's-Drive-in in der Nähe an.

«Das war beängstigend», bemerkte ich.

«Warum lächeln Sie denn dann?», fragte er.

«Ich nehme an, ich habe es gern beängstigend», sagte ich.

Er bestellte sein Essen und rückte in der Schlange vor. Er sagte: «Meine Frau hat heute Abend ein Gericht namens *Matschanka* gekocht. Sie denkt, dass ich es mag. Ich habe es noch nicht übers Herz gebracht, ihr zu sagen, dass ich es schon seit fünfzehn Jahren nicht mehr mag.»

«Sie müssen sie sehr lieben.»

«Von ganzem Herzen», sagte er.

«Die Glückliche», sagte ich.

«*Ich* Glücklicher.»

Er bekam sein Essen. Zwei Speck-Burger, eine Portion Pommes frites und eine extragroße Cola.

«Das wird Sie umbringen», sagte ich.

«Stimmt», sagte er. «Aber positiv betrachtet: keine *Matschanka* mehr.»

Während er sich Pommes frites in den Mund schob, fädelte er sich tollkühn nach links in den Verkehr ein, in eine

Lücke, die praktisch nicht existierte. Er sah mich an und grinste zwischen seinen Pommes frites.

Ich grinste auch.

Bald waren wir auf dem Freeway 57 unterwegs nach Süden.

47

Es war nach zehn Uhr abends, als wir in einer Straße parkten, die quer zu Hortons neugotischem Haus verlief.

Ein dünner Regenschleier verdüsterte die Straße. Wir saßen im Führerhaus seines Trucks. Er hatte Motor und Scheibenwischer abgestellt. Scheibenwischer in Bewegung erregen Aufmerksamkeit, ebenso ein Wagen im Leerlauf. Daher saßen wir in Kälte und Nässe. Das Haus vor uns war düster. Seine hoch aufragenden Giebel stachen in den Nachthimmel. Hawthorne hätte seine helle Freude gehabt. Durch die getönten Scheiben des Trucks sah die Welt noch dunkler aus, als sie tatsächlich war. Dunkler gefiel mir.

Einen Augenblick später schüttelte Sherbet den Kopf. «Wer könnte denn in so etwas leben?» Er schauderte. «Wie in einem verdammten Draculafilm.»

«Mir gefällt es», bemerkte ich.

«Warum wundert mich das nicht?»

«Was soll das denn heißen?», fragte ich.

«Ach nichts. Ich bin nur ein Schlauberger.»

Sherbet nippte noch immer an seiner extragroßen Cola. Von Zeit zu Zeit wurde das Nippen zu einem lauten Schlürfen. Die Reste seiner fettigen Mahlzeit wurden zu einer fettigen Kugel zusammengeknüllt und in die fettige Tüte gestopft. Der starke Geruch von Burgern und Pommes frites erfüllte das Innere des Führerhauses. Mein hungriger Magen schlug Purzelbäume.

Bleib locker, Mädchen.

«Ist das Ihr Magen, der da knurrt?», fragte er.

«Ich weiß nicht. Ist mir gar nicht aufgefallen.»

Er schüttelte den Kopf und schlürfte seine Cola. Die

Straße war fast leer. Von Zeit zu Zeit spritzte ein dicker Wagen vorbei, und da morgen die Müllabfuhr kommen würde, hatten die meisten Bewohner ihre Mülltonnen bereits an den Straßenrand gestellt. Rick Hortons Mülltonnen waren nirgends zu sehen.

«Vielleicht hat er vergessen, dass morgen die Müllabfuhr kommt», sagte Sherbet.

«Vielleicht.»

«Vielleicht ist er eine dieser Schlafmützen, die im letzten Augenblick aus dem Haus gerannt kommen, wenn sie den Müllwagen vorfahren sehen, ihre Mülltonnen hinter sich herschleifen und die Fahrer flehentlich bitten, zu warten.»

«Flehentlich?», sagte ich.

«Das ist ein Wort.»

«Nur kein Wort, das man sehr oft von einem Cop mit einem Klacks Ketchup am Kinn hört.»

Er wischte den Klacks rasch weg, verfehlte jedoch einen Teil davon. Er leckte sich die Finger ab. «Sie haben gute Augen», bemerkte er.

«Und Sie eine schlechte Zielsicherheit.» Ich nahm eine der Servietten, um ihm das Kinn abzuwischen.

Der Regen wurde etwas stärker. Die Tropfen waren jetzt groß genug, um zu spritzen. Die Trauerweiden über uns wiegten, bogen und schüttelten sich unter der Last des Regens.

«Ich könnte einen Kaffee vertragen», sagte der Detective. «Weiß der Geier, wann dieser Typ mit seinem Müll rauskommt.»

Also holten wir uns einen Kaffee bei einem Burger King in der Nähe. Genauer gesagt, Sherbet holte sich einen. Mir brachte er eine Flasche Wasser mit.

«Sie sind ein billiges Date», lautete sein Kommentar, als

er zum Glück – in der letztmöglichen Sekunde – entschied, dass ein einfahrender Bus zu nah war, um vor diesem auf die Straße zu schießen.

«Und Sie sind der Grund, weshalb sich Fastfood-Restaurants halten.»

«Wenn ich's mir recht überlege», sagte er, «würde ich mit jemandem, der so miesepetrig ist wie Sie, überhaupt kein Date haben wollen.»

«Es war eine schlimme Woche.»

«Wollen Sie darüber reden?»

«Nein.»

Er hakte nicht nach. Wir fuhren wieder vor Hortons neugotischem Haus vor. Es hatte sich nicht viel verändert. Horton hatte seinen Müll noch immer nicht rausgestellt, und der war, zumindest heute Abend, das Objekt unseres Interesses.

Daher warteten wir noch ein bisschen länger. Ermittler sind das Warten gewohnt. Wir sollen gut darin sein. Warten nervt. Das Innere des Trucks war erfüllt von dem besänftigenden Geräusch des Regens, der auf Glas und Blech trommelte. Ich trank etwas Wasser. Sherbet hielt seinen Kaffee mit beiden Händen. Dampf stieg ihm ins Gesicht. Ein dünner Schweißfilm sammelte sich auf seiner Oberlippe. Der Kaffee roch himmlisch. Kaffee stand nicht auf meiner Liste. Regen lief in kleinen Rinnsalen über die Windschutzscheibe. Die leuchtenden Straßenlaternen waren, durch die bespritzte Windschutzscheibe betrachtet, lebendige Lichtprismen. Ich beobachtete die hypnotisierende Lightshow.

«Wie ist es denn so, fürs FBI zu arbeiten?», fragte Sherbet auf einmal.

«Ungefährlich, sicher. Oft langweilig, mit einem gelegentlichen Kick. Meine Tage waren unendlich faszinierend. Ich habe meinen Job geliebt.»

«Vermissen Sie ihn?»

«Schwer zu sagen. Ich vermisse die Kameradschaft meiner Partner. Mein jetziger Job ist einsam. Wenn ich die Gelegenheit bekomme, mit jemandem zusammenzuarbeiten, ergreife ich sie oft.»

«Selbst mit einem alten Sack wie mir?»

Ich sah ihn an. Im Truck war es fast still. Ich hörte Sherbet ruhig durch die Nase atmen. Konnte sein Aftershave riechen. Er roch so, wie ein Kerl riechen sollte. Bewegliche Schatten des Regens, der über die Windschutzscheibe tröpfelte, wanderten über sein Gesicht. Der Mann schien mich zu mögen, aber er begegnete mir mit Misstrauen. Oder vielleicht auch nur mit Neugier. Als Mordermittler hatte er eine messerscharfe Intuition, was mich beunruhigte, da ich offenbar der Grund war, weshalb sie in Alarmbereitschaft war. Aber ich hatte kein Verbrechen begangen, außer dass ich das Blut aus einer Leiche gesaugt hatte. Und das hielt ich nicht für ein Verbrechen, auch wenn ich das Strafgesetzbuch nie nach einem solchen Paragraphen durchforstet hatte.

«Na klar», sagte ich. «Selbst mit einem alten Sack wie Ihnen.»

«Das ist ja beruhigend.»

Durch Hortons schmiedeeisernen Zaun sah ich eine Gestalt mit irgendetwas Sperrigem kämpfen. Der Zaun schwang auf, und Horton tauchte in einer gelben Regenjacke auf, eine grüne Mülltonne mühsam hinter sich herrollend. Die Tonne schien nicht leicht zu manövrieren zu sein. Vielleicht war Horton auch nur ungeschickt. Als er die Tonne nahe der Bordsteinkante abstellte, rutschte er mit einem Fuß aus, sodass er glatt auf dem Hosenboden landete. Ich entschied auf ungeschickt.

Sherbet schüttelte den Kopf. «Aalglatt», sagte er.

48

Warten wir noch ein paar Minuten», sagte Sherbet, nachdem Horton zurück ins Haus gehuscht war. Horton rannte wie ein Mädchen.

«Der sieht mir kaum nach einem Killer aus», sagte ich.

«Nein», sagte Sherbet. «Das tun sie nie.»

Der Regen war jetzt stärker, trommelte auf den Truck und kratzte am Lack, der nach einer Spezialanfertigung aussah. Sherbet schien bei jedem Tropfen zusammenzuzucken.

«Sind Sie nicht ein bisschen zu alt, um für Autos zu schwärmen?», fragte ich.

«Dafür ist man nie zu alt.»

«Ich finde, Sie sind zu alt.»

«Na ja, wie alt sind Sie denn?»

«Das möchte ich lieber nicht sagen. Ganz zu schweigen davon, dass Sie sich meine Polizeiakte angesehen haben und es bereits wissen.»

«Siebenunddreißig, wenn ich mich recht erinnere», sagte er. «Eine sehr junge Siebenunddreißigjährige. Verdammt, Sie haben keine einzige Falte.»

«Ich bin sicher, die werden mich eines Tages schon noch einholen», sagte ich, und dann dachte ich: *Oder auch nicht.* Aber ich ging zum Schein auf ihn ein. «Und bevor ich es überhaupt mitkriege, werde ich eines Tages in den Spiegel sehen und feststellen, dass mir ein Straßenatlas ins Gesicht starrt.»

Er schnaubte. «Willkommen in meiner Welt.»

«Ihr Name erinnert mich immer an Eiscreme», sagte ich. «Ich mag Ihren Namen.»

«Ich hasse ihn.»

«Warum?»

«Erinnert mich an Eiscreme.»

Ein Licht in Hortons oberem Fenster ging aus. Das Haus war dunkel und still. Genau wie die Straße.

«Sie bleiben hier, während ich den Müll der Zielperson sicherstelle», sagte Sherbet. «Wir werden uns hier an ein paar Vorschriften halten müssen, wenn wir auf dieser Grundlage einen Durchsuchungsbefehl bekommen wollen.»

«Viele hochtrabende Worte, um eigentlich nur zu sagen, dass Sie derjenige sind, der nass wird.»

«Ach, halten Sie doch den Mund», sagte er.

Ich grinste. «Na, dann stellen Sie mal schön sicher, werter Sir.»

«Okay.» Er zog seine Kapuze hoch. «Los geht's.»

Er riss seine Tür auf und rannte durch den Regen. Seine Nylonjacke war binnen Sekunden durchnässt. Für einen älteren Typen bewegte er sich erstaunlich gut. Er erreichte Hortons Mülltonne, klappte den Deckel auf und entnahm ihr zwei prallgefüllte Plastiktüten. Auf einmal war ich nicht mehr sehr erpicht darauf, diese Dinger zu durchwühlen. Er klappte den Deckel zu, nahm in jede Hand eine Tüte und rannte zurück zum Truck. Er stellte beide Tüten auf die Ladefläche.

«Sie tropfen auf das Leder», sagte ich, als er auf den Fahrersitz rutschte.

«Ich weiß», sagte er, während er den Truck anließ. «Es bricht mir das Herz.»

49

Wir fuhren, bis wir ein leeres Parkhaus neben einer Hochschule für Augenheilkunde fanden. Das Parkhaus war hell erleuchtet, und ein weißer Pick-up eines Wachschutzes parkte genau vor der Einfahrt.

Wir hielten neben dem Pick-up. Der Wachmann war völlig weggetreten, eingepackt in seine Jacke, zusammengekauert gegen die Kälte, die Fenster einen Spaltbreit geöffnet, um Luft zu bekommen. Sherbet kurbelte sein Fenster herunter. Das Geräusch des trommelnden Regens war bei offenem Fenster noch lauter und heftiger. Der Wachmann hatte sich noch immer nicht bewegt.

«Hey», sagte Sherbet.

Der Mann fuhr hoch, wobei er versehentlich mit der Hand aufs Lenkrad schlug. Die Hupe ging los, und er zuckte wieder zusammen, wobei er sich diesmal den Kopf an der Decke des Führerhauses anschlug.

Sherbet wandte sich zu mir um. «Die Nacht der zehntausend Narren.»

«Eine arabische Farce.»

Der Detective lehnte sich aus dem Fenster und zückte seine Dienstmarke aus seiner Jackentasche. «Detective Sherbet, Polizei von Fullerton. Wir müssen, äh, Ihr Parkhaus für ein paar Minuten beschlagnahmen.»

«Natürlich, Detective.» Die Stimme des Wachmanns war ein wenig schrill. Er war um die vierzig und viel zu klein, um als Wachmann ernst genommen zu werden. Und sein Hals war abnorm lang. «Das ist der Regen, wissen Sie. Haut mich jedes Mal um. Wenn meine Bosse herausfinden, dass ich wieder geschlafen habe, feuern sie mich.» Er blickte kläglich.

«Keine Sorge, Kumpel», sagte Sherbet. «Von mir werden sie's nicht erfahren.»

Er blickte erleichtert, sein Job war gerettet. «Kann ich vielleicht irgendetwas für Sie tun? Sie wissen schon, Ihnen irgendwie behilflich sein?»

«Na klar», sagte Sherbet. «Bewachen Sie diese Einfahrt mit Ihrem Leben. Niemand darf hereinkommen.»

«Wie Sie wünschen, Detective!»

Sherbet kurbelte sein Fenster wieder hoch, und wir rollten langsam in das Parkhaus und aus dem Regen.

«Das Parkhaus beschlagnahmen?», sagte ich.

«Klingt wichtig.»

Ich warf einen Blick zurück. Der Wachmann hatte seinen Truck vor die Einfahrt des Parkhauses gefahren. «Gut, dass Sie ihm etwas zu tun gegeben haben», sagte ich. «Aber was ist, wenn jemand hier hereinfahren will?»

«Dann werden sie's mit Flamingohals zu tun bekommen.»

Ich schnaubte verächtlich. «Flamingohals? Ich fand, er sah eher wie ein Storch aus.»

«Egal.» Sherbet fuhr auf einen Stellplatz. «Sind Sie bereit, zuzuschlagen?»

«Und ob.»

Das überdachte Parkhaus war fast leer, bis auf ein paar verlassene Fahrzeuge. Diese Fahrzeuge schienen dauerhaft dort zu stehen. Sherbet reichte mir ein Paar Latexhandschuhe.

Die Tüten waren durchnässt. Eine von ihnen stank nach vergorenen Milchprodukten. Ich reichte sie dem Detective.

«Danke», sagte er.

«Ich bin eine Dame», sagte ich. «Damen wühlen nicht in übel riechendem Abfall.»

«In meiner Schicht schon.»

«Ja, na ja, zum Glück arbeite ich nicht für Sie.»

«Zum Glück.»

Mit übereinandergeschlagenen Beinen hockte ich mich auf einen Sperrbügel. Als ich meine Tüte aufknotete, schlug mir augenblicklich etwas entgegen, was nach dem Hühnchen-Teriyaki des gestrigen Abends aussah. Mein Magen knurrte geräuschvoll. Mein Magen hatte offenbar das Memo zu meinem neuen Speiseplan nicht mitbekommen. Meinem neuen *Blut*-Speiseplan.

Kein Hühnchen-Teriyaki für dich, mein Freund. Niemals.

Ich holte zuerst das grobe Zeug heraus. Eine leere Vier-Liter-Milchpackung, die, da sie verschlossen war, auf das Eineinhalbfache ihrer normalen Größe aufgequollen war. Müslikartons, ein leeres Glas Erdnussbutter, viele Pappträger für Bier. Irgendjemand hier trank gern Bier. Eine Handvoll Coca-Cola-Plastikflaschen. Ich ging alles durch, während ich links von mir einen ordentlichen Haufen bildete.

In der Falte ganz unten befanden sich ein paar Papiere – zerrissene Korrespondenz, wie sich herausstellte, hauptsächlich Kreditkartenanträge. Schlauer Mann. Schlimm verschuldet.

«Hier bei mir ist nichts», sagte ich.

Ich sah hinüber zu dem Detective, der auf einem Knie kauerte. Seine Hände waren mit gallertartigem Schleim bedeckt. Er war ein bisschen grün im Gesicht, und für einen Mordermittler will das schon etwas heißen.

«Hier auch nicht», sagte er. «Nichts.»

Hinter uns lief der Wachmann im Regen vor seinem Truck auf und ab. Von Zeit zu Zeit warf er einen verstohlenen Blick in unsere Richtung.

«Nächste Woche gleiche Zeit?», fragte Sherbet.

«Ja», sagte ich. «Mehr Spaß.»

«Und, Mrs. Moon?», bemerkte er mit einem Blick auf seine mit ranzigen Absonderungen verschmierten Latexhandschuhe. «Nächstes Mal kriegen *Sie* die stinkende Tüte.»

50

Sherbet setzte mich beim Hotel ab und empfahl mir, zu duschen, da ich nach Abfall röche. Ich bedankte mich bei ihm. In der Hotellobby begrüßte mich der Portier mit einer leichten Verbeugung. Daran könnte ich mich gewöhnen. Dann rümpfte er die Nase. Vielleicht musste ich wirklich duschen.

Mir meines Gestanks bewusst, nahm ich den Aufzug in den neunten Stock, steckte meine Schlüsselkarte ins Schloss, drückte die Tür auf – und hörte augenblicklich meine Alarmglocken läuten.

Hier drinnen war jemand.

Bewegung an der Balkontür. Ich drehte meinen Körper seitwärts, um ein möglichst schmales Ziel zu bilden, als mich schon ein Armbrustbolzen in die Schulter traf und mich hart gegen die offene Tür knallte, die ihrerseits zuschlug. Ich duckte mich und spähte durch die Dunkelheit, und dort, in der Nähe der offenen Balkontür, stand ein Mann. Ein gutaussehender Mann. Groß und schlank. Ein Schattenriss. Aber ich konnte in den Schatten sehen. Seine blonden Stachelhaare sahen aus wie ein zerfranster Tennisball. Er starrte mich über eine gespannte Armbrust hinweg an.

Ich kannte ihn. Es war der UPS-Mann.

Er sagte nichts, bewegte sich nicht. Er stand einfach nur da, die Armbrust auf mich gerichtet, die Stirn glänzend von Schweiß. Seine Hände verharrten völlig still. Eine Feldflasche mit klarer Flüssigkeit hing an seiner Hüfte. Um den Hals trug er ein Kreuz und einen Knoblauchstrang. Er passte sein Visier fast unmerklich an, und ich begriff, dass er für einen glatten Schuss genau auf mein Herz zielte. Ich war entschlossen, ihm diesen glatten Schuss nicht zu gewähren. Ich sah ihn über die Schulter an.

«Wer sind Sie?», fragte ich.

«Das muss Sie gar nicht interessieren.»

«Warum tun Sie das denn?» Mein Atem ging schnell und stoßweise. Ich musste unbedingt etwas wegen des Schafts in meiner Schulter unternehmen, aber ich wagte es nicht, den Blick von dem Mann abzuwenden. Der Knoblauchstrang war Schwachsinn. Mein Gott, ich kochte ständig mit Knoblauch. Aber das Wasser an seiner Hüfte – zweifellos Weihwasser – war beunruhigend. Ich hatte es noch nicht gewagt, mit Weihwasser zu experimentieren.

«Es ist nicht persönlich gemeint», sagte er.

«Der Bolzen in meiner Schulter macht es persönlich.»

«Er war für Ihr Herz bestimmt.»

Hinter mir hörte ich Stimmen. Irgendjemand kam aus dem Aufzug. Unter die Stimmen mischte sich betrunkenes Gelächter.

Obwohl ich den Blick nicht von dem Jäger abgewandt hatte, hatte ich mein Gewicht unbewusst zu dem Geräusch der Stimmen verlagert und so mein Herz offenbar in die Schusslinie gebracht. Er ergriff die Gelegenheit und feuerte.

Ich hörte das *Doing* und *Schnapp*, als der Bolzen von der Armbrust wegschnellte. Und ich sah ihn kommen. Ganz deutlich. Wie er sich leicht in der Luft drehte. Meine Welt verlangsamte sich. Ungefähr so wie in dem Augenblick, als ich vom Balkon gesprungen war.

Während der Bolzen sich drehte und seine Metallspitze in unsichtbarem Licht schimmerte, hob ich die Hand. Und in dem Augenblick, bevor sich der Bolzen in mein Herz bohrte, fing ich das verdammte Ding in der Luft auf, schnappte es nur wenige Zentimeter vor meiner Brust.

Der Jäger starrte mich ungläubig an, dann stürzte er nach hinten durch die offene Balkontür und schwang sich über das Geländer. Ich stieß mich vom Türrahmen los, stolperte durch die Suite und hinaus auf den Balkon. Es regnete noch immer. Ich spähte über das Sims und sah, wie sich der Mann an der Fassade des Gebäudes abseilte. Das Seil war oben am Dach befestigt. Er fiel in eine Art Puderpinsel und hakte sich los. Er sah kurz zu mir hoch und stürzte dann davon. Ich sah ihm nach, bis er um die Ecke des Hotels verschwunden war.

Wieder in meiner Suite, aus dem Regen, umklammerte ich das gefiederte Ende des Bolzenschafts und biss die Zähne zusammen. *Okay, das wird wehtun.* Ich holte einmal tief Luft und zog langsam. Der Schmerz war unerträglich. Ich stöhnte auf und stolperte ins Bad. Der Spiegel zeigte leere Kleidung, belebte Kleidung, ein Wunder an Spezialeffekten. Ein Bolzen ragte aus der Schultergegend der Bluse hervor. Eine dicke Blutspur zog sich von der Schulter nach unten. Der Anblick der blutbeschmierten, körperlosen Kleidung war surreal.

Ich schloss die Augen und zog weiter an dem Bolzenschaft. Weiße Blitze erschienen hinter meinen Augenlidern. Ich zog noch kräftiger, schrie inzwischen. Mit einem Blick nach unten sah ich, dass die Metallspitze fast heraus war. Und ich sah, dass sie eine ganze Menge Fleisch aus meinem Arm mitriss.

Tränen liefen mir übers Gesicht, und ich hörte mich wimmern, aber ich ließ nicht locker, bis der Bolzen endlich herauskam, augenblicklich gefolgt von einem heftigen Blutschwall.

Das war der Augenblick, als ich das Bewusstsein verlor.

51

Irgendwann in der Nacht wachte ich im Badezimmer auf, in einer Lache meines eigenen Bluts. Ich fröstelte und wunderte mich kaum, als ich sah, dass die Wunde in meiner Schulter völlig verheilt war. Ich stolperte ins Schlafzimmer und brach auf dem Bett zusammen.

Ich schlief den ganzen Tag durch und wachte in der Abenddämmerung auf. Ich fühlte mich beschissen, groggy, orientierungslos. Ich musste mir in Erinnerung rufen, wo ich war. Ich fuhr mit einem Ruck hoch. Scheiße! Ich hatte vergessen, die Kinder abzuholen!

Ich wollte eben schon aus dem Bett springen, als mir einfiel, dass das gar nicht mehr meine Aufgabe war. Dannys Mutter holte sie jetzt ab. Ich ließ mich wieder ins Bett fallen, augenblicklich deprimiert.

Meine Tagesverpflichtungen gab es nicht mehr. Vielleicht war das in gewisser Weise etwas Gutes, da ich bei Tageslicht ohnehin nicht gut funktionierte. Und zum ersten Mal, seit mir die Kinder genommen worden waren, verspürte ich – augenblicklich begleitet von schweren Schuldgefühlen – ein Gefühl von Erleichterung. Keine Kinder abzuholen. Kein Abendessen zu kochen, kein Ehemann, um den ich mich kümmern oder sorgen musste.

Erleichterung und Schuldgefühle, in genau dieser Reihenfolge.

Ich streckte mich träge auf dem Bett aus, aalte mich auf der verblüffend weichen Matratze. Warum war mir bisher noch nicht aufgefallen, wie weich die Matratze war? Ein Moment verstrich, dann noch einer, und dann sackte meine Stimmung ab.

Ich hatte keine Kinder von der Schule abzuholen und

niemanden zu bekochen! Ich vermisste meine Kinder – aber nicht meinen Ehemann. Zu wissen, dass ich ihn abstieß, half mir, meine emotionale Bindung an ihn zu kappen. Ja, ich vermisste die guten Zeiten mit Danny. Aber diese letzten paar Jahre würde ich nicht vermissen.

Dieses Wochenende würde ich meine Kinder sehen. Dieser Zustand nervte, aber das war jetzt nicht zu ändern, auch wenn ich mir schwor, sie zurückzubekommen.

Irgendwie.

Aber im Augenblick konnte ich nichts weiter tun, als hier zu liegen und zu leiden – und darauf zu warten, dass sich die tiefe Nacht senkte. Die Vorhänge waren dick und schwer und hielten die untergehende Sonne zum Großteil ab. Tatsächlich hatte ich zu Hause genau dieselben schweren Vorhänge, die man in Hotels findet. In der ersten Zeit nach dem Überfall auf mich hatte ich die Fenster mit Brettern vernageln wollen, aber Danny war dagegen gewesen, und mit den schweren Vorhängen hatten wir uns auf einen Kompromiss geeinigt.

Ich massierte meine Schulter. Obwohl sie noch immer wehtat, war keine Wunde zu sehen. Ein paar Zentimeter weiter in der Mitte, und ich wäre tot gewesen. Meine einzige Rettung waren die Alarmglocken gewesen, die in letzter Sekunde in meinem Kopf erklungen waren, eine Warnung, die mir befahl, *mich verdammt noch mal zur Seite zu drehen.*

Ich dachte an den Vampirjäger. Ich konnte nicht zulassen, dass er auf mich losballerte, wann immer ihm sein gottverdammter Sinn danach stand. Ich musste irgendetwas gegen ihn unternehmen, und außer ihn zu töten – was eindeutig eine Option war –, war ich mir einfach noch nicht sicher, was genau.

Aber eins nach dem anderen. Erst einmal musste ich dahinterkommen, wie zum Teufel er es immer wieder schaffte, aufzukreuzen, ohne dass ich ihn bemerkte. Ich halte immer nach Verfolgern Ausschau, eine gute Angewohnheit für einen Ermittler. Daher war ich mir sicher, dass er mich nicht verfolgt hatte.

Natürlich gibt es noch andere Möglichkeiten, Leute im Auge zu behalten, und vor allem Fahrzeuge im Auge zu behalten. Bei der AWS hatten wir solche Techniken selbst angewandt. Peilsender.

Während ich darauf wartete, dass die Sonne unterging, schaltete ich die Glotze an und zappte durch ein paar Sender und ein, zwei Wiederholungen, bis ich auf ein Spiel der Angels stieß. Ich konnte mich nicht erinnern, wann ich das letzte Mal ein Angels-Spiel gesehen hatte. Ich liebe Baseball, vor allem das gemächliche Tempo des Spiels. Ich mag diese stillen Momente, wenn der Pitcher vom Wurfmal tritt und seine Gedanken sammelt, während die Welt wartet. Mein Vater war in Rancho Cucamonga ein Minor-League-Pitcher gewesen. Er war gut, aber nicht großartig, was der Grund ist, weshalb er es nie höher als bis in die Single-A-Liga schaffte. Trotzdem, umgeben von meinen drei älteren Brüdern, lernte ich schon in jungen Jahren, dieses Spiel zu lieben.

Für die Angels stand es 3 zu 2. Tim Salmon hatte eben einen Line-Drive durch die Mitte hochgeschlagen.

Diese Kindheitserinnerungen schienen jemand anderem zu gehören. Jemandem, den ich kaum noch kannte und doch im Detail erinnerte. Ich war jetzt ein anderer Mensch. Die Vor-dem-Überfall-Samantha und die Nach-dem-Überfall-Samantha waren zwei verschiedene Menschen. Ach was, zwei verschiedene *Spezies*.

Salmon hatte einen niedlichen Hintern. Wie die meisten Baseballspieler.

Ich rieb wieder meine Schulter, während ich mir das Spiel

ansah. Wie zum Teufel war sie bloß so schnell verheilt? Was bewirkte das? Ein uralter Zauber? Und wenn ja, war es derselbe Zauber, der mich am Leben erhielt? War ich überhaupt wirklich am Leben? Oder war ich tot und wusste es nur nicht?

Bengie Molina, der Catcher der Angels, schleuderte einen Line-Drive zurück zum Pitcher. Der Pitcher brachte Salmon an der ersten Base ins Aus. Ende des Innings.

Vielleicht war ich nicht mehr als ein Geist oder ein Gespenst, das nicht genügend Verstand besaß, um weiterzuziehen. Aber weiter wohin? Ich fühlte mich nicht tot.

Das achte Inning lief, und die Angels brachten ihren Closer ins Spiel, *El Toro*, den Bullen. Percival war ein kräftiger Mann mit kräftigen Beinen. Er sah wirklich aus wie ein Bulle. Ich mochte die Art, wie er blinzelte und mit der Zunge rollte. Er sah aus wie ein Revolverheld. Nur dass dieser Revolverheld mit Bällen knallte. Er schlug den ersten Batter mit vier Pitches ins Aus.

Vielleicht war ich eine Plage, eine Anomalie, die ausgemerzt werden musste. Vielleicht wäre die Welt besser dran, wenn der Pfeil des Vampirjägers sein Ziel getroffen hätte.

El Toro blinzelte noch ein bisschen mehr. Ich hatte einmal gehört, Percival müsse eigentlich eine Brille tragen, hätte sich aber entschieden, beim Pitchen darauf zu verzichten, damit er so gezwungen war, sich einzig und allein auf die Signale des Catchers zu konzentrieren und alle anderen Ablenkungen auszublenden. Bei seinem nächsten Pitch schoss der Batter vor zum Center Field.

Vielleicht musste ich gar nicht wissen, was mich am Leben erhielt. Vielleicht war meine Existenz auch kein größeres Geheimnis als das Leben selbst. Verdammt, kamen wir nicht alle irgendwoher? Dieser Gedanke tröstete mich.

Percival schlug den nächsten Batter ins Aus und reckte die Faust. Das achte Inning war fast gelaufen.

Auf einmal war ich zufrieden und im Einklang mit mir. Ich hätte mir frisches Plasma aufs Zimmer bestellt, wenn es auf der Speisekarte gestanden hätte. Stattdessen schlürfte ich Wasser aus einer Flasche und ließ den Tag in die Nacht übergehen. Und als die Sonne endlich unterging, als mein Atem ungehindert und mein Körper hellwach zu sein schien, war ich bereit, es mit der Welt aufzunehmen.

Ach ja, und die Angels gewannen.

Jetzt, wo ich alle Zeit der Welt habe, werde ich in dieser Saison vielleicht einmal ein Abendspiel sehen können.

52

Als Erstes fuhr ich zu einer Autowerkstatt in Fullerton. Ein junger Mechaniker kam heraus, um mich zu begrüßen. Er trug einen hellblauen Overall mit einem Stück Stoff auf der Brust, auf das der Name *Rick* gestickt war.

«Tut mir leid, wir machen zu», sagte Rick, als ich mein Fenster herunterkurbelte.

Ich zückte einen Zwanzigdollarschein. «Ich brauche Sie nur, um meinen Minivan zu heben.»

«Warum das denn?»

«Ich will einen Blick darunterwerfen.»

«*Sie?* Warum denn?»

«Weil ich so meine Freitagabende verbringe. Heben Sie einfach für ein paar Minuten den Minivan, lassen Sie mich einen Blick darunterwerfen, und der Zwanziger gehört Ihnen.»

Rick dachte darüber nach, dann zuckte er die Schultern. «Na schön, was immer Sie wollen, Lady», sagte er und nahm den Zwanziger.

Er winkte mich vor. Ich fuhr in die schmale Servicegarage, genau auf die Hebevorrichtung. Ich stieg aus, Rick betätigte ein paar Hebel in der Nähe, und bald setzte sich die Hebevorrichtung tuckernd in Bewegung. Der Minivan hob sich langsam, während seine Räder nach unten sackten. Ein paar Minuten später, jetzt auf Augenhöhe, fand ich, dass der Minivan verloren und irgendwie hilflos aussah, wie ein Wildpferd, das von einem Flugzeug aus einem über die Ufer getretenen Fluss gerettet wird.

«Okay», sagte Rick. «Sehen Sie ihn sich an. Aber tun Sie sich nicht weh. Brauchen Sie eine Taschenlampe?»

«Nein.»

«Wonach suchen Sie denn eigentlich?», fragte er, während er neben mir stand.

«Das weiß ich, wenn ich es sehe.»

Die Unterseite des Vans war ein Durcheinander von Schläuchen, ummantelten Drähten, Stahlwellen und Stangen. Ich ging langsam an dem Fahrgestell entlang, bis ich ihn fand. Der Peilsender war mit Magneten und Verschlussstreifen befestigt und hatte etwa die Größe und Form eines Handys.

«Was zum Teufel ist das denn?», fragte Rick.

«Meine TV-Fernbedienung», sagte ich. «Habe schon überall danach gesucht.»

«Im Ernst?», fragte er.

«Im Ernst.»

53

Ich musste zwei Nächte warten, bis ich den Jäger wiedersah.

Ich hatte den Minivan in einer Gasse hinter einem Vons-Lebensmittelgeschäft geparkt. Ich wusste, dass der Jäger der Sache irgendwann auf den Grund gehen würde, und dafür würde er die Gasse physisch betreten müssen. Ein typischer Hinterhalt, und ich war sicher, er rechnete mit einer Falle. Wenn ja, dann täuschte er sich nicht. Das hier *war* eine Falle.

Ich saß auf dem Dach des Lebensmittelgeschäfts, neben einem riesigen rotierenden Abzug. Meine großen, lederartigen Flügel hatte ich hinter mir festgesteckt. Die Nacht war warm, aber die Brise kühlte alles ein bisschen ab. Meine Haut war dick und gummiartig. Meine neue Hülle hielt mich wunderbar warm, vor allem in höheren Schichten. Ich hatte entdeckt, dass ich in dieser Gestalt bleiben konnte, so lange ich wollte. Das war eine gute Entdeckung, denn es war schön, meine alte Haut zugunsten dieser neuen abzuwerfen. Jeder sollte es mal versuchen.

Die Gasse war dunkel und fast verlassen. Mein Minivan zog wenig Aufmerksamkeit auf sich, nicht einmal die von Hooligans. Und das war auch der Grund, weshalb ich aufhorchte, als der Penner erschien.

In meiner neuen Gestalt war mein Sehvermögen rasiermesserscharf und adlerartig, eine offensichtliche Notwendigkeit für hoch fliegende Raubvögel. (Und die Vorstellung von mir als *hoch fliegendem Raubvogel* war fast zu seltsam, um sie sich, na ja, vorzustellen.) Der Penner schob einen Einkaufswagen vor sich her, der anscheinend von Müll überquoll. Ich erkannte sofort das gutaussehende Gesicht, den kantigen Kiefer, die auffallend blauen Augen und die blonden Stachelhaare, die unter einer schmutzigen und verbeulten Dodger-Kappe hervorschauten.

Hübsche Verkleidung, Arschloch.

Als besondere Note zog er sogar ein Bein ein klein wenig nach. Der Jäger legte sich richtig ins Zeug, krümmte jetzt sogar die Schultern, ganz im Quasimodo-Stil. Ich musste unwillkürlich lächeln. Zumindest *glaube* ich, dass ich lächelte. Es war schwer zu sagen; ich war mir nicht einmal sicher, ob ich überhaupt Lippen hatte. Zumindest hatte ich die *Absicht*, zu lächeln. Jedenfalls, sein Einkaufswagen war randvoll mit Getränkedosen. Ich fragte mich, ob er den Wagen und die Dosen einem echten Penner abgekauft hatte oder ob er die Dosen selbst gesammelt hatte.

Vermutlich einfach gestohlen, dachte ich.

Er schlurfte langsam weiter die Gasse hinunter, wobei er den Kopf ständig hin- und herdrehte. Sein Pech, dass er nie auf die Idee kam, *nach oben* zu sehen. Etwa fünfzehn Meter vor dem Van holte er seine Armbrust hervor, die er in seiner zerschlissenen Jacke verborgen hatte. Er bestückte sie rasch mit einem Bolzen. Und dann hielt er sie vor seinen Körper wie eine Pistole.

Er näherte sich sehr, sehr vorsichtig meinem Van, ließ den Einkaufswagen mit den Dosen hinter sich stehen. Er ging langsam von Fenster zu Fenster, spähte mit einer Taschenlampe hinein. Mir fiel auf, dass er ganz vergessen hatte, zu humpeln.

Ich verharrte reglos und wartete auf meine Chance.

Er versuchte die Türen zu öffnen, stellte fest, dass sie verriegelt waren, und knackte dann eine davon mit einem Dietrich. Er stöberte ein bisschen im Wagen herum, bevor er stirnrunzelnd wieder zum Vorschein kam. Er schien ein wenig verwirrt. Immerhin hatte ich den Dreckskerl erfolgreich verunsichert.

Auf einmal öffnete sich die Hintertür des Lebensmittelgeschäfts, und gelbliches Licht flutete in die Gasse. Ein Junge tauchte auf, der eine große blaue Mülltonne hinter sich herzerrte. Auf einmal abgelenkt, wandte sich der Jäger zu dem Jungen um.

Jetzt!

54

Ich legte meine Arme an und schoss von meinem Hochsitz hinunter.

Der Jäger hatte mir noch immer den Rücken zugewandt. Wind dröhnte in meinen Ohren. Der Boden kam rasch auf mich zu. Und was noch wichtiger war, die breiten Schultern des Jägers kamen rasch auf mich zu.

In der letztmöglichen Sekunde breitete ich meine Flügel weit aus. Die lederartige Haut sprang auf wie ein Fallschirm. Bei dem Geräusch wandte sich der Jäger um, riss seine Armbrust herum, aber er war zu spät. Meine ausgestreckten Klauen rissen ihn an den Schultern hoch. Er schrie auf und heulte wie ein Schulmädchen. Die Armbrust fiel ihm aus der Hand und schlitterte über den Boden. Ich schlug kräftig mit den Flügeln, einmal, zweimal, und zog ihn schließlich in die Luft hoch und dann langsam höher und aus der Gasse. Er war schwer. Schwerer, als ich erwartet hatte. Meine Arme und Flügel waren bis zum Äußersten angespannt.

Er kämpfte und trat hilflos mit den Füßen in die Luft, da seine Arme jetzt an seine Seiten gedrückt waren. Zusammen erhoben wir uns langsam in den Himmel. Als ich nach unten sah, konnte ich eben noch erkennen, wie der Junge zurück in das Geschäft rannte. Ich glaube, er machte sich in die Hose.

Und wir stiegen höher. Ich wurde kräftiger, gewöhnte mich allmählich an die zusätzliche Last. Die Luft wurde kälter. Der Jäger hatte es sicher warm genug, dank seines Obdachlosen-Kostüms, das aus etlichen Kleiderschichten bestand.

Ich sah in dem Augenblick hinunter, als er zu mir hochsah. Alle Farbe war aus seinem Gesicht gewichen. Er sah entsetzt aus. Recht so. Ein Geschöpf aus seinen Albträumen hatte ihn fortgerissen, und nach allem, was er wusste, würde ich ihn in einen aktiven Vulkan fallen lassen. Nicht dass es in Südkalifornien viele aktive Vulkane gab.

Orange County lag ausgebreitet vor uns, mit Hunderttausenden blinkender Lichter zum Beweis dafür, dass Thomas Edison da etwas Tolles geleistet hatte. Wir flogen über Disneyland hinweg, das wie sein eigenes fröhliches Sternbild funkelte. Vielleicht würden Gäste des Parks später berichten, sie hätten einen wild gewordenen Festwagen gesehen.

Wir erreichten die Küstenstädte und schließlich den schwarzen Ozean selbst. Ohne die Lichter der Großstadt waren wir auf einmal in Dunkelheit getaucht. Hier versteifte sich der Jäger, und vielleicht wimmerte er sogar. Zweifellos dachte er, ich würde ihn hier fallen lassen. Das hatte ich auch noch immer nicht ausgeschlossen.

Viel später, vielleicht in der Annahme, er wäre in Sicherheit, entspannte sich der Jäger und ließ sich in meinen Klauen hängen. Jetzt sprach er mich an, wobei seine Stimme mit dem salzigen Geruch des Meeres zu mir hochstieg: «Wie geht es Ihrer Schulter, Samantha Moon?»

Der Klang meines eigenen Namens erschreckte mich. Dass dieses fliegende Geschöpf einen Namen hatte, war schwer zu glauben. Ich machte mir nicht die Mühe, ihm zu antworten. Selbst in meinen eigenen Ohren war meine Stimme nicht mehr als ein Kreischen.

Er fuhr fort: «Ich nehme an, in Ihrer Wandler-Gestalt können Sie nicht sprechen. Das macht nichts, ich werde das ganze Reden übernehmen. Ich weiß, dass Sie eine verdammt beschissene Woche hatten. Ich habe gesehen, wie Ihnen Ihre Kinder weggenommen wurden. Und ein Bolzen in Ihrer Schulter war vermutlich das Letzte, was Sie brauchten. Das heißt, ich denke, ich will sagen, es tut mir leid.»

Entschuldigung angenommen, dachte ich. Wenn ich eines war, dann versöhnlich.

Ich flog in gleichmäßigem Tempo weiter, während ich sanft mit den Flügeln schlug, und schraubte uns mühelos über den endlosen schwarzen Ozean. Immer wieder passte ich mich an die wechselnden Windbedingungen an.

«Ich habe noch nie einen Vampir mit einer Familie gesehen. Sie haben zwei entzückende Kinder. Zuerst dachte ich, die Familie wäre nur eine Fassade. Dass Sie diese Sterblichen vielleicht nur für Ihre eigenen ruchlosen Absichten umgarnen. Ein neuer Ansatz, wissen Sie, um an Blut zu kommen. Daher fand ich es abscheulich und gemein von Ihnen, einen solchen Plan auszuhecken. Bis ich sah, dass es wirklich *Ihre* Familie war. Dieses kleine Mädchen ist Ihnen wie aus dem Gesicht geschnitten.»

Er hörte auf zu reden, und die darauf folgende Stille füllte sich mit dem Plätschern der Wellen des Ozeans, und mit noch etwas anderem, etwas Tiefem und Unergründlichem, vielleicht dem Geräusch der Millionen und Abermillionen Megatonnen von Wasser, die über das Antlitz der Erde wogten und brodelten und hinwegrollten. Das Lied des Ozeans, wenn man so will, und es war wunderschön und beschwörerisch.

Der Jäger erzählte mir von sich. Sein Name war Randolf, und sein Bruder war vor Jahren von einem Vampir getötet worden. Randolf hatte sein Leben der Aufgabe verschrieben, den Mörder seines Bruders zu finden und dabei jeden Vampir zu töten, der seinen Weg kreuzte.

Ehrgeizig, dachte ich. *Aber problematisch für mich.*

Seine Suche hatte ihn schließlich zu einem alten Vampir geführt, der in einem Herrenhaus in Fullerton lebte. Randolf lauerte ihm auf und tötete ihn mit einem Bolzen durchs

Herz. Bei der Durchsicht der Papiere des alten Vampirs war Randolf auf meinen Namen gestoßen.

Er hatte tatsächlich den Vampir gefunden, der *mich* angegriffen hatte.

Und er hatte ihn nicht nur gefunden. Er hatte ihn gefunden und getötet. Und mir viel Ärger erspart.

Randolf fuhr fort: «Aber er war nicht der Mörder meines Bruders. Ich habe noch immer eine Sache zu erledigen.» Er hielt kurz inne. «Sie sind nicht wie andere Vampire, Samantha. Ich darf Sie doch Samantha nennen?»

Ich nickte; ich bin mir nicht sicher, ob er mich nicken sah.

«In Ihrem Hotelzimmer habe ich Päckchen mit Kuh- und Schweineblut im Kühlschrank gefunden. Sie sind keine Mörderin. Nicht wie die anderen.»

Ich sah hinunter. Er trug noch immer seine schmuddelige Dodger-Kappe. Seine blonden Stachelhaare hingen ihm über die Ohren. Sein Gesicht war blau vor Kälte.

Ich flog weiter aufs Meer hinaus. Es war nicht leicht, das schwarze Wasser von dem schwarzen Himmel zu unterscheiden, aber mein angeborener Kompass hielt uns auf einem klaren Kurs, und mein ebenso angeborener horizontaler Gleichgewichtssinn verhinderte, dass wir ins Meer stürzten.

Meine Energie schien grenzenlos, selbst mit einem ausgewachsenen Mann im Schlepptau. Trotzdem wollte ich nicht allzu weit aufs Meer hinausfliegen; ich musste ausreichend Zeit einplanen, um vor Sonnenaufgang sicher nach Hause zu kommen.

In weiter Ferne, auf der Oberfläche des Ozeans, sah ich Lichter blinken. Ich änderte den Kurs und hielt auf die Lichter zu. Randolf unter mir schnaubte. Ich nahm an, dass er geschlummert hatte. Zweifellos war es ein verdammt unsanftes Erwachen für ihn, so an den Klauen eines fliegenden Biestes zu hängen.

Die Lichter stellten sich als ein Schiff heraus. Um genau zu sein, war es ein Kreuzfahrtschiff.

«Sie bringen mich zu dem Schiff», sagte er.

Kluger Junge.

«Ich habe den Wink verstanden», sagte er lachend. «Sie wollen, dass ich mich von Ihnen fernhalte. Und danke, dass Sie mich nicht töten.»

Auf dem Deck des Kreuzfahrtschiffs herrschte Trubel, daher flog ich einmal um die Kommandobrücke und setzte den Jäger auf dem Dach ab. Ob irgendjemand eine schwarze Gestalt sah, die sich vom Himmel herabsenkte, blieb abzuwarten.

Randolf rappelte sich hoch, unversehrt. Während ich über ihm schwebte und er seine Baseballkappe gegen den Abwind meiner Flügel festhielt, spiegelte sich das Sternenlicht in seinen verblüffend blauen Augen. Er war wirklich irgendwie sexy – selbst für ein Geschöpf der Nacht.

Er rief zu mir hoch: «Guten Heimflug, Samantha Moon. Ach, und haben Sie irgendeine Ahnung, wohin ich fahre?»

Ich hatte keine Ahnung.

Ich wendete und flog zurück nach Hause.

55

Kingsley sah weitaus robuster und rosiger aus als bei unserer letzten Begegnung.

Wir saßen im Mulberry Street Café im Zentrum von Fullerton, an einem Fensterplatz. Es regnete wieder, und auf dem Gehsteig waren fast keine Fußgänger unterwegs. Im Mulberry's war es stiller als sonst.

Kingsley trug einen langen schwarzen Staubmantel und lederne Sole-Handschuhe, die er abstreifte, als er Platz nahm. Seine dunkle Hose war noch dunkler, wo sie vom Regen durchnässt war. Sein Gesicht hatte einen rötlich-rosigen Teint, und sein Haar war perfekt gekämmt. Er war glatt rasiert und roch nach einem guten Eau de Cologne. Er war alles, was ein Mann sein sollte. Verschwunden waren die Haarbüschel auf seinem Handrücken.

Pablo, der Oberkellner, kannte mich gut. Er warf einen verstohlenen Blick auf Kingsley; vielleicht erinnerte er sich, dass es im Allgemeinen mein Ehemann war, der mir gegenübersaß. Der Kellner war so diskret, nichts zu sagen. Er nahm unsere Getränkebestellung auf und verschwand wieder.

«Ich bin beeindruckt», bemerkte Kingsley, während er aus dem Fenster sah. «Wenn ich hierherkomme, platziert man mich jedes Mal in einer der hintersten Ecken.»

«Zufällig mögen sie mich hier.»

«Hübsche Mädchen kriegen immer alles.»

«Sie finden, ich bin hübsch?»

«Ja», sagte Kingsley. «Das finde ich.»

«Selbst für einen Vampir?»

«Selbst für einen Vampir.»

Unsere Getränke kamen. Chardonnay für mich und Bourbon und Wasser für den Anwalt. Kingsley bestellte sich Shrimps-Tortellini und ich das Übliche. Steak, blutig.

«Sie können Steak essen?», fragte er.

«Nein», sagte ich. «Aber ich kann das Blut aus dem Kadaver saugen.»

«Dürfte eine interessante Show werden.»

«Ja, na ja, für mich die einzige Möglichkeit, an dem menschlichen Dinner-Erlebnis teilzuhaben.»

«Na ja, Sie verpassen nicht viel», sagte Kingsley. «Das Essen ist heutzutage gänzlich industriell verarbeitet, macht dick und ist einfach nur grauenhaft.»

«Schmeckt es trotzdem gut?»

«Himmlisch.»

«Arschloch.»

Er lachte. Ich trank einen Schluck Wein. Kingsley zog, zweifellos aufgrund seiner massigen Statur, neugierige Blicke von Männern und Frauen gleichermaßen auf sich. Ich denke, er war vielleicht der am stärksten aussehende Mann, den ich je gesehen hatte.

«Sind wir menschlich, Kingsley?», fragte ich unvermittelt.

Er hatte eben sein Glas an die Lippen führen wollen. Etwa auf halber Höhe hielt er inne. «Ja», sagte er, und dann hob er es ganz und nahm einen Schluck. Dann fügte er hinzu: «Aber sind wir sterblich? Nein.»

«Was macht uns denn dann *unsterblich*? Warum sterben wir nicht so wie andere Leute? Was erhält uns am Leben?»

«Ich weiß nicht.»

«Aber Sie müssen doch eine Theorie haben.»

Er seufzte. «Nur eine Arbeitshypothese.»

«Lassen Sie sie hören.»

«Ich denke, man kann zu Recht behaupten, dass Sie und

ich uns an der Grenze zwischen dem Natürlichen und dem Übernatürlichen bewegen. Das heißt, sowohl natürliche als auch unnatürliche Gesetze gelten gleichzeitig. Ich glaube, wir sind beide menschlich ... und vielleicht noch etwas Größeres.»

«Klingt hochtrabend.»

«Denken Sie etwa, wir sind etwas *Geringeres*?», fragte er.

Ich dachte darüber nach. «Nein. Wir sind sicher nichts Geringeres.»

Der Kellner kam vorbei und stellte uns etwas Brot hin. Ich rührte es nicht an, aber Kingsley langte kräftig zu. «Darf ich?», fragte er.

«Tun Sie sich keinen Zwang an», sagte ich. «Was sind wir denn nun? Irgendeine übernatürliche Mischform der Evolution?»

Er zuckte die Schultern. «Da kann ich auch nur raten.»

«Vielleicht sind wir Übermenschen.»

«Vielleicht.»

«Aber tagsüber fühle ich mich mit Sicherheit nicht übermenschlich. Ich fühle mich fürchterlich.»

«Weil unsere Körper immer noch von irgendwelchen physischen Gesetzen beherrscht werden, neben ... anderen Gesetzen. Mystischen Gesetzen vielleicht, Gesetzen, die die moderne Wissenschaft nicht untersucht hat und nicht kennt.» Er sah mich an und zuckte die Schultern. «Wer diese Gesetze erlassen hat, weiß der Himmel. Aber sie sind trotzdem da. Zum Beispiel schreibt eines dieser Gesetze vor, dass ich mich bei jedem Vollmond in einen Wolf verwandeln werde; ein anderes schreibt vor, dass Sie nur Blut trinken.»

Kingsley strich sich großzügig Honigbutter auf sein Brot. Er schien einen Bärenhunger zu haben. Vielleicht war es das Tier in ihm.

«Vielleicht sind wir Opfer eines mächtigen Fluchs», überlegte ich.

«Vielleicht.»

«Das erscheint mir logisch, bis zu einem gewissen Grad.»

Er zuckte die Schultern. «Ich bin mir nicht sicher, ob es irgendjemand wirklich weiß.»

Ich nahm an, irgendjemand dort draußen *könnte* irgendetwas wissen. Sei es ein Vampir, ein Werwolf oder irgendetwas anderes, irgendetwas Größeres vielleicht.

Ich sagte: «Die Fluch-Theorie könnte erklären, warum Weihwasser einen Vampir schwächt.»

Er zuckte die Schultern. «Sicher.»

«Das heißt im Grunde», sagte ich, «wir sind sowohl natürlich als auch übernatürlich und halten uns an Gesetze, die nur unseresgleichen bekannt sind.»

«Und selbst darüber lässt sich nur spekulieren. Nach allem, was ich weiß, sind Sie Teil eines langen, drogenbenebelten Traums, den ich in den Sechzigern habe.»

Unser Essen kam. Kingsley sah zu, wie ich eine Scheibe von dem rohen Steak abschnitt, die Scheibe in die Blutlache tunkte und dann das tropfende Stück an meine Lippen führte und aussaugte.

«Irgendwie sexy», sagte er. «Auf eine gruselige Art.»

Ich schüttelte den Kopf, und dann berichtete ich ihm von meinen Abenteuern mit dem Vampirjäger.

Er schlug sich aufs Knie, als ich fertig war. «Ein Kreuzfahrtschiff?»

«Ja, auf dem Weg nach Hawaii, glaube ich.»

«Dann hoffen wir, dass er dort bleibt.»

«Ja», sagte ich. «Hoffen wir es, auch wenn er irgendwie niedlich war.»

«O Gott.»

Ich griff in meine Handtasche und holte das Medaillon hervor. Es war in ein weißes Taschentuch gewickelt. Ich wickelte es für ihn aus.

«Was ist das denn?», fragte Kingsley.

«Das hat mein Angreifer vor sechs Jahren getragen.»

«Ihr Angreifer?»

«Der Vampir, der mich zu dem gemacht hat, was ich heute bin.»

«Wie haben Sie es bekommen?»

Ich erzählte ihm von dem Vampirjäger, seinem toten Bruder und dem UPS-Paket. Als ich fertig war, zeigte Kingsley auf das Medaillon. «Darf ich?»

«Tun Sie sich keinen Zwang an.»

Er nahm es behutsam, drehte es in der Hand. Die goldenrubinroten Rosen schimmerten hell, selbst in dem gedämpften Licht.

«Warum hat er Ihnen das gegeben?», fragte Kingsley.

«Ich glaube, er wollte irgendwie bei mir vorfühlen, sehen, mit wem er es zu tun hatte. Für ihn hatte das Medaillon keine Bedeutung.»

«Und für Sie schon?»

Ich erzählte Kingsley von meinen Träumen. Den Teil, wo er im Wald über mich hergefallen war, ließ ich aus.

«Das sind nur Träume, Samantha», sagte er, während er das schwere Stück musterte und in seinen großen Händen drehte. «Ich habe das noch nie gesehen.»

«Aber könnten Sie es für mich überprüfen?», fragte ich.

«Ich werde sehen, was ich tun kann», sagte er. «Haben Sie etwas dagegen, wenn ich es mitnehme?»

«Nur zu.»

Er steckte das Medaillon ein. Wir aßen weiter. Draußen blieb ein Paar unter einem Regenschirm stehen und studierte die Speisekarte im Fenster. Sie sah ihn an und nickte. Er zuckte die Schultern. Sie traten ein. Ein Kompromiss, wie er schöner nicht sein konnte.

«Manchmal denke ich, dass Gott mich verlassen hat», sagte ich.

«Das Gefühl kenne ich.»

«Dass ich im Grunde irgendwie über das Schlupfloch des Lebens gestolpert bin.»

«Schlupfloch?»

«So, wie Sie Anwalt sind», sagte ich. «Sie suchen nach einer Zweideutigkeit im Gesetz, irgendeiner Art Lücke, irgendetwas, was es Ihnen ermöglicht, die Bestimmungen zu umgehen.»

Er nickte. «Und ein Geschöpf der Nacht zu sein ist die Zweideutigkeit des Lebens?»

«Ja. Ich bin die Lücke.»

«Na ja, das ist auf jeden Fall eine Sichtweise.»

«Was gibt es denn sonst für eine?»

«Das Beste aus dem Leben zu machen, das uns gegeben wurde», sagte er. «Das Leben – selbst für die Untoten – als großes Geschenk zu sehen. Stellen Sie sich bloß all die Möglichkeiten vor, Samantha. Stellen Sie sich vor, was Sie alles Gutes tun können. Das Leben ist kostbar. Selbst für diejenigen, die in Schlupflöchern existieren.»

Ich nickte, während ich an Fang dachte. «So etwas hat kürzlich schon mal jemand zu mir gesagt.»

«Es ist ein guter Rat», sagte Kingsley. «Um genau zu sein, ist es für alle ein guter Rat.»

«Das heißt, wir sind so wie alle anderen?»

«Nein», sagte er, während er eine Hand über den Tisch ausstreckte und meine ergriff. Seine war so verdammt warm ... meine musste sich in seiner wie eine kalte, nasse, schlaffe Nudel anfühlen. Verlegen wollte ich meine Hand zurückziehen, aber er hielt sie noch fester, und das wärmte mein kaltes, verbittertes Herz.

Er sagte: «Nein, Sam. Wir sind *nicht* wie alle anderen. Ich bin ein Wolf im Schafspelz, und Sie sind ein blutsaugender Dämon. Zugegeben, ein sehr *süßer* blutsaugender Dämon.»

56

An einem Mittwochabend brach ich wieder in Rick Hortons neugotisches Haus ein.

Ich fand denselben Karton unter dem Bett. Die Akte über mich enthielt jetzt ein Foto meines Zuhauses und ein Bild von mir, wie ich in meinen Van stieg. Das Foto war mit einem Teleobjektiv aus großer Entfernung aufgenommen worden. Ich betrachtete das Bild eingehend; ich sah mich heutzutage so selten. Mein Gesicht war natürlich verschwommen, aber mein Körper sah kräftig und sehnig aus. Das kommt davon, wenn man sich von Blut ernährt. Das Bild war tagsüber aufgenommen worden, und ich konnte die Sonnenmilch sehen, die auf meinen Wangen glänzte. Mein Haar war unter einem breiten Strohhut verborgen. Vermutlich war ich auf dem Weg, die Kinder von der Schule abzuholen.

In einer anderen Akte – derselben, die ich bei meinem ersten Einbruch entdeckt hatte – fand ich einen Computerausdruck mit einem detaillierten Dossier über den Tagesablauf von Hewlett Jackson, Kingsleys inzwischen ermordetem Mandanten. Am Rand des Papiers standen ein paar handschriftliche Notizen. Einer dieser Vermerke lautete: «Nicht in der Arbeit. Kein Zugang.» Ein anderer Vermerk besagte: «Nicht vor seinen Kindern.»

Ja, das wäre doch sehr nett.

Ich steckte den Ausdruck ein und schob den Karton wieder unter das Bett. Im Garten, wo die gefährlichen Wachhunde im Gebüsch lauerten, zerknüllte ich das Blatt Papier mit meinen behandschuhten Händen und stopfte es sorgfältig in einen leeren Müslikarton in Hortons Mülltonne.

Morgen würde die Müllabfuhr kommen.

Am nächsten Abend waren Sherbet und ich wieder in demselben Parkhaus, das von demselben Hilfssheriff bewacht wurde. Dieselben beiden Fahrzeuge standen auf denselben beiden Stellplätzen. Der einzige Unterschied war, dass es heute Abend nicht regnete.

Ich zog das zerknüllte Blatt Papier mit dem belastenden Beweismaterial aus dem Müslikarton und zeigte es unter großem Getue vor.

Sherbet nahm mir das zerknitterte Blatt Papier aus der Hand und studierte es eingehend. Dann schielte er mich von der Seite an, studierte *mich* eingehend und verdammt misstrauisch. Ich zeigte ihm unschuldig den Müslikarton, in dem ich die Notiz gefunden hatte. Schließlich, nach irgendeinem inneren Kampf, breitete sich langsam ein Lächeln in seinem Gesicht aus.

«Ich denke, wir haben unseren Mann», sagte er.

«Das denke ich auch.»

«Und Sie haben nichts mit dieser Notiz zu tun?»

«Ich habe keine Ahnung, wovon Sie reden, Detective.»

«Fahren wir», sagte er. Und wir fuhren.

57

Ich wollte eben die Hotelsuite verlassen, um zum ersten Mal seit einer Woche meine Kinder zu sehen, als mein Handy klingelte. Es war Sherbet.

«Sie haben gute Arbeit geleistet, Mrs. Moon.»

«Was meinen Sie damit?»

«Aufgrund des Beweismaterials in der Mülltonne hat uns ein Richter einen Durchsuchungsbefehl ausgestellt. Wir haben das Haus gestern durchsucht, und heute haben wir Rick Horton festgenommen. Wir haben so viele belastende Beweise gefunden, wir könnten zwei Männer des Mordes überführen.»

«Ich bin mir nicht sicher, ob ich diesen Vergleich verstehe.»

«Das müssen Sie auch nicht. Sie wissen, was ich meine.» Er schwieg kurz. «Sie sind eine verdammt gute Detektivin.»

«Das höre ich immer wieder.»

«Warum klingen Sie dann nicht glücklich?», fragte er.

«Ich bin sehr glücklich. Ein Mörder weniger, der frei herumläuft.»

Wir schwiegen. Sherbet holte einmal Luft. «Sie glauben nicht, dass wir den Richtigen erwischt haben, stimmt's?»

«Ich wurde engagiert, um herauszufinden, wer auf Kingsley Fulcrum geschossen hat», sagte ich. «Haben Sie Hortons Verbindungsnachweise bekommen?»

«Natürlich.»

«Könnten Sie sie mir zufaxen?»

«Warum?»

«Tun Sie mir einfach den Gefallen.»

Eine lange Pause trat ein. Es knisterte in der Leitung. Schließlich hörte ich ihn tief aufseufzen. «Wohin soll ich sie faxen?»

Ich nannte ihm die Nummer des Gäste-Faxgeräts in der Business-Lounge des Hotels.

«Das müssen Sie nicht tun», sagte er. «Der Fall ist abgeschlossen.»

«Ich weiß», sagte ich. «Aber diese Detektivin schläft nie.»

«Na ja, jedenfalls nicht nachts. Und, Mrs. Moon?»

«Ja?»

«Wir werden bald einmal über die Augenzeugen reden müssen, die gesehen haben wollen, wie sich ein Mann von Ihrem Balkon abgeseilt hat.»

«Na klar.»

«Und wir werden auf jeden Fall über diesen Jungen reden müssen, der bei Vons gearbeitet hat und gesehen haben will, wie ein geflügeltes Geschöpf einen Mann davongetragen hat.»

«Na klar.»

«Ich habe keine Ahnung, was zum Teufel eigentlich los ist, aber wir werden uns bald wieder sprechen.»

«Verstehe», sagte ich. «Und, Detective?»

«Ja?»

«Sie haben vielleicht mehr Ahnung, als Sie glauben.»

Er schwieg kurz, dann legte er auf.

58

Zum ersten Mal seit über einer Woche war ich wieder zu Hause.

Das Haus selbst lag am Ende einer Sackgasse, der Vorgarten war mit einem Maschendrahtzaun eingefasst. Anfangs hatte ich diesen hässlichen Maschendrahtzaun gehasst und wollte ihn abreißen lassen. Danny war dagegen gewesen, hatte behauptet, er könne sich noch als nützlich erweisen. Er hatte recht. Der Zaun hielt meine kleinen Kinder von der Straße fern, verhinderte, dass Hunde- und Katzenbabys, Fahrräder und herumliegende Bälle verschwanden, und eignete sich ideal, um weihnachtliche Lichterketten zu befestigen. Außerdem diente er als eine Art riesiges Schwarzes Brett. Wir befestigten Poster, Kunstwerke und Schleifen an ihm. Machten Werbung für ihre Limonadenstände und gaben die Geburt neuer Hunde- oder Katzenbabys bekannt. Ich vermisste diesen verdammten Zaun.

Letztes Jahr hatte Danny von uns verlangt, unseren Hund und unsere Katze wegzugeben. Die Kinder waren monatelang traumatisiert. Ich glaube, Danny hatte insgeheim Angst, ich könnte unsere Haustiere töten und essen, auch wenn er diese Besorgnis mir gegenüber nie zugab.

Jedenfalls, jetzt war der Zaun kahl, und keine Kinder spielten im Garten. Es gab keine Bälle, und es gab mit Sicherheit keine Hunde- oder Katzenbabys. Dannys Escalade parkte mitten in der Auffahrt. Im Allgemeinen parkte er ganz links, um meinem Minivan Platz auf der rechten Seite zu lassen. Jetzt musste er darauf nicht mehr achten.

Ich parkte auf der Straße und ging auf das Haus zu. Die Sonne stand noch am Himmel, und ich fühlte mich verdammt schwach, aber davon würde ich mich nicht abhalten lassen.

Danny riss die Tür auf, sobald ich die Veranda erreicht hatte. Er starrte düster auf mich hinunter. Er hätte nicht unglücklicher wirken können, mich zu sehen. Er sah so gut aus wie eh und je, aber das nahm ich jetzt gar nicht wahr. Ich sah nur seine Angst und seinen Abscheu.

«Ich habe nur ein paar Minuten Zeit, Sam. Diese Treffen sind für mich schrecklich unpraktisch.»

«Dann geh doch», sagte ich.

«Das kann ich nicht machen.»

«Weshalb denn nicht?»

Er baute sich vor mir auf. «Zum Schutz meiner Kinder, deshalb.»

Ich stieß ihn zur Seite und betrat mein Haus. «Wo sind sie?»

«In ihrem Zimmer. Du hast nur ein paar Minuten, Sam. Die Babysitterin wird gleich kommen, und ich bin auf dem Weg zu meinem Date.»

Ich versuchte seine verletzenden Worte zu ignorieren. Vor allem versuchte ich ruhig zu bleiben und das Zittern in meiner Stimme zu unterdrücken. «Wir hatten uns auf zwei Stunden geeinigt, Danny.»

«Die Dinge ändern sich, Sam», sagte er abweisend, und ich hörte den Unterton in seinen Worten heraus. Die Dinge ändern sich … und Menschen auch. Zu Vampiren.

Er ging voran und klopfte an die Zimmertür der Kinder. «Kinder», sagte er steif. Danny konnte noch nie gut mit ihnen umgehen. Er behandelte sie immer wie Juniorsekretärinnen, Praktikanten oder Anwaltsgehilfen. «Eure Mutter ist hier. Kommt schon.»

Die Zimmertür wurde aufgerissen. Klein-Anthony, mit

seinen wilden schwarzen Locken, warf sich in meine Arme. Tammy folgte eine halbe Sekunde später. Ihr gemeinsames Gewicht warf mich fast um. In der Hocke kauernd, drückte ich ihre zappelnden Körper an mich. Anthony riss sich los, und ich sah, dass er noch immer seinen Game Boy umklammert hielt. Weder Hochwasser noch die Hölle würden ihn je von seinem Game Boy trennen.

«Wann kommst du zurück, Mommy?», fragte Anthony.

Bevor ich antworten konnte, schaltete sich Danny ein. «Das habe ich dir doch schon gesagt, mein Sohn, deine Mutter kommt nicht zurück. Sie ist krank, und sie muss sich von euch fernhalten.»

Ich ließ fast die Kinder fallen, so eilig hatte ich es, aufzustehen und Danny zur Rede zu stellen. «Du hast ihnen gesagt, ich wäre weggegangen, weil ich krank bin?»

Er zog mich in eine Ecke des Wohnzimmers, außer Hörweite der Kinder. «Du bist krank, Samantha. Sehr krank. Und wenn es nach mir ginge, dann würde ich dich anzeigen und einweisen lassen – zu deiner eigenen Sicherheit und der aller anderen in deinem Umfeld.»

«Danny», sagte ich vorsichtig, «ich bin nicht krank. Ich bin ein Mensch wie du. Ich habe ein Problem, um das ich mich kümmere. Das Problem beherrscht mich nicht. Ich beherrsche das Problem.»

«Sieh mal, das ist doch egal. Es ist leichter für die Kinder, zu akzeptieren, dass du krank bist. Ich muss dich bitten, dabei mitzuspielen, Sam.»

Ich starrte ihn noch ein bisschen länger an, dann ging ich zurück zu den Kindern. Wir drei setzten uns auf Tammys Bettkante, während beide wie mit einer Stimme plapperten. Sie wollten die Zusicherung, dass ich nicht sterben würde, und ich versprach ihnen, dass ich niemals, niemals sterben würde. Danny verdrehte die Augen; ich ignorierte ihn.

Und viel zu bald saß ich wieder in meinem Minivan und fuhr weinend davon.

59

Meine Schwester kam zu mir in die Hotelsuite, eine Flasche Merlot in der Hand.

Jetzt saßen wir mit angezogenen Beinen auf meinem Bett und nippten an unseren Gläsern. Mary Lou war bei ihrem zweiten Glas und bereits beschwipst. Ich nicht annähernd. Meinen letzten Schwips hatte ich gehabt, als ich das Blut aus dem Gruppenvergewaltiger gesaugt hatte.

«Dein Fall ist also erledigt?», fragte Mary Lou.

«Ja, ich nehm's an.»

«Du nimmst es an?», fragte sie. «Es stand in der Zeitung. Die Polizei hat ihren Mann gefunden. Dein Name wurde natürlich nicht erwähnt. Auch wenn dieser sexy Detective seine Visage auf der Titelseite hatte. Sherbert oder so ähnlich.»

«Sherbet», berichtigte ich sie. «Und sexy ist er schon irgendwie, oder?»

Sie zuckte die Schultern. «Auf so eine Grizzlybär-Art.»

«Manchmal ist das die beste Art.»

«Manchmal», sagte sie. «Und, warum *nimmst du es an*?»

«Ich glaube, wir haben den falschen Typen.»

«Der Detective scheint zu glauben, ihr habt den *richtigen* Typen.»

«Wir haben irgendetwas übersehen, ich bin mir nur nicht sicher, was.»

«Willst du darüber reden?», fragte sie, während sie sich nachschenkte. «Geh alles mit mir durch, vielleicht kann ich dir helfen.»

«Du hättest mir vielleicht helfen können, bevor du mit deinem dritten Glas angefangen hast.»

«Du weißt, ich bin sehr klar im Kopf, wenn ich trinke. Gib mir eine Chance. Spuck's schon aus.»

Und so erzählte ich es ihr. Alles von meiner Durchsicht der Akten mit Kingsleys Sekretärin, Sara, bis hin zu den mehrfachen Einbrüchen und der anschließenden Festnahme.

«Abgesehen davon, dass ich es nicht richtig von dir finde, dass du Beweismittel manipulierst», sagte Mary Lou, «kann ich hier keine Lücken sehen. Horton hatte die Beweise, die Akten. Er hatte das Motiv, und er hatte sogar eine ähnliche Waffe, die auf ihn zugelassen war.»

«Ich bezweifle ja nicht, dass er Kingsleys Mandanten getötet hat», sagte ich.

«Du glaubst nur nicht, dass er der Schütze war, der deinen Anwalt angegriffen hat.»

«Nein», sagte ich. «Das glaube ich nicht.»

«Und warum nicht?»

«Erstens einmal sehen sie sich nicht ähnlich.»

«Er trug eine Verkleidung», sagte Mary Lou, wobei sie ihre Worte überdeutlich aussprach, wie immer, wenn sie getrunken hatte. «Jeder, der das Video gesehen hat, weiß, dass dieser Schnurrbart falsch war.»

«Horton ist ungeschickt», sagte ich. «Sherbet und ich haben beobachtet, wie Horton mit einer Mülltonne gekämpft hat und dann ausgerutscht und auf den Arsch gefallen ist. Er war ungefähr so athletisch wie ein Warzenschwein.»

«Ich verstehe nicht.»

«Der Mörder war athletisch. Verdammt athletisch. An einer Stelle in dem Video springt er geschickt über eine Bank –»

«Und schießt auf ihn», sagte Mary Lou. «Ja, daran kann ich mich erinnern. Ich habe mir das Video noch mal angesehen, nachdem du den Fall übernommen hattest. Das war wirklich auffällig. Wow, du bist gut, Schwesterherz.»

Ich zuckte die Schultern. «Aber ich weiß trotzdem noch immer nicht, wer er ist.»

«Vielleicht ist es gar kein *Er*», sagte Mary Lou.

Irgendetwas in mir horchte auf. «Was meinst du damit?»

«Was ist mit seiner Schwester? Hast du nicht erwähnt, Horton hätte eine Schwester?»

Ich nickte. «Sie lebt in Washington State und erholt sich derzeit von einem Knöchelbruch, den sie sich vor einem Monat zugezogen hat. Sie wäre nicht in der Verfassung gewesen, zu schießen und über eine Bank zu springen.»

«Woher weißt du das?», fragte sie.

«Ich gelte nicht umsonst als Superschnüffler.»

«Meinst du, Horton ist ein Einzeltäter?»

«Ich weiß nicht», antwortete ich. Mein Bauchgefühl sagte mir, nein, aber ich schwieg.

«Trinkst du das noch?» Mary Lou zeigte auf mein Glas. Ich gab es ihr. Sie kippte den Inhalt meines Glases zu dem Rest in ihrem. «Und da ich dich in- und auswendig kenne, wirst du nicht so leicht Ruhe geben, bis du den Schützen gefunden hast.»

«Nein», sagte ich, «das werde ich nicht.»

«Vielleicht wirst du nicht lange warten müssen, vor allem, wenn er einen Komplizen hat.»

«Was meinst du damit?»

«Du warst Nummer drei auf der Abschussliste. Vielleicht wird der Komplize dich finden.»

«Vielleicht», sagte ich. «Und nur fürs Protokoll, ich gebe *nie* so leicht Ruhe.»

60

Eine Stunde nachdem Mary Lou gegangen war, klingelte das Hoteltelefon.

Ich hatte auf die Lichter von Brea hinuntergestarrt, in meinen eigenen Gedanken verloren, als das Telefon klingelte und mich erschreckte. Ich fuhr fast aus meiner blassen, kalten Haut. Ich nahm ab.

«Hallo?»

«Mrs. Moon?»

«Ja.»

«Hier ist die Rezeption. Unten in der Lobby wartet ein Fax auf Sie.»

«Danke. Ich komme gleich herunter.»

Mit dem Fax in der Hand und wieder in meinem Hotelzimmer, hockte ich mich auf einen der Stühle mit senkrechter Lehne und begann zu lesen.

Das Deckblatt war mit engen, fein säuberlichen Buchstaben beschrieben. Sehr Cop-mäßig. Kein Wunder, da das Fax von Sherbet stammte. Auf dem Deckblatt schärfte er mir ein, dass die Information in dem Fax vertraulich war. Und er schärfte mir ein, dass der Fall abgeschlossen war, dass er bald in den Ruhestand treten würde und dass das Letzte, was er brauchte, ich war, die ihm das Leben noch schwerer machte. Er hatte mit seinem Namen und einem unbeholfenen fröhlichen Gesicht unterzeichnet. Die Augen waren schief und der Mund nur eine lange, gespenstische Linie, eine Art Umkehrung des fröhlichen Wal-Mart-Gesichts. Ich fragte mich, ob das hier Sherbets erstes fröhliches Gesicht war. Überhaupt.

Das restliche Fax bestand aus Rick Hortons Anrufnachweisen der letzten vier Monate. Bestimmt eine fesselnde

Lektüre, daher machte ich es mir mit einem Päckchen eisgekühltem Hämoglobin gemütlich. Ich ging die Unterlagen methodisch durch, denn wenn ich eines bin, dann methodisch. Jeder, der die Ewigkeit auf seiner Seite hat, sollte besser verdammt methodisch sein. Ich sah mir jede einzelne Nummer an. Ich befasste mich mit Tagen und Uhrzeiten und Ortsangaben. Das meiste war natürlich bedeutungslos, aber ein paar Informationen kamen schließlich doch ans Licht. Erstens einmal war Rick Horton besessen von seiner Schwester. Jeden Tag gab es ein halbes Dutzend Anrufe bei ihr in Washington State. Zweitens, Horton hatte eine Handvoll Anrufe in Kingsleys Kanzlei getätigt. Um genau zu sein, achtzehn Anrufe insgesamt. Juxanrufe? Oder hatte Kingsley in persönlichem Kontakt zu Horton gestanden?

Als Nächstes suchte ich nach Schlüsseltagen und Schlüsselzeiten, und ich wunderte mich nicht wirklich, festzustellen, dass jeweils etwa eine Stunde vor den Schüssen auf Kingsley Fulcrum und dem Mord an Hewlett Jackson dieselbe Nummer gewählt worden war. Es war eine örtliche Nummer.

Ich wählte sie von meinem Hoteltelefon aus, wohin sich der Anruf hoffentlich nicht zurückverfolgen ließ. Ich wartete, während ich spürte, wie sich mein Herzschlag beschleunigte. Ich rief den wahren Mörder an, da war ich mir ganz sicher. Um genau zu sein, war ich mir mehr als sicher. Ich *wusste* es einfach.

Am anderen Ende wurde abgenommen.

Ein Anrufbeantworter. Ich legte auf. Vielleicht hätte ich eine gehässige kleine Nachricht hinterlassen sollen. Aber ich wollte den Mörder nicht verscheuchen, so ironisch das auch klingt.

Stattdessen schlug ich mein Adressbuch auf und rief meinen Ex-Partner, Chad Helling, an. Er nahm nicht ab. Typisch. Ich hinterließ Chad eine Nachricht mit der Bitte, die Person, der die Nummer gehörte, zu ermitteln. Nachdem das erledigt war, ging ich zurück ans Fenster, zog den Vorhang auf und starrte wieder auf die Stadt hinunter.

61

Eine Stunde später, während ich noch immer am Fenster stand, klingelte mein Handy.

Der Name, der auf dem LCD-Display erschien, verriet mir, dass es Sara Benson war, Kingsleys Empfangssekretärin. «Mr. Kingsley Fulcrum bittet Sie um ein Treffen heute Abend um halb elf im Downtown Grill in Fullerton.»

«Ach ja?» Ich verdrehte die Augen. «Und warum ruft Mr. Kingsley Fulcrum mich nicht selbst an?» Ich betonte *Kingsley Fulcrum.* Ich meine, wer lässt denn schon seine Dates von seiner Sekretärin vereinbaren? Ich war nicht nur dabei, mich in einen Werwolf zu verknallen, ich war dabei, mich in einen Werwolf mit einem riesigen Ego zu verknallen.

«Er ist im Augenblick in einer Besprechung.»

Ich sah auf meine Armbanduhr. Gott, Strafverteidiger pflegten seltsame Arbeitszeiten. *Wer im Glashaus sitzt, sollte nicht mit Steinen werfen.*

«Na schön», sagte ich. «Bestellen Sie Kingsley, ich werde da sein.»

«Da wird er sich sicher freuen.»

Eher anzunehmen war, dass es sich um ein geschäftliches Treffen handelte, aber wer weiß; da es Freitagabend war, hatte Kingsley vielleicht doch mehr im Sinn.

Während ich mich für das Date, das vielleicht eins oder vielleicht auch keins war, anzog, klingelte mein Handy wieder.

«Komisch, dass du immer nur dann anrufst, wenn du etwas brauchst», sagte die tiefe Stimme augenblicklich. Es war Chad.

«Wäre es dir lieber, wenn ich anriefe, wenn ich nichts brauche?»

«Wäre eine angenehme Abwechslung.»

«Ich werde darüber nachdenken.»

«Was macht deine Hautkrankheit?», fragte er.

«Sehr gut, danke der Nachfrage.»

«Gern geschehen», sagte er. «Willst du den Namen und die Adresse zu dieser Telefonnummer?»

«Sehr gern», sagte ich, in dem klaren Bewusstsein, dass der Name, den er mir gleich nennen würde, sehr gut der des Schützen sein konnte.

Er nannte mir den Namen und die Adresse. Ich benutzte das Briefpapier und den Stift des Hotels. Bis ich mit dem Schreiben fertig war, zitterte meine Hand.

Ich legte auf und starrte auf den Namen.

62

Ich parkte auf dem halbvollen Parkplatz. Stets die Optimistin.

Ich trug flache Schuhe, die laut auf dem Kopfsteinpflaster klapperten, das zum Hintereingang des Restaurants führte. Die Nacht war klar und einladend, und auf einmal verspürte ich einen Schwall von Hoffnung und Liebe zum Leben. Ich hatte das Gefühl, mit der Welt sei alles in bester Ordnung, oder es würde so sein, und zum ersten Mal glaubte ich es wirklich. Verdammt, ich hatte fast Mitleid mit Leuten, die keine Vampire waren, die diese Seite der Nacht nie erfahren durften. Ich war einsam, sicher, aber das konnte sich jederzeit ändern. Einsamkeit ist nicht von Dauer.

Der Kopfsteinpflasterweg endete in einer kurzen Gasse. Die Gasse war tadellos sauber gehalten, denn sie bot einen praktischen Zugang zu den zahlreichen Geschäften und Restaurants. Im Augenblick lag die Gasse leer und dunkel da. Die Lichter waren aus. Oder kaputt. Ich mochte wetten, kaputt. Ich hatte meine Angst vor dunklen Gassen schon vor langer Zeit verloren. Meine Schritte hallten von den hohen Mauern der umliegenden Geschäfte wider. Ich ging vorbei an dem Hintereingang zu einem Antiquariat, einem Comicladen, einem Schreibwarengeschäft und einer Tierhandlung. Der Downtown Grill war der einzige Laden, der um diese Zeit geöffnet hatte. Musik dröhnte durch die offene Tür des Restaurants. Feuertreppen beherrschten den Luftraum über der Gasse wie überdimensionale Spinnweben.

Auf der Feuertreppe des Restaurants saß eine Frau. Und richtete eine Waffe auf mich.

Ein Blitz leuchtete auf, augenblicklich gefolgt von einem gedämpften Schuss. Irgendetwas explodierte in meiner Brust, und ich taumelte nach hinten. Ich behielt das Gleichgewicht und sah nach unten. Dunkles Blut sickerte aus einem Loch in meinem Kleid. Dann folgten noch zwei gedämpfte Schüsse – und die Wucht zweier weiterer Kugeln warf mich fast völlig herum. Die Kugeln hatten genau meinen Magen getroffen. Keine schlechten Schüsse. Mein rotes Kleid war ruiniert.

Die Frau kam lässig die Feuertreppe herunter. Ich sah den Schalldämpfer an ihrer Pistole. Niemand konnte die gedämpften Schüsse gehört haben, schon gar nicht über dem Lärm der Musik, die aus dem Restaurant dröhnte. Die Feuertreppe knarrte unter ihren Schritten.

Aus den Schatten tauchte Sara Benson auf, Kingsleys Empfangssekretärin. Sie blieb in der Gasse stehen, die Waffe mit beiden Händen haltend wie ein Profi. Ihr Haar war streng nach hinten gebunden und zeigte jeden Quadratzentimeter ihres schönen Gesichts. Ihre Augen waren weit aufgerissen und lüstern, und heute Abend sah sie besonders strahlend aus. Ihre hübsch geformten Beine waren genau auf Schulterbreite gespreizt. Eine gute Schießhaltung. Jeder Anwalt sollte sich glücklich schätzen, eine so schöne Empfangssekretärin zu haben.

Nur dass diese Empfangssekretärin durchgedreht war.

«Wie konnten Sie diesem Tier bloß helfen, Mrs. Moon?», sagte sie. Ihr Tonfall war gelassen und berechnend, als hätte sie sich ihre Worte sorgfältig zurechtgelegt. Wieder konnte ich den Zorn und Hass heraushören, und jetzt war mir völlig klar, gegen wen sich dieser Hass richtete.

Ich nahm an, dass sie von Kingsley redete. «Er ist kein Tier», sagte ich. Obwohl, streng genommen hatte sie vielleicht sogar recht.

Sie schwieg einen Augenblick, zweifellos verblüfft, dass ich noch immer sprach. Ihre Verblüffung verwandelte sich rasch in empörte, selbstgerechte Wut. «Kein Tier? Mörder wurden freigesprochen, Vergewaltiger laufengelassen. Dieser Mann hat kein Gewissen. Er ist manipulativ und grauenhaft.»

«Er macht nur seinen Job.»

«Er macht ihn zu gut.»

«Vielleicht. Aber es steht weder Ihnen noch mir zu, darüber zu urteilen. Im Gesetz sind Schutzklauseln verankert, um die Unschuldigen zu schützen. Er wahrt diese Schutzklauseln. Nicht jeder, der im Gefängnis sitzt, gehört dorthin.»

Sie schüttelte den Kopf und kam noch näher. Ich konnte sehen, dass ihr Tränen übers Gesicht liefen. Warum zum Teufel wurde *sie* denn so emotional? War *ich* nicht diejenige, die hier erschossen wurde?

«Ich liebe ihn», sagte sie. «Er ist einfach so anders, und ich wollte ein Teil davon sein. Ich hätte alles für ihn getan. Ich habe ihm mein ganzes Herz geschenkt, aber er hat mich trotzdem verlassen. Und jetzt hat er Sie.»

«Lassen Sie mich raten. Wenn Sie ihn nicht haben können, dann soll ihn auch niemand sonst haben?»

Sie legte den Kopf schräg und feuerte wieder aus ihrer Waffe. Mein Kopf schnellte nach hinten. Blut lief an meinem Nasenrücken hinunter. Eines musste ich ihr lassen: Sie war eine verdammt gute Schützin. Was mich nicht sehr verwunderte, denn sie war auch eine verdammt gute Sportlerin.

Und imstande, mit einem einzigen Satz über kleine Parkbänke zu springen.

Für einen Sekundenbruchteil sah ich alles doppelt und dann sogar dreifach, bevor alles wieder normal wurde. Drei Sekunden später trat die Kugel aus meinem Kopf aus und fiel in meine geöffnete Hand.

Das soll mir Copperfield erst mal nachmachen.

Sara starrte mich sprachlos vor Schock an.

Vom anderen Ende der Gasse, wo sie auf die Commonwealth Avenue führte, tauchte eine andere Gestalt auf. Eine sehr große und stämmige Gestalt. Sie stand in einem kleinen Lichtkreis von der Einmündung in die Gasse.

«Stopp!», rief Detective Sherbet. «Lassen Sie die Waffe fallen. Sofort!»

Aber Sara ließ die Waffe nicht fallen. Stattdessen fuchtelte sie mit der Pistole in der Hand wild durch die Luft.

Ich machte einen Satz nach vorn. «Sara, nicht!»

Zu spät. Sie schaffte es nicht mehr ganz herum. Drei Schüsse knallten von Sherbets Ende der Gasse. Seine Schüsse wurden nicht gedämpft. Das Echo knisterte und donnerte durch den schmalen Korridor und griff die Trommelfelle an.

Sara wirbelte wie eine Ballerina auf einem Absatz herum. Ihre Waffe flog in eine Richtung und ihr Schuh in die andere. Und während der Knall von Sherbets Pistole noch immer durch die Gasse hallte, war Saras letzter Tanz zu Ende, und sie brach zusammen.

Sherbet stürzte auf uns zu. Er war atemlos und kreidebleich. Während er sich über Sara beugte, rief er Verstärkung und einen Krankenwagen.

Dann sah er zum ersten Mal zu mir hoch.

«Alles okay, Sam –» Und brach ab. «Großer Gott. Sie wurden ja angeschossen.»

«Wirklich? Das war mir gar nicht aufgefallen.»

«Der Krankenwagen ist unterwegs.»

«Wird nicht nötig sein.»

Er schwieg lange Zeit. In der Ferne hörte ich die Sirenen kommen.

«Wir werden uns auf jeden Fall noch sprechen, Samantha.»

«Ich nehm's an, Detective.»

63

Regen nieselte vor Kingsleys offenen Verandafenstern. Wasser gurgelte aus dem Brunnen mit den Brüsten hoch. Kingsley und ich saßen zusammen auf der Ledercouch. Unsere Schultern berührten sich. Eine Art kinetische Energie schien zwischen uns zu strömen. Eine sexuelle Energie. Zumindest in *mir* strömte sexuelle Energie.

«Erzählen Sie mir, wie Sie herausgefunden haben, dass Sara der Schütze war», sagte er.

«Dreierlei. Erstens einmal stand Horton in ständigem Kontakt mit ihr, vor allem in den Stunden vor jeder Schießerei. Zweitens kontaktierte sie mich über ihre Handynummer, obwohl sie behauptete, von der Arbeit anzurufen, was ich seltsam fand. Drittens erinnerte ich mich an das Bild auf ihrem Schreibtisch, das auf der Halloween-Büroparty aufgenommen worden war. Sie ging als Pirat.»

Kingsley schlug sich mit der flachen Hand an die Stirn. «Der Schnurrbart. Großer Gott, dieses Bild habe ich hundertmal gesehen.»

«Es ist das genaue Ebenbild Ihres Schützen.»

«Aber warum haben Sie sie nicht schon früher verdächtigt? Ich dachte, Sie hätten es irgendwie mit übersinnlicher Wahrnehmung?»

«Habe ich auch. Aber das ist keine exakte Wissenschaft. Ich habe viel Wut von Sara wahrgenommen, aber ich ging davon aus, dass sich ihre Wut aus der gescheiterten Beziehung mit Ihnen speiste.»

«Zugegeben, seit dem Tod meiner Frau sind die meisten meiner Beziehungen gescheitert, aber woher wussten Sie das mit Sara und mir?»

«Ich bin eine Spitzendetektivin, schon vergessen?»

«Nein, aber –»

«Sie hat es angedeutet.»

«Okay, ja, wir sind eine Weile miteinander gegangen. Anfangs haben wir uns gut verstanden, aber die Sache kam nie richtig in Schwung.»

«Meinen Sie?»

Wir tranken noch etwas Wein. Unsere Schultern berührten sich noch immer.

«Apropos miteinander gehen», sagte ich. «Dannys Sekretärin hat ihm den Laufpass gegeben.»

«Ist das der Grund, weshalb Sie aus dem Lächeln gar nicht mehr herauskommen?»

«Einer der Gründe», sagte ich. «Ganz zu schweigen davon, dass Horton zugegeben hat, dass Sara sich mit dem Vorschlag an ihn gewandt hat, Sie und Ihren Mandanten zu töten. Er war für die Waffe und die Überwachung zuständig. Sie hat das Schießen übernommen.»

«Warum hat sie mich denn bei helllichtem Tag angegriffen, vor so vielen Zeugen?»

«Das war Berechnung. Die Schießerei war genau zum Schichtwechsel des Wachschutzes geplant; der Truck für ihre Flucht parkte in der Nähe, mit abgeschraubten Nummernschildern. Horton wartete ein paar Blocks weiter, wo sie den Wagen wechselten. Der Truck wurde anschließend in einem Parkhaus versteckt.» Ich schwieg einen Augenblick und nippte an meinem Chardonnay. Selbst Vampire können einen trockenen Mund bekommen. «Jetzt, wo Sara tot ist und das Spiel aus, hat Horton alles gestanden. Er wird wegen Beihilfe zum Mord und versuchtem Mord vor Gericht gestellt werden.»

Wir schwiegen. Kingsley streckte eine Hand aus und ergriff sanft meine. Seine Hand war tröstlich. Und verdammt groß. Der Regen wurde etwas stärker und pladderte gegen die Verandafenster.

«Sie haben gute Arbeit geleistet», sagte Kingsley. «Sie waren jeden Penny wert.»

«Von denen Sie mir noch einige schulden.»

«Wenn ich meine neue Sekretärin habe, werde ich dafür sorgen, dass sie Ihnen einen Scheck ausstellt.» Er nahm mein Weinglas, trat an seine Bar und schenkte mir nach. Von der Bar aus sagte er: «Ich habe ein paar Nachforschungen zu dem Medaillon angestellt.»

Ich horchte auf. «Und?»

«Das Medaillon hängt angeblich mit einer Methode zusammen, die die Folgen des Vampirismus rückgängig macht.»

«Rückgängig?», sagte ich. «Sie meinen –»

«Sie wären wieder sterblich, Sam. Das heißt, falls wir von demselben Medaillon reden, das übrigens äußerst begehrt ist. Das heißt, Sie sollten diese Sache vielleicht besser nicht an die große Glocke hängen.»

Mir schwirrte der Kopf vor Möglichkeiten. Wieder menschlich sein. Wieder *normal* sein. Meine Kinder wiederhaben.

Ich sah hinüber zu Kingsley, und ich sah echten Schmerz in seiner Miene. Er litt.

«Was ist los?», fragte ich.

«Ist das nicht offensichtlich?», fragte er.

«Sie meinen, falls ich mich entscheiden sollte, wieder sterblich zu werden ...» Meine Stimme verlor sich.

«Dann würde ich Sie verlieren», führte er den Satz zu Ende. «Und das könnte ich Ihnen nicht eine Sekunde verdenken.»

Ich stand auf und trat zu ihm, diesem gutaussehenden, kräftigen Mann, der mir das Gefühl gab, wieder lebendig zu sein, der mir das Gefühl gab, wieder sexy zu sein, der mir das Gefühl gab, wieder menschlich zu sein, selbst wenn ich an einem absoluten Tiefpunkt angelangt war. Ich schlang die Arme um seinen riesigen, warmen Nacken. Ich zog ihn zu mir herab und drückte meine Lippen sanft auf seine.

Als ich mich nach einem langen Augenblick von ihm löste, sagte ich: «Und was, wenn ich dir sagen würde, dass ich dabei bin, mich in dich zu verlieben?»

«Dann wäre ich der glücklichste Mann, oder Halb-Mann, der Welt», sagte er. «Aber was ist nun damit, wieder sterblich zu sein?»

«Damit befassen wir uns ein andermal.»

«Gute Idee.»

Und dann küsste er mich tief und innig, nahm mich mit seinen Lippen und seiner Zunge völlig in sich auf.

Es war ein echt irrer Kuss.

64

Habe ich dich zu einer guten Zeit erwischt, Fang?

Die Zeit ist immer gut, wenn ich von dir höre, Moon Dance.

Keine Mädchen da heute Abend?

Keine Mädchen für eine Weile. Und, was gibt's Neues in deiner Welt, Moon Dance?

Und so erzählte ich es ihm. Ich schrieb es in einem einzigen langen, verworrenen Absatz für ihn auf.

Mehr Typ-0's als eine Blutbank, antwortete er, als ich fertig war. *Ich glaube, Sara hat Kingsley wirklich geliebt, zumindest auf ihre eigene verkorkste Art.*

Ihn geliebt und gehasst.

Und das hat sie in eine Art Wahnsinn getrieben.

Ja, schrieb ich, während ich an Saras Pirouetten drehenden Körper zurückdachte. Ich hatte zugesehen, wie sie zusammensackte, während sich eine dunkle Blutlache um sie herum ausbreitete. Ich hatte tief in diese dunkle Lache geblickt und Hunger verspürt.

Fang schrieb: *Sie hielt Kingsley für moralisch verwerflich, was ihren Mordanschlag auf ihn rechtfertigte. Und der wäre ihr auch gelungen, wenn er nicht unsterblich wäre. Ihr Unsterblichen habt einfach immer Glück.*

Ein paar von ihnen, schrieb ich.

Zurückweisung kann die Leute zu verrückten Taten treiben.

Zum Beispiel dazu, von einem Hotelbalkon zu springen, ergänzte ich.

Ja. Aber nicht jeder hat Flügel.

Warum denn nun keine Mädchen für eine Weile, Fang?

Weil ich in eine andere Frau verliebt war.

Und wer ist die Glückliche?

Eine lange Verzögerung trat ein. Eine sehr lange Verzögerung. Ich schrieb: *Fang?*

Und dann erschien auf meinem Computerbildschirm eine einzelne rote Rose, gefolgt von den Worten: *Ich liebe dich, Moon Dance.*

Ich starrte auf meinen Bildschirm. Noch mehr Worte erschienen.

Ich habe mich auf Anhieb in dich verliebt. Ich weiß, das klingt verrückt, da ich dir nie begegnet bin, aber ich habe mich in das Bild verliebt, das ich mir von dir gemacht habe. Es wird auf dieser Erde niemals eine Frau geben, die an dieses Bild herankommt. Alle werden daran scheitern.

Er hörte auf zu schreiben, und ich las seine Worte immer und immer wieder. Schließlich schrieb ich meine Antwort.

Wir sind beide verrückt, Fang. Das weißt du doch, oder?

Ja, das weiß ich.

Gute Nacht, Fang.

Gute Nacht, Moon Dance.

Danksagung

Ich danke Eve Paludan, Liisa Lee und Sandy Johnston, die mich beim Schreiben dieses Buchs so großzügig unterstützt haben.

Unearthly – Die Trilogie von Cynthia Hand

«Am Anfang ist da ein Junge, mitten im Wald. So alt wie ich, um die sechzehn, siebzehn. Ein orangefarbenes Licht erhellt den Himmel. Die Luft ist voller Rauch. Er hört mich, beginnt sich umzudrehen. In einer Sekunde werde ich sein Gesicht sehen. Genau da verschwimmt die Vision. Ich blinzle und er ist weg.»

«Göttlich!» (Kirkus Review)

Auch als E-Book

rororo 25698

MIX
Papier aus verantwortungsvollen Quellen
FSC® C083411

Das für dieses Buch verwendete FSC®-zertifizierte Papier
Lux Cream liefert Stora Enso, Finnland.